左耳
饶雪漫青春疼痛系列　之三
当代世界出版社
U0095491

图书在版编目（CIP）数据
左耳／饶雪漫著，—北京：当代世界出版社，
2005.12
ISBN 7-5090-0030-0/I.011
Ⅰ.左... Ⅱ.饶... Ⅲ.长篇小说－中国－当代
Ⅳ.I247.5
中国版本图书馆CIP数据核字（2005）第141731号

书名：《左耳》
出版发行：当代世界出版社
地址：北京市复兴路4号（100860）
网址：http://www.worldpress.com.cn
编务电话：（010）83908404
发行电话：（010）83908410 （传真）
（010）83908408 （010）83908409
经销：全国新华书店
印刷：上海商务联西印刷有限公司
开本：890毫米×1280毫米 32开
印张：9
字数：198千字
版次：2006年2月第一版
印次：2006年5月第七次
书号：ISBN 7-5090-0030-0/I.011
定价：22.00元

甜言蜜语，说给左耳听。

Sweet talk, is ready for the left ear.

目录

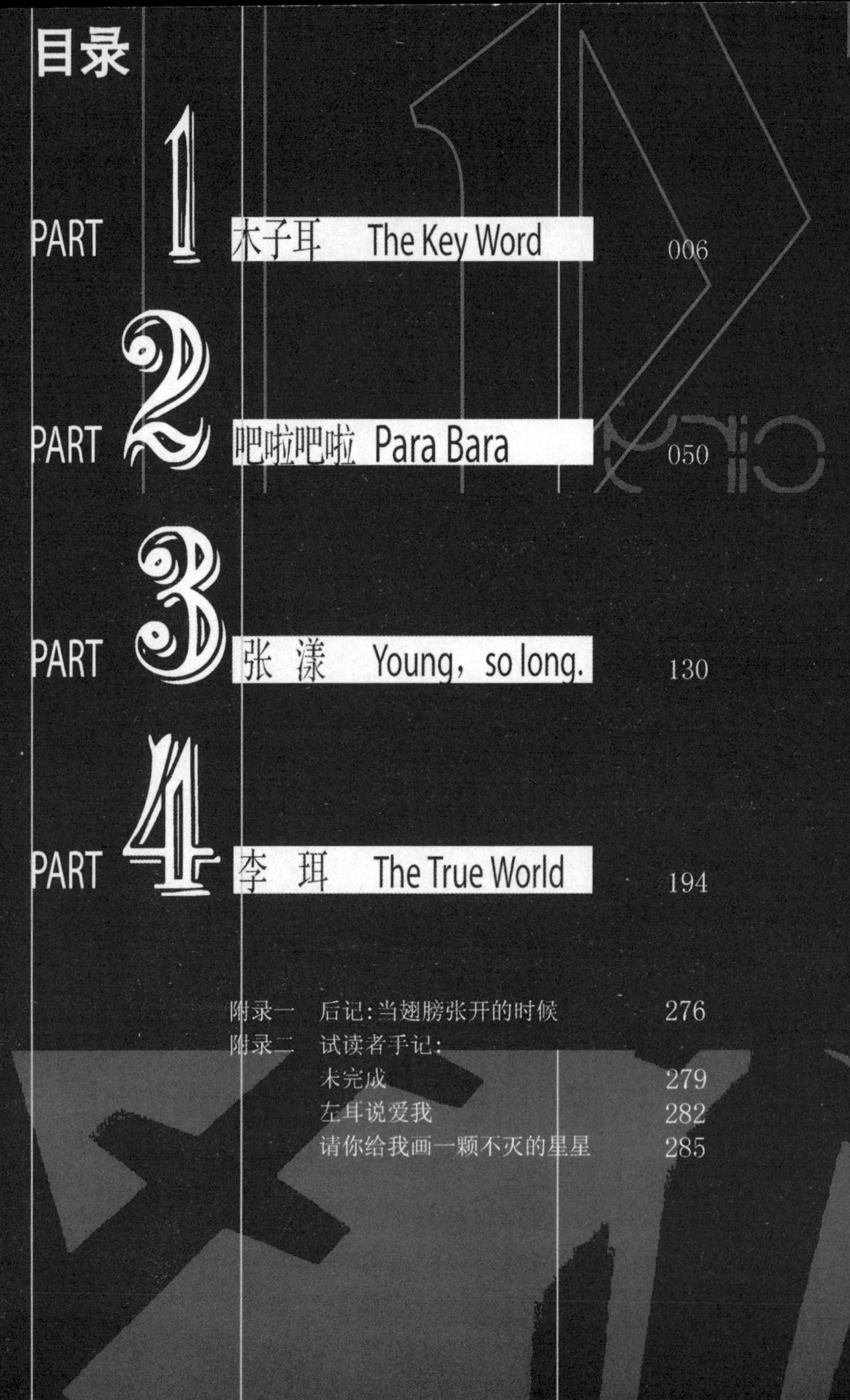

李珥
张漾
黎吧啦
无他
琳
子耳
许弋
蒋皎
黑人
吧啦

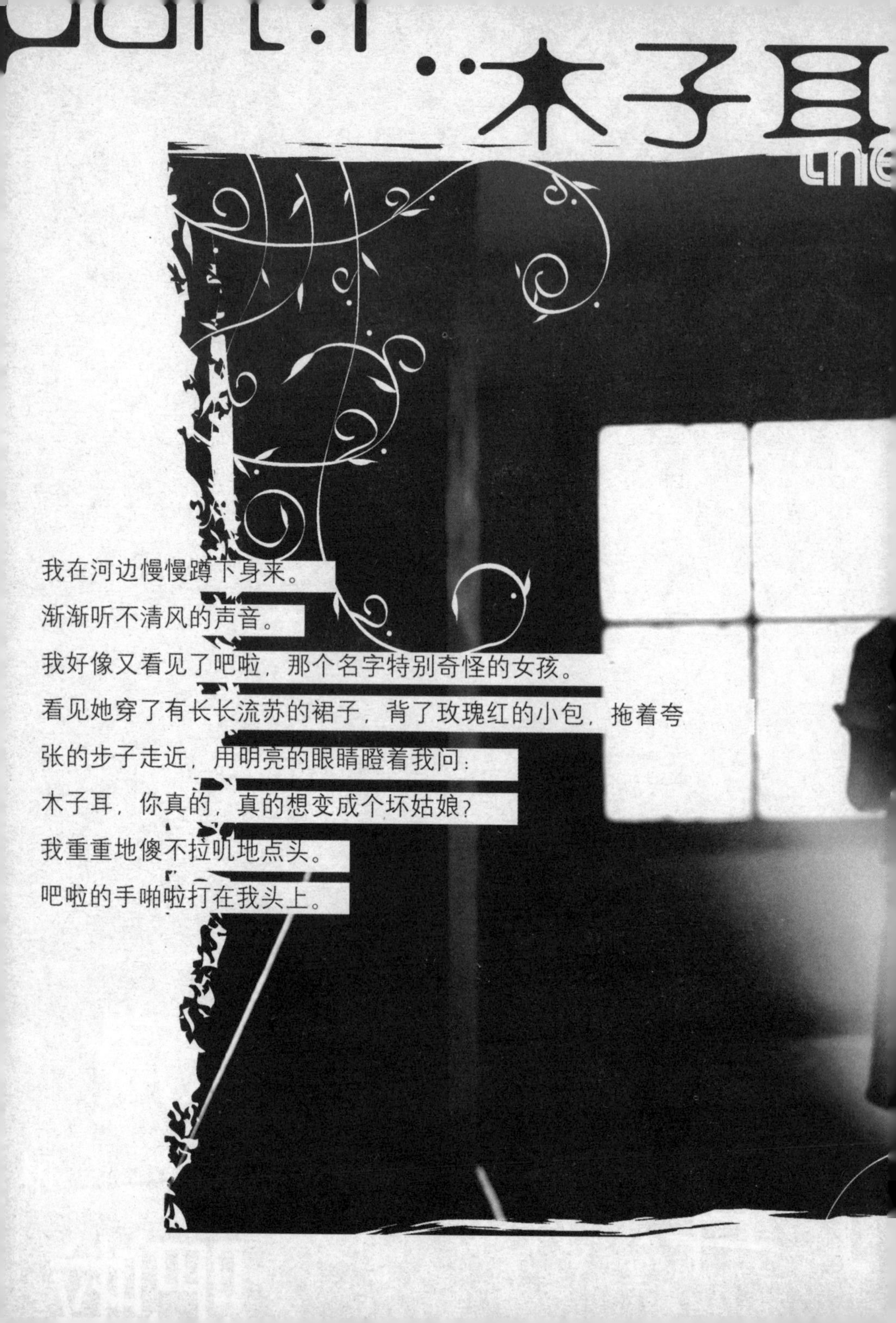
part：木子耳
我在河边慢慢蹲下身来。
渐渐听不清风的声音。
我好像又看见了吧啦，那个名字特别奇怪的女孩。
看见她穿了有长长流苏的裙子，背了玫瑰红的小包，拖着夸
张的步子走近，用明亮的眼睛瞪着我问：
木子耳，你真的，真的想变成个坏姑娘？
我重重地傻不拉叽地点头。
吧啦的手啪啦打在我头上。

Key Word

我始终没有成功地变坏。

但我还是宁愿我从来都没有认识过吧啦。

这样，兴许一切都不会发生。

我也不会因为想念吧啦，让自己的十七岁，

痛得如此的溃不成军。

——选自木子耳的博客《左耳说爱我》

上帝
做证，
我是一个
好姑娘。

1

上帝做证，我是一个好姑娘。

我成绩优秀，助人为乐，吃苦耐劳，尊敬长辈。我心甘情愿地过着日复一日的日子，每天晚上十点准时睡觉，第二天早上六点按时起床。我起床后的第一件事就是拉开窗帘看天，那个时候，天总是蒙蒙亮的，就算是夏天，太阳光也只是稍稍有些露头。然后，我会坐在窗前读英语，声音大而甜美。我的妈妈走过来，给我递上一杯浓浓的牛奶。我把牛奶呼啦啦喝掉，继续读我的英语。

我的妈妈站在清晨的房间里充满爱怜地看着我。

遗憾的是，我是一个有点小小缺点的好姑娘，我的心脏，还有我的左耳。生下来，就是这个样子的，心脏的手术做过了，很先进的技术，没在我身上留下任何疤痕，所以于我可以忽略不计。但我左耳的听力始终不好，你如果站在我的左边跟我说话，我就有可能一点儿也听不见。

所以，我读书的时候，总是比别人大声。

虽然是这样，我并不觉得自己有什么不好，在十七岁以前，我是那样单纯地爱着我自己，就像这个世界上很多好心的人，那样单纯地爱着我。

可是，比较老土的是，我在十七岁的某一天，忽然情窦初开了。我始终想不起那一天的天气，我只是记住了他的脸，在学校的对面，黄昏的街道旁，斜斜靠着栏杆的一个男生，背了洗得发白的大书包。他的脸，是如此的英俊。那是我第一次见到他，吓得我掉过了头去，心莫名其妙地狂跳不停。

他叫许弋。

再看到他，是我们学校来了外国的参观团，他在集体晨会的时候代表全校学生用英语演讲，发音是那样的标准、优美。

我把头低到不能再低，耳朵却辛苦地尽量不放过他嘴里吐出的任何一个单词。

许，弋。

我一度非常痛恨这个名字，因为后面那个字在电脑上用五笔很难打出来。我练了好多天，才可以顺利地一遍一遍地重复。

白色的屏幕上，全是这个名字，我用红色，将其打得又大又鲜活。好像他，就站在我的面前。

我通常在妈妈的脚步走近的最后一秒，啪地一声关掉窗口。

有时候我没听清楚，妈妈已经站在后面了，她肯定有些奇怪，于是问：李珥，你在做什么？

没。我咬着唇。

她并不管我用电脑，最主要的是我很乖，每周只在周末上两次网，每次一小时左右。我不聊天，只是在博客上写点东西，我给我的博客起了一个特别小资的名字，叫"左耳说爱我"。它的访问量极小，差不多就只属于我一个人。和它不知所云的名字一样，我在上面记录的也是一些不知所云的话。

在知道许弋后，我的博客才有了一点儿真正的含义。

我说的是，知道许弋。

事实就是这样子，我们并不认识，也没有机会认识。我只知道他读高三，快要毕业了，他成绩很好，我还知道的就是，有个正读技校的女生在疯狂地追他。

我见过那个女生。她的穿着很奇怪。有的时候，我觉得她像一棵植物，特别是她穿着绿裙子站在我们学校门口的那一次，我看到她涂了绿色的眼影，脸上还有一些金色的粉，她拿了一朵黄色的葵花，孤孤单单地站在那里。

还有那么一次，她用油彩在自己白色的衣服上写上四个大字：我爱许弋。

很多女生走过她身边的时候，尖声叫喊。

她成为我们学校门口的一道风景。

最关键的是，最后的最后，许弋居然爱上了她。

他爱上了她。

他在有一天放学后走到她面前，对她说：我们去看看你喂的猫吧。

女孩呼啦一下跳起来，欢呼着，手臂张开，像个滑翔机一样地跑了一圈，再到许弋的面前停下。她说：帅哥，我终于相信爱情是可以争取的哦！呼呼呼，我幸福得要死掉了呀。

许弋英俊的脸变得有些苍白。

关于这一幕，我是听来的。差不多全校都在传，某某是如何爱上了某某某。校园的消息总是传得飞快，你瞧，连我听力这么不好的人，都听见了。

我悄悄地，哭了一晚上。

你瞧，许弋，我还没得到，就失去了。

那个喜欢把自己的眼睛弄得绿绿的女孩，我后来知道，她叫吧啦。

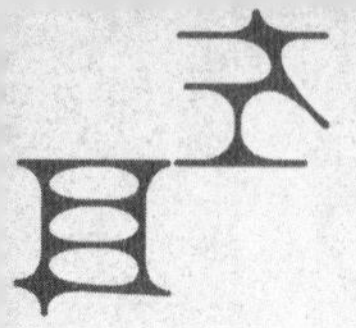

饶雪漫青春疼痛系列之三

我的天，世界上居然有人叫这个名字，吧啦吧啦。我听见许弋在放学后黄昏的暮色里大声地叫她的名字。然后，女孩会一下子跳到他的背上去。许弋有些不太好意思地摇晃着他的背，女孩就跳下来，跳到他前面，笑眯眯地眯起眼睛对他说：好孩子，我们今天去哪里玩？

认识吧啦后，许弋再也当不了好孩子，好像突然就变了一个人，做出好多令人匪夷所思的事情。逃课，打架，泡酒吧等等等等。许弋被处分的那天下午，下了很大的雨，我打了一把小花伞远远地站在布告栏前，我有一种冲动，我想去撕掉它。

但我最终没有，这一切很简单，我还是一个好姑娘。

不知道怎么，那一天，我打着伞站在操场上，突然没有来由地想起夏天的事。我想起我穿着妈妈去苏州出差时买的那件淡黄颜色刺绣小褂子，坐在老家堂屋中央的一张褐色木凳子上。我的面前放着一张油漆差不多掉光的旧椅子，上面搁着一只碗，碗上支着半个西瓜。我用不锈钢的小勺子一下一下挖那鲜红色的瓤子，眼睛盯住摆在高柜上的那台小电视机，那台电视机到底是15寸还是17寸我已经记不清了。我只记得我需要极力仰头才能看得清那花花绿绿的图象。对，那是一台彩色电视机。我攀着椅子上去调频道，跳过许多雪花终于停下来。我看到正在播着我最喜爱的电视剧《小龙人》，它的主题曲这么唱：

我是一个小龙人，小龙人，小龙人

我是一个小龙人，小龙人，小龙人

我有许多的秘密——就不告诉你就不告诉你，就不告诉你。

那也许是六岁的我也许是七岁的我，究竟是几岁的我我也记不清了。现在的我想起那个头脑深处的童年，才发现那时候真的是很快乐的。那时候我还不认识许弋，也不认识吧啦。那时的我，还没有什么秘密。

那时的我，还没学会那些假模假样的小资，也不叫自己木子耳。

2

我终于认识了吧啦，在学校后面的拉面馆。

我后来想，这其实是我一直都在预谋的一件事。

我还记得那天晚上外面在下雨，店里特别吵。我下了晚自修后觉得很饿，于是去了拉面馆。她背对着我坐在靠墙的某张桌子上，穿着粉红色薄对襟毛衣，显得很醒目。等我走近后，我发现她叼着555。英国牌子的烟，她吸得好像特别津津有味，有点像个小妹妹在吃巧克力。店里的小电视机里放着无声的电视剧，在我看她的时候，她的眼睛自始至终都没有离开电视机。

我在她对面坐下来。

然后她瞟了我一眼。

然后她伸手在我冒着热气的碗里抓了一把香菜扔进自己碗里。然后她吐掉烟蒂一声不吭吃起她的面来。我第一次那么清楚地看到她，她在脑后挽着一个圆圆的髻，瓜子脸，没有一颗痘痘眼睛也特别大。我觉得她很漂亮。是那种越看越漂亮的漂亮，深藏不露吓你一跳。她没有涂绿色的眼影。

我当时在心里想：难怪许弋……

“你也是天中的？”她看着我胸前的牌子问。

“嗯。”我说。

“你们晚自修结束了？”

“是的。”我说。

“今天怎么这么早？”

“明天要放月假。今晚我们班主任也特别开恩。”

“是吗？”她把声调扬起来，说，“不是说不放的吗？”

“本来说不放的，有检察团要来，临时又放了。”

“哦。”她说，“你认得我？”

我违心地摇了摇头。

“你们学校的坏孩子都认得我。”她得意地说，然后又笑，一张脸越发精致。

那次我们吃完了饭，走出面馆的时候，雨越下越大了，雨水一直顺沿着水泥砌的屋檐往下滴，我们出不去，只好靠着墙。

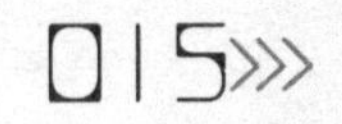

我实在忍不住地问她：“你也喜欢吃香菜？”

“不特别喜欢，但是我就是喜欢抢别人的东西。”

我有点惊讶地望着她。她伸出手来摸摸我的脸，然后笑得两眼弯成很好看的月牙，她说：“呵呵，别人的东西才是好的。小姑娘你会明白的。”

我不知道该怎么把她的话接下去，只好说：“我不喜欢下雨。”她抬起头看看天，好像是自言自语了一句：“不会来了。”接着她站起身，飞快冲到雨里。

我喊住她：“喂！”

她回头。

我从书包里拿出一把伞：“淋了雨会感冒的。”

“那你呢？”她问我。

“我家就在旁边，不要紧的。”

“谢谢你噢。”她接下伞，跑开一段路又突然停下，转过头对我说：“我叫吧啦，下星期六我还会来这。到时候还你伞哦。”

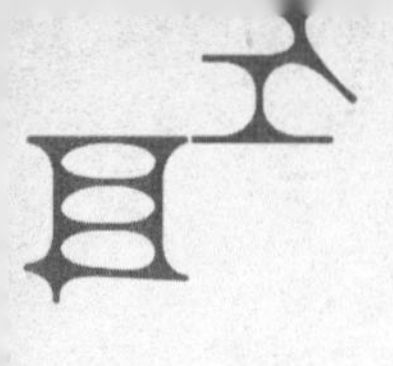

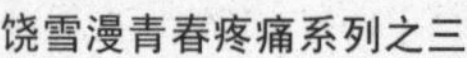

那次相遇我一直清楚地记得。在后来我们认识的岁月里，我常常回忆起那个最初的照面。我是穿着黑色T恤长着一张红扑扑圆脸左耳失聪的一个小孩，无意中接近一株让人迷惑的植物，好奇地接近，然后就有了后来的事情。

知道我认识吧啦后，尤他恨我恨得咬牙。在人人自保的重点中学，认得一个问题少女，当然万众唾弃。尤他说起来和我算是亲戚，但我们其实一点儿血缘关系都没有，他妈妈在他很小的时候就死了，他的继母是我的姨妈，他比这里一般的小肚鸡肠的男孩子要懂事。他家跟我家住得特别近，初中时我们经常在放学的路上一人一根冰棍从学校舔到家。

我唱歌，他吃冰棍。我的冰棍都是淌水淌掉的，他很少说话，冰棍吃得又快又干净。那时候我是做班上的宣传委员来着，我梳着羊角辫子，声音又尖又细，艺术节的时候站在学校大舞台正中央的地方表演，晕黄明亮的灯光打在我的脸上，暖和极了。我有时候根本就听不清自己的声音，但是我特别喜欢那种感觉。

歌唱，让我觉得放松。

有一天，我忽然不再唱歌了，喉咙像是被什么东西堵住了，只有在读英语的时候，才可以大声。

尤他也不跟我在一个班了，他的成绩不知道为什么忽然变得那么好，一跳，就跳到高三去了，把我一个人孤孤单单地留在了高二。

"那个吧啦，是个女流氓。"尤他咬牙切齿地说，"她把许弋给骗惨了。"

我咬着我的冰棍不作声。

尤他继续说:"她根本就不喜欢许弋,却让许弋被处分,成绩一落千丈,她搞坏了他的名声,却一走了之。你说,许弋是不是这辈子都完了呢?"

"她不是这样的吧。"我觉得我的牙冰得好疼。

"反正你要离她远一点。"尤他警告我。

"嗯。"我说。

我在校园里再看到许弋的时候,他总是低着头,走路走得飞快。他还是穿着他的阿迪达斯球鞋,背着他发白的显得很特别的大书包,但他肯定和以前有很多的不一样了,我看着他疾步行走的微驼的背,忽然就心疼,忽然就有些想哭了。

又一个周六到了,学校不放假,我跟老师请了假,我说我肚子疼。老师很轻易地就相信了我,因为她根本就想不到老实巴叽的我居然也会撒谎。但我确实是撒了谎,我的肚子不疼,我去了拉面馆。

我刚进拉面馆的时候我就惊呆了,因为我看到吧啦靠一个男生很近地坐着,她的脸几乎要完全地贴近他的,她笑得妩媚而又动人。

那个男生当然不是许弋,他叫张漾,我认得他。他也是我们学校高三的。

张漾看到我背着书包进来了,好像有点不自在,于是一把推开了吧啦。

吧啦跟我打招呼,她说:"嗨。"

我坐下来,轻轻地应:"嗨。"

张漾很快就付完账,走掉了。吧啦的眼睛一直都跟着他的背影。

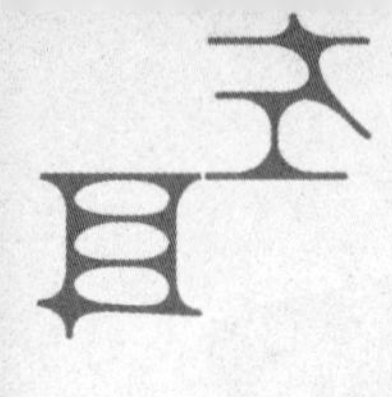

过了一会儿，吧啦走到我面前来，问我说："你有没有烟，我的烟抽完了。"

我摇摇头。

"哦，对了。"吧啦说，"你是好孩子，你不会抽烟的！但，可是，你为什么要逃学呢？"

她一面说，一面扑闪着大眼睛看着我。

我的天，她又涂了绿色的眼影。

"我今天肚子疼。"

"肚子疼还吃拉面。"她笑起来，"该不会是饿疼的吧？"

"吧啦。"我看着她绿色的眼影说，"你为什么要跟许弋分手？"

吧啦看着我，哈哈哈地大笑起来，笑得眼泪都要出来了，她才胸有成竹地说："我知道了，你喜欢上许弋那小子了，是不是？"

我倔强地不说话。

"你不要谈恋爱。"吧啦说，"你一看就是个乖小孩。"她一面说，一面从椅子后面的包里掏出我的伞对我说："还给你，好宝宝。"

我拿着我的伞走的时候，跟吧啦说的最后一句话是："其实，我和许弋并不认识。"

"哦？"吧啦又夸张地笑起来。我这才看到她戴的耳环，也是绿色的，像一滴大大的绿色的眼泪，在她的耳朵上晃来晃去。

那天，我走了老远了，忽然听见吧啦在喊我。她应该是喊了很多声了，我好不容易才听见。我没有走回去，但她接下来的话我听得非常清楚。

吧啦说："想知道许弋喜欢什么样的女生吗，下次来我告诉你啊！"

3

我决定给许弋写一封信。

这个愿望好多天像石头一样地压在我的心里。压得我喘不过气来，我没有办法对自己妥协，于是我只好写。

我的信写得其实非常的简单。我说：要知道，一次失败不算什么，一次错误的选择也不算什么错误。你要相信，在这个世界上，总是有人在关心着你。希望你快乐。

这当然是一封匿名信，我在邮局寄掉了它，然后，我脚步轻快地回了家。我快要到家的时候，不知道为什么，我忽然又想起了离家不远那个拉面馆。我的脚步不听使唤地走了过去。

从我家到拉面馆有一条近路，那边正在修房子，路不好走，所以经过的人不多。那天绕到那条四周都是铁丝栅栏的小路时，我发觉前面似乎有动静。

我的听力不是很好，但我非常的敏感。

我知道出事了。

那时天已经快黑了，我走到前面。眼前的事实很快就证实了我的预感是对的，我看出了那个被按在墙上的女生是吧啦。背对我的那个男生很高大，他止在用膝盖不停地踢她，动作又快又狠。吧啦死死咬住他的胳膊，眼神特别可怕。那种仇恨似乎快要像血一样从她的眼里滴出来。

我以最快的速度冲了上去，扯开那个男生。吧啦发出一声惊天动地的叫声："滚开！"

男生是张漾。

张漾一边后退一边伸出一根手指，压低了声音说：“你试试，不把它弄掉我不会放过你！”然后他头也不回地走掉了。

身后的吧啦突然颓唐地从墙上滑下，捂着腹部跪到地上。

我蹲在吧啦的身边，试图扶起她，但是我做不到。

我从她口袋里摸出打火机，火光闪烁着照在吧啦肮脏的脸上，她的大眼睛像两颗脏掉的玻璃球。风刮过来，火光颤抖了一下，灭了。我在黑暗里对她说：“我送你回家好不好，告诉我你家在哪。”

“你身上有钱吗？”她的声音和语调同平常一样，似乎刚才发生的一切没有给她带来任何影响。

我掏出身上所有的钱，七十多块。

“够了。”吧啦摇摇晃晃地站起身来。她说，“回家，我需要洗一个澡。再买一点药。”

我陪吧啦买了药，又陪她回了家。

她和她奶奶住在一起，家里没有别的人。她奶奶正和几个老太婆在打麻将，没有人关心她的回来。

我们溜进了她的房间。她让我先坐着，然后她去洗澡了。她的书桌上书很少，有很多高档的化妆品。她的床上，全都是漂亮的衣服。我顺手捞起一本书，是一本时尚的杂志，那上面的模特儿，跟吧啦化一样的妆。

吧啦很快出来了，洗过澡的她和平常非常的不一样，她穿着白色的睡裙，脚步缓慢地走到我的面前。她走近了，缓缓撩起她的衣服，在清冷的月光下，看到她肚子上的红肿和淤青，丑陋着，让人胆战心惊。

为什么爱情会是这个样子。

亲爱的许弋，这就是爱情么，为什么我们年轻的爱情都是这样无可救药。

亲爱的许弋，我只能在心里这样轻轻呼唤。

“对了，你叫什么？”吧啦问我。

“李珥。”我说。

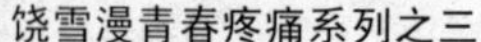

“耳朵的耳？”

“差不多吧，加个王字旁。”

“有这个字？”她好奇地问我。

我点点头。拿出药来，替她上药。

随着我棉签的移动，吧啦的身子微微地颤抖着，然后她低声说：“你知道吗？你知道这里面有什么吗？”

我的手开始抖。

“有了一个小宝宝。”吧啦用手抚摸着肚子说，“你说，我该不该生下它来，也许，它会是一个漂亮的小姑娘。”

我把棉签啪地一下扔到地上。颤声问道：“是谁，许弋，还是张漾？”

她咯咯地笑了：“你放心，许弋和你一样，是个乖宝宝。”

“可是，为什么？”

吧啦把身子倒到床上，把睡衣整理好。用一种从来都没有过的沉重语气对我说：“小耳朵，你知道吗？爱一个人，就可以为他做一切的。”

我的耳朵开始嗡嗡乱响，我希望我听不清后面的话，但我还是听得清清楚楚。她说：张漾最恨的人就是许弋，他一定要让他身败名裂。

我冷得说不出话来。

4

那一年的冬天。

真是冷得出奇。

体育课的时候我在篮球场看到穿着明黄色队服的张漾。我坐在第二个篮球架下背我的英语单词。张漾的背后站满女生，她们在他每投进一个球之后就快乐地尖叫呐喊，眼睛里的光泽闪闪亮亮。

我想到在那个黄昏，他的膝盖一下下残暴地踢打吧啦的身体，再看现在，他露出好看的笑容对身后的女生快乐地做出V的手势，我多想冲上去扇他一记耳光。

可是我忍住了。

我忽然有些想念吧啦，想念她彩色的笑容。我用尤他的手机给她发短消息祝贺新年，她很快打了我的电话，她在电话那边尖叫着说："小耳朵，你是不是忘了我呀，这么久才联系我，你不像话哦。"

我一下子不知道说什么好，鼻子酸酸的，没想到我会让吧啦想念。

"小耳朵，你怎么了，你怎么不说话？"

"没什么。"我说，"就要考试了，你好不好？"

"我很好啊。"她说，"考完试我请你吃拉面啊。"

"好的。吧啦。"我说，"我会去的。"

期末考试结束了，尤他在全年级考了第一名。我的姨妈高兴得差点上广播电台去向全市播放这个消息。尤他踩着厚厚的雪来到我家，我把门打开，我爸爸妈妈都高兴地喊他说："状元，进来坐啊。"

尤他在我家沙发上大大咧咧地坐下来，大大咧咧地喝我妈妈给他泡的热茶。

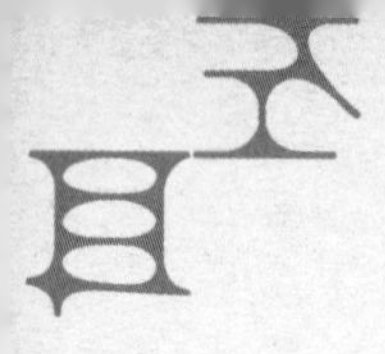

爸爸说："李珥，你要跟尤他学噢。"

尤他说："她啊，成绩也没有问题的。"

我说："尤他你进来，我有一道题目要问你。"

尤他听话地进了我的房间，我把门关上，问他："你真的是全年级第一？"

他不好意思地点了点头。

"你好厉害，那许弋被你挤到第二了？"

尤他摇摇头说："你不知道吗，许弋考得很惨很惨，他们说，他天天去喝酒，抽烟，打架，不可救药了。"

"那张漾呢？"

尤他警觉起来："你怎么这么关心我们班的男生啊？"

"我只是问问。"我说。

尤他好奇地看着我的电脑屏幕，那是我的博客，我忘了关掉它。

"少上网啊。"尤他老三老四地说，"上网对你没好处。"

我用身子挡住电脑，僵硬地笑。

我很满意我博客上方的题图，喜欢上面的一句话：谁是谁的救世主呢。

上帝做证，我是多么希望我可以成为许弋的救世主。

尤他看着我，他的眼神有些忧郁，他问我："你上次，是不是用我的手机给吧啦打过电话了？"

我看着他。

尤他把手机从口袋里掏出来说："我看了上面的通话记录，我按了重拨。"

“尤他。”我说，“你这样很无耻。”

“也许是吧。”尤他说，“我不管你在想什么，你都不许再跟吧啦联系，不然，我就把这些都告诉你的爸爸妈妈。”

我一语不发，把尤他拼命地往外推，他被我推出去了，我把门紧紧地关起来，我听到妈妈在外面喊，爸爸也在外面喊。但我就是不开。

我才不管尤他会不会胡说八道，我才不管。

再说了，尤他算什么呀，凭什么对我管手管脚的。

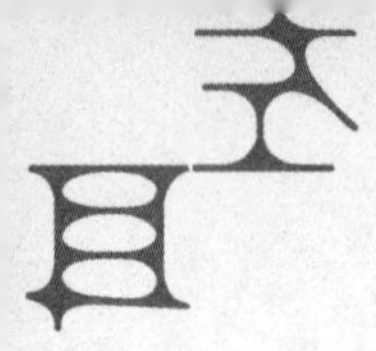

5

我走进“算了”酒吧的时候，是大年初三。

“算了”就在技校附近，每个周末那里总是挤满各种光怪陆离的男孩子，他们染着各种颜色的头发，在冬天裸露着上身打台球，大声讲粗话。面馆的女老板告诉我，在这里，肯定能找到吧啦。

我去的时候吧啦正在大声地跟人讲笑话。她对着一个看上去傻兮兮的男生说他们学校的女生把用过的避孕套扔在操场上，附近小学读一年级的小朋友把它当成塑料气球，捡起来就对着嘴巴吹。结果怎么吹都吹不鼓，呵呵。

她讲完后就笑，笑完后，她看到了我，有些惊奇地说：“小耳朵，你怎么来了？”

我说：“我找你呢。”

她走过来，低声对我说：“你不要来这里，这里不是你来的地方。”

“可是，”我说，“我真的找你呢。”

她一把把我拉到外面，外面的雪停了，阳光很是晃眼，吧啦用手把额头挡起来，对我说：“说吧，小耳朵，有啥事？”

“许弋。”我说，“听说他考得很差。”

“是吗？”吧啦无动于衷。

“你为什么不帮帮他？”

“那你为什么不呢？”吧啦说。

我紧紧地咬着我的嘴唇，说：“我不能够。”

“如果你爱他，就要告诉他。”吧啦拿出一根烟，点燃了，看着我。

“求你。”我说。

吧啦狠狠地灭掉了烟头，放在地上踩了一踩："张漾会灭了我。不过这两天他去上海他奶奶家过年去了，这样吧，你去替我把许弋约出来。就好像我跟他是不经意遇到那样子，我麻烦会少一点。"

"约在哪里？"

"就在这里，这是我表哥开的店，有人罩。"吧啦说，"我把他的电话给你，你千万别说是我找他。"

"那我应该怎么说？"

"小傻瓜。"吧啦说，"你就说是你约不就得了？"

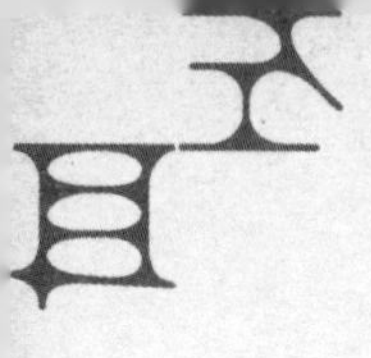

6

我发誓。我从来都没有做过这样的事。

我居然打了一个男生的电话。

他问我:"谁?"

我靠在公用电话亭上,声音抖抖地说:"你能来'算了'酒吧吗?"

"你到底是谁?"

"我给你写过一封信。"我说,"我在'算了'等你,等你一个小时。"

我说完,啪地一下扔了电话。我相信,他会来的,有好奇心的人肯定都会来的。

我走出电话亭,回到"算了",听到吧啦站在那个窄窄的木头台子上唱王菲的歌,她唱的是《香奈儿》:

我是你的香奈儿你是我的模特儿

这一句唱得惟妙惟肖。包括王菲那个烟熏般的眼影下流转的慵懒目光,她都模仿得像极了。唱完了一首歌她意犹未尽,仍然不下来,而是模仿张学友的颤音,压低嗓子学许巍:

等待等待再等待

心儿已等碎

我和你是河两岸

永隔一江水

这首歌还没有唱完的时候,我就看到了许弋,他好像是跑来的,额头上有汗。他盯着台上的吧啦,眼睛一直都没有离开,他是如此的憔悴,我是如此的心疼。

"嗨嗨嗨!"吧啦断了歌声,从台上跳下来,一直跳到我面前,尖

着嗓子喊道：“小耳朵，你的帅哥到了哦。”

说完，吧啦朝着许戈响亮地吹了一声口哨。

我的脸变得通红又通红。

许弋走到我们的面前来，在我的对面坐下。他哑着嗓子，当着我的面低声问吧啦：“我只想知道，关于张漾的事，到底是不是真的？”

“真的。”吧啦坚决而肯定地说。

“为什么！”许弋大声地喊起来，全酒吧的人都听见了，一些男孩围了过来。

“为什么！”许弋继续大声喊，他一把抓住了吧啦的衣领，大力地摇晃着她：“我跟你说，我不会饶了你，我不会饶了你！”

吧啦肯定被晃得头晕脑胀，但她的脸上一点儿表情都没有。

许弋很快被拉开了，在我还没有明白状况的情况下，他已经被他们打到了地上，压住，无数拳头落到他的身上。

我听不见任何声音。

我尖叫着：“不要，不要！不要！！”我扑过去，吧啦没能拉住我，我疯狂地扑到那群人的中间，想用我的身体护住许弋，一个啤酒瓶准确无误地砸到了我的头上。

血，红色的血。

我再也听不见，任何的声音。

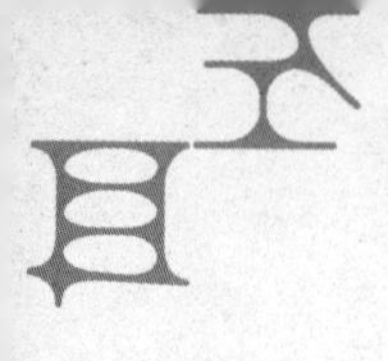

7

我醒来的时候，发现自己躺在吧啦的家里。

我从床上坐起来，被子上有一股奇怪的香水味，这跟吧啦身上的一模一样，挠得人心里痒痒的。我试着喊“吧啦”，没有人答应。

然后我光着脚从床上下来，又把门拉开往外看，吧啦奶奶平时打牌的那张小八仙桌上也空空如也。等我再度回到床边时，头突然有一点晕，于是我禁不住蹲下身来。这时我看到床底下那张薄薄的纸片，不像是故意放进去的，因为还有一角静静地露在外面。我把它捡起来。

我把它举起来，在晕黄的灯光下，好不容易看清那个短短的句子：

当你孤单你会想起谁。

是用铅笔轻轻写上去的，字写得有些凌乱，不过很漂亮。我就最怕用铅笔写字，我的字总是写得一笔一划常常用很大的力气，要是用铅笔写，粗粗细细的笔划，肯定把洁白的纸弄得又脏又皱。

哎，吧啦肯定是个孤单的女生。

就在我正胡思乱想的时候，纸已经被一只手灵巧地抽了过去。我抬头，看见吧啦。那阵让人心痒的香味又飘过来。我站起身，有点局促地冲着她笑笑。

这才注意到吧啦的臂膀上居然抱着一只猫。好胖的一只猫，拖着长长的一条白色尾巴，安安静静躺在吧啦的怀里。绿色的瞳仁晶亮地闪着，可脸上却是一副吃撑的表情。

我没有注意吧啦的表情，只看到她把那张纸片随手丢在她凌乱的书桌上，然后拉着我笑嘻嘻地坐到床沿。

“小耳朵，我把小逗带回来陪你玩啦。”

原来真的有这样的一只猫，看来传言都是真的。我的心里好像起了点小褶子似的，顺不了，只好有点别扭地对微笑着的吧啦也微笑了一下。

吧啦抱着猫，爱怜地看着我说："小耳朵，幸好你没事。"

"许弋呢？"我忽然想起来。

"他没事。"吧啦说，"你的头上有伤，我替你包扎过了，你回家后应该怎么说？"

我不吱声。

"你可以在我家住一阵子。"她说。

我从她的床上爬过去，去照放在床那边的镜子，看到一个可恶的白色纱布贴在我的头上。我用力地，一把扯掉了它。这个动作让我疼得龇牙咧嘴。吧啦尖声叫："你要做什么？"

我对吧啦说："我要用一下洗手间。"

吧啦伸出手，指了指方向。

我忍着疼，在卫生间里用冷水把有血迹的头发清理了一下，然后，用梳子梳好我的头发。我跑到外面，问吧啦："有没有合适的帽子给我戴？"

吧啦有好多好多的帽子，可是我换了差不多有十顶帽子，才找到一顶勉强可以戴的。那是顶红色的小帽子，吧啦说，那是她家小侄女丢在她家的。

吧啦一直送我出门，送到拉面馆的前面。她跟我说："小耳朵，你比我还要勇敢，我要向你学习。"

"那个孩子……"我问她。

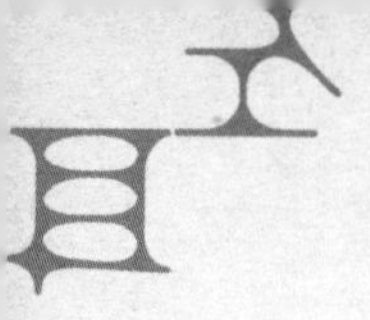

她神秘地拍拍肚子说:“放心，我会生下他来。”

我捂住嘴。

“也许真的会有点疼，但是值得。”

“你妈妈不管你吗?”我问她。

吧啦歪了一下嘴，说:“管也管不了。”

“你不要任性。吧啦。”我说，“你这样子，有什么好处呢?”

吧啦看着我。

“吧啦，请不要这个样子，我知道，你其实不喜欢这个样子。”我说完，就转身大步大步地离开了吧啦。

当我再回头的时候，我看到吧啦，她依然站在原地，一动不动。看到我回头，她把手放到唇边，抛过来一个飞吻，然后，她转身走掉了。

我带着那顶红色的小帽子稀奇古怪地回到了家。妈妈奇怪地看着我，我一面搓着手一面往我房间走去:“今天真是冷啊，我买了顶帽子，感觉好多啦。”

“是有点冷。”妈妈不怀疑了。

我吃饭的时候一直戴着那顶帽子。爸爸开了空调，我还是戴着。我想我的表情真是奇怪极了，因为我实在是不擅长撒谎。

妈妈终于一把扯掉了我的帽子。

他们看到了我头上的伤。

我听到妈妈的尖叫声。

我只好实行我的第二方案，我说:“我没有听到后面的喇叭声，那个骑摩托车的，他撞倒了我。”

妈妈搂着我说:“李珥，你以后都不要一个人出门，知道吗?我们这就带你去看医生，你的耳朵……”

“没事的，妈妈。”我说，“我听得见，我可能是走神了。”

我会流利地撒谎了。在短时间之内，我就掌握了这个技能，看来，我真的不能靠近吧啦，尤他的话，说得一点儿也没错。

可是夜晚的时候，我却又莫名其妙地想起吧啦来了，我想着她在台上摇着身子唱歌的样子：

等待等待再等待

心儿已等碎

我和你是河两岸

永隔一江水

我觉得头上破了的地方很疼很疼，于是我哭了。

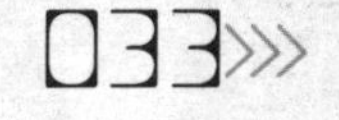

我突然想变成坏孩子。

8

那些天，我有个奇怪的念头。

我忽然很想变坏。

我闷得非常的慌，我固执地这样认为，只有变坏了，我才可以得到自由。

我又在博客上写了一长段不知所云的话，写完以后，我希望有人读它，于是，我把我的博客地址发到了吧啦的信箱里。吧啦很快就给我回了信。她说：小耳朵好像不太快乐咧，要不，你来“算了”听我唱歌吧。

“不行。”我说，“不过我今天下午会去河边看书的。”

那天下午，我抱了一本书，坐在河边的木椅子上装模作样地看。吧啦终于来了，她穿了有长长流苏的裙子，背了玫瑰红的小包，拖着夸张的步子走近，用明亮的眼睛瞪着我问：木子耳，你真的，真的想变成个坏姑娘？

我重重地傻不拉叽地点头。

吧啦的手啪啦打在我头上。

“要死啦，”吧啦说，“成天乱想！”

我把头抬起来，给她看我郁闷的表情。吧啦却不看我，她把一只腿放到木椅子上，一只手叉到腰间，像个女英雄一样说：“小耳朵，我有个决定！”

“什么？”

吧啦拍拍肚子说：“我以后要带着我儿子去西藏，我最近看了一些关于西藏的纪录片，不要太有意思哦。”

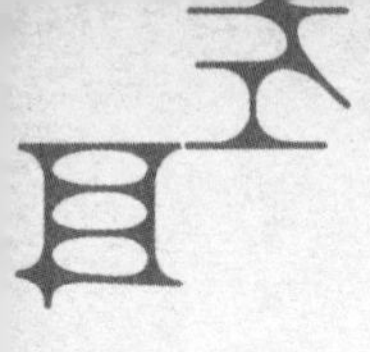

我看着她，说不出话来。

吧啦却又笑了，她说："小耳朵，你答应我一件事。"

"嗯？"

"等我儿子生出来，你给他做小干妈。所以你千万不能变坏，要让我儿子有一个好妈妈，这样他才不会输给别人！"

"吧啦你胡说八道什么呀！"我把她奋力一扯说，"你跟我走！"

"走哪里？"

"去医院！"

"放开我！"

"不！"我说，"你必须去医院，必须去！"

吧啦一把推开我，跌坐在木椅上，带着微笑的神情对我说："小耳朵，你听好了，就算全世界的人都想谋杀这个孩子，我依然要生下他来。这一点，永远都不会改变，除非，我死！"

我被吧啦的微笑吓住了，过了好半天，我才说："吧啦，你这样究竟是为了什么？"

吧啦把下巴搁在木椅上，慢悠悠地说："你不会明白的，就像你永远都成不了一个坏孩子。小耳朵，每个人的命运从生下来那天就注定了，你是一个好姑娘，就只能做一辈子的好姑娘，你明白不明白？"

我的眼泪控制不住地掉下来。

吧啦从包里拿出纸巾来，轻柔地替我擦眼泪。"哭吧，哭吧，"她说，"虽然你哭起来很难看。"

就在这时，我听到有人在旁边鼓掌，有人用一种飞扬的语气说道："真是姐妹情深啊，有什么不开心的事说出来，哥哥替你们解决！"

是张漾。

吧啦一看到他，咧开嘴就笑了。

“老婆，我回来了。”张漾说，“他们说你在这里，我家都没回就跑这里来了，你怎么奖励我啊？”

吧啦把嘴嘟起来，脚尖踮得老高。张漾一把揽过她的腰去。

我吓得落荒而逃，身后传来吧啦夸张的笑声。

那天我明白了一个事实，许弋是永远都不会喜欢我的，因为吧啦有的那些，我笨笨拙拙，永远都学不会。

寒假里，我没有再出过门。

新学期开学的第一天，我在校门口遇到了许戈。他伸出长长的手臂拦住了我的去路。

有很多的女生在旁边看着我。

我的脸变得通红又通红。

许弋说：“谢谢。”

“不用。”我的声音细得像蚊子。

“你为什么要帮我，那天打电话的人是不是你？”许弋说。

我慌乱地抬起头来。

“你是不是喜欢我？”许戈又问。

我大力地喘着气，绕过他，飞快地跑进了教室。

不知道为什么，我感觉我要死了，我那一颗做过手术的小小的心脏，已经不负重荷。我糊里糊涂地上了一周的课，周六的时候，许弋来了。开始我没有发现他，因为太困，我在教室里喝一杯速溶咖啡，举起来的时候太急，几滴咖啡滴到红色的毛线围巾上。我坐的座位靠着

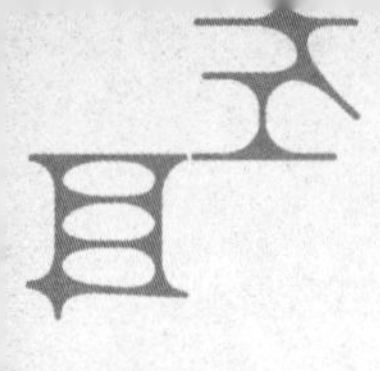

窗，在我把视线放平以后，我看见许弋。他居然对我伸出一只手指，勾动了一下。意思是叫我出去。我的心突然有些莫名其妙的抽动，下意识地丢下杯子就冲出了教室。

他不看我，走在我前面，我的脚步一会儿快一会儿慢有点像个傻子，我也不知道他要带我去哪里。这是一个周六的下午，学校老师都去开一个乱七八糟的会议。本来的自习改成了放假，学校里人很少。该死的天又下雪了，黄昏就像是黑夜。他带我穿过操场和实验楼，雪片掉在他短短的头发和宽阔的肩膀上，我的心里起起落落地疼。我只好把头转向一边，然后我喊起来："你到底要带我去哪呢？"

他突然停下来，然后转过身。我下意识地往后退了一步。脚踩进厚厚的雪里，发出咯吱咯吱的声响。我们那时是在学校后院的那条走道上。水房巨大的卷帘门闭合着，上面涂了蓝色的油漆。旁边的楼梯口空荡荡的，许弋就在这时候把我拖进那里。我有些惊恐，我们俩大概隔着两米的距离，我靠墙站着，咬着下嘴唇就这样盯着他。他穿着灰色的大衣，肩膀上落着冰晶和雪珠。前额的头发有些湿。哦，许弋，曾经是吧啦的许弋，天使一样的脸蛋。他还是那样帅得没救。

我难过地蹲下身。看清围巾上的咖啡滴，我伸出袖子把它擦去。

"我知道你喜欢我。"

"没有。"

"那个天天给我写信的人是你？"

"不是！"

"看着我。"

我不敢，我蹲在那里一点一点地发抖。

他拽起我的左胳膊一把拉起我，我吓得轻声尖叫起来。

“你别指望我喜欢你。”许弋说，“你不要再给我写信了，那些无聊的信我再也不想看！我跟你说，我可以上当一次，不会再上当第二次！”

“不是我。”我艰难地说，

上帝做证，我真的没有给他写过信，除了那一封。

“你少装出这副纯情的样子来，你别以为我不知道，你跟那个吧啦是一伙的，你们没玩够是不是，没玩够我继续陪你们玩！”

从来都没有男生对我这么凶过，我甩不开他，眼泪忽然就掉下来。

许弋看着我，他的样子很愤怒，我以为他要打我了。我把眼睛闭起来，却感到他被人猛地一把推开了。我睁开眼睛，看到尤他，尤他血红着眼挡住许弋，粗声粗气地对我说：“你给我回教室去。”

许弋吃惊地看着他。

我一转身走进雪里。地上好多的冰渣，我真怕它们灌进我的旧跑鞋，那样多冷。我是个彻头彻尾的傻子。我的脸上冰冰凉，我把手从衣服下面伸进去在里面的口袋里掏我的纸巾。因为我穿得很厚所以很难掏，可是我下定决心一定要把它掏出来。我就这样保持这个奇怪的姿势大踏步穿过实验楼和操场，往我的教室走去。谁也没有追过来。我的眼泪大颗大颗滚落下来，可是我没有回头。

许弋对我的误会让我全身无力。让我想起很久以后我听到一首歌，里面唱：鸽子不要悲伤不要放弃你的希望，从此我要坚强就像阳光那么闪亮。让我想起那时懵懂倔强的我，原来就像只鸽子一样。我没有勇气折断我的翅膀，却也飞不到任何地方。

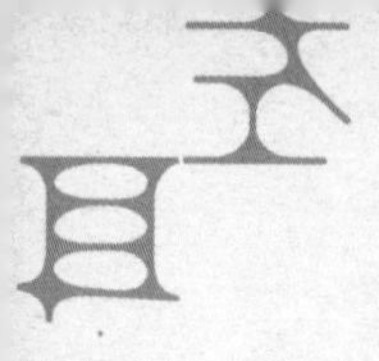

我坐回我的座位，有一些人看着我。他们一定看着我红肿的眼睛，心怀叵测地猜测我和许弋的关系。

我尽量装作若无其事地坐下，若无其事地拿出我的作业本。可是我又实在是无法做到若无其事。

我顶着世俗的眼光趴在课桌上尽情流泪的时候，并不知道此时此刻，尤他和许弋正在操场上打得难解难分。

许弋指着我的背影问尤他：你跟她是什么关系？

尤他说：她是我妹妹，我警告你，你不要打她的主意。

许弋哼了一声：你妹妹？我告诉你，你妹妹是双破鞋，她和吧啦狼狈为奸，是双破鞋，破鞋！

尤他像头狮子一样地冲了上去。

9

黄昏的时候，许弋的妈妈，我的姨妈，还有我的妈妈，都被叫到了校长办公室。

妈妈出来以后，只对我说了一句话，她说：李珥，你让我失望。

这话让我绝望。我想对她说不是这样子的，事情根本不是她想象中那样子的。可是我不知道该怎么去解释。我一直都是这样一个，不擅于表达的孩子。

我看到尤他和许弋，他们都挂了彩，虽然到医务室处理过了，但脸上的伤痕还是清晰可见。尤他低着头走过我面前，还有许弋，他的表情带着愤怒的忧郁。

他们都没有理我。

我的心，疼，无可治愈。

雪还在下，没完没了，黄昏像黑夜。看样子，春天，还要等一阵子才可以来。

他们问了我很多的问题，比如，怎么跟吧啦认识的，吧啦都跟我说过些什么，有没有让我去干什么坏事，我拼命地摇着头，因为，每一个问题，都不是我想回答的问题。

我跟着妈妈走出学校，老师说，我可以不用上今天的晚自习，她希望我妈妈能好好跟我聊一聊，沟通沟通，把我从失足的边缘拉回现实来。

这是她的原话，她当着我说给我妈妈听的。

妈妈走在前面，还有我那总是唧唧喳喳的姨妈。我们刚走出校园，她就厉声对我说："李珥，你给我站住！"

我站住了。

她揪住我的衣服说："你说说看，你怎么变成这个样子了？还跟那些小太妹混在一起，简直是太不像话了！"

"你不要骂她。"尤他过来给我解围。

姨妈调转了枪口："我还要骂你呢，你也是，好好的跟人家打什么架，就要高考了，要是挨了处分，我看你怎么办！"

我一抬头，就看到了吧啦，吧啦今天一点儿也没有化妆，她穿了一件很简单的衣服。站在前面，用一种说不清的眼光看着我。

我们一行人经过她的身旁，我不敢跟她打招呼，就在我恨死我自己的懦弱的时候，吧啦却喊我了，她没有喊我小耳朵，而是说："李珥，你等一下。"

所有的人都站住了，警觉地看着她。

“事情我都知道了。”吧啦说，“我是来替你做证的，证明那些事情都跟你无关！有什么事，都算到我吧啦头上。”

“你滚一边去！”尤他恶狠狠地说。

“我就走。”吧啦冷冷地说，“只要李珥没事。”

“她不会有事的，你离她远点，她什么事都没有！”

“尤他！”我大声地喊，“你不许这样跟吧啦说话！”

“为什么！”尤他说，“难道她害你害得还不够惨？”

“因为吧啦是我的朋友！”我说，“她是我的好朋友，我不准你这么说她！绝不允许！”

尤他气得后退了好几步，妈妈和姨妈都张大了嘴巴。世界静止了，我又听不见任何的声音了，只看到吧啦，看到吧啦咧开嘴笑了。她的脸上焕发出一种炫目的光彩。她看着我，眼睛里的光亮明明白白。

然后，我听到她轻声说：“小耳朵，我真的没有看错人呐。”

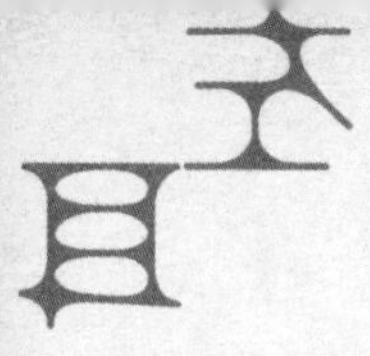

10

后来的日子，并没有我想象中过得艰难。爸爸妈妈都没有再过多地责备我，反而比以前要更多地关心我。特别是我在开学后的第一次月考中考了全班第二名后，那件事差不多就算是完全地过去了。

但是，只有我自己心里清楚地知道，我还是跟以前很不一样了。我忘不掉许弋，不管他对我是什么样的态度，我都无法忘掉他在我年轻的心里留下的爱和伤痛。这一切，就如同我无论如何也忘不掉吧啦，忘不掉吧啦那绿色的眼影和她忽然一下咧开嘴笑起来的样子。

虽然妈妈总是说：只要不再来往，就好。

我试图让妈妈明白，我说：妈妈，吧啦真的不是坏女孩。

妈妈叹气：你这么小，哪有什么社会经验，给人利用了都不知道。

我只好不再说话了。

我常常伤心地想，我是那样弱小的一个女孩子，我和吧啦是完全不一样的。对不起吧啦，可是天地良心，我是真的把你当成朋友的。

我有很多天都没有和尤他说话，如果不是他的冲动，我想我不会被弄到一个如此尴尬的局面，或许我还是可以守着我十七岁不为人知的暗恋，独自体会成长的欢乐与哀愁，而不是整日活在众人津津乐道的眼光里坐立难安。

终于有个周末的晚上，尤他又到我家里来，一起来的还有姨妈、尤他的爸爸。妈妈做了一大桌的菜，他们在饭桌上聊到尤他的志愿。尤他有些讨好地问我说："李珥，你是喜欢交大还是北大呢？"

我不做声。

妈妈轻声说："尤他问你呢！"

我冷冷地说："我从来都不管别人的事。"

一屋子的人都尴尬起来。我看到尤他的脸色忽然变得苍白，我觉得很过瘾。从前，我是那样乖那样乖的一个乖孩子，可是现在这样子，我真的觉得很过瘾。

吃过饭后，我进了自己的房间，尤他跟着走了进来。我头也不回地说："请你出去，我要做功课了。"

"李珥，我想跟你谈谈。"尤他说。

"可是，"我强调地说，"我不想，我压根儿也不想。"

"你是我妹妹。"他坚持地说，"我不能不管，你明白吗？"

我背对着他掉下泪来，我真怕他会看见，谢天谢地，他只是说完这句话，就转过身出去了，我听到门"嗒"地一声关上的声音，我跳起来，把门反锁上了。

我知道他们会在外面议论我，我一面看书一面把右耳堵起来，这样子，我就可以什么都不用去管了。

前一天还是漫天的雪，第二天，雪停了。

我知道，春天终于来了。

这一年的春天，阳光好像特别的明媚。柔和的金色从绿色的树叶上流淌下来，花开无声。周一是我最不喜欢的一天，还没有休整好，所有的忙碌又要起头，特没劲。那天，做完课间操，我独自穿过操场想到小卖部去买速溶咖啡，一个陌生的男生挡住了我的去路。他有些慌张地问我："你是不是李珥？"

"是。"我说。

"请你接一个电话。"他把手从裤袋里掏出来，手里捏着的是一个

小灵通。

“谁的电话？”我说。

“你接吧。”男生把电话一下子塞到我手里，“打通了，你快接！”

我有些迟疑地把电话拿到耳边，然后，我就听到了吧啦的喘息声，只是喘息声，但我敢肯定，就是她。

我失声叫出来：“吧啦！”

“小耳朵，是你吗？”

“是我，吧啦。”我的心感到一种强大的莫名的不安，我再也说不出别的话来。

“真好。找到你了。”吧啦哑着嗓子说，“我一定要跟你说声谢谢，谢谢你，谢谢你把雨伞借给我，谢谢你上一次救了我，谢谢你替我擦药，谢谢你当众承认你是我的朋友，你不知道，我有多么地谢谢你……”

吧啦的声音越来越弱，我不知道，是不是我的耳朵又出了问题，就在我惊慌失措的时候，电话断了，那边传来的是无情的嘟嘟声。

男生把手伸过来，抢走了小灵通，转身就跑。

我终于反应过来，跟着就追了上去。我跑不过那个男生，只能眼见着他进了高三（1）的教室。但我毫不迟疑地跟着他跑了过去，上课的预备铃已经响起了，他们班所有的同学都开始蜂拥而进教室，他们的数学老师已经拿着教案站在门口。

我也站在门口。

有个多事的女生隔着窗户问我：“你找谁？”

我不说话，我的眼睛正在满教室地寻找那个男生的时候，一张纸条从里面传了出来，上面写着：吧啦在医院里，她出事了。

她出事了。

吧啦，我没有猜错，她出事了。

我捏着纸条摇摇晃晃地往回走。走到操扬中央后，铃声又响了，我开始飞奔，但我并没有去教室，而是一直朝着学校大门口跑去。

铁门紧闭。

门卫师傅看着我说："上课了，你要去哪里？"

"我要出去。"我说。

"老师的批条呢？"

我把手里的纸条往他桌上一放。就在他拿起纸条来研究的时候，我猛地一把抽开了铁门上的栅，谢天谢地，上面没上锁，我成功地跑了出去。

他也许在后面喊我，但我听不见。

我着急的时候就是这样，什么都听不见。

我跑到了医院，可我不知道该到哪里去找吧啦。我借了别人的电话来打吧啦的手机，关机。我又跑去问值班的护士，有没有一个叫吧啦的人住在这里，她查了半天后告诉我，没有，没有这个人。

我在医院门厅墙边靠住身子，咬紧下唇。我忽然想起这或许只是一场游戏，我只是被谁谁谁捉弄了而已。这个想法让我的心里猛然一亮，像阴郁的房间忽然打进了一道灿烂的阳光，但我很快就又明白过来，事情肯定不会是这样的，没有人戏弄我，事情肯定是很糟很糟的。

我的直觉，从来就没有骗过我。

你的心里有一面墙
打开就能够看到天堂
我的心里有一些慌
怕记不起你的模样

昨夜的烟花有一些烫
烫伤了青春就散场
写一张寄给往事的明信片
是不是就可以把疼痛
统统都抵挡

天上的鸟啊它飞呀飞
不知道飞向何方
地上的我听啊听
听不清来时的地久和去时的天长

左耳的速度
靠不上离别的肩膀
爱情是一双穿错的鞋
走啊走啊你在南方我在北方
那些心甘情愿的忧伤
从来不肯为我撒谎
左耳坚持
面向你回来的方向
听到你说
这一生有你在身旁
不离开 不放手 不绝望

左耳

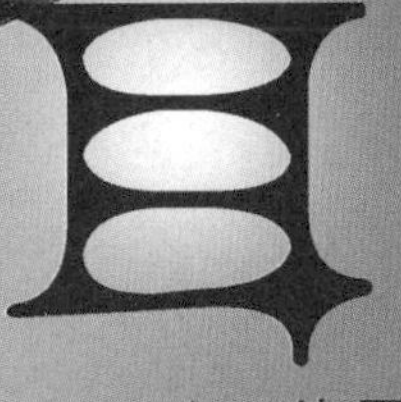

（许弋的歌）

词/饶雪漫

Part 2... ..吧啦

吧

愚蠢的飞蛾。

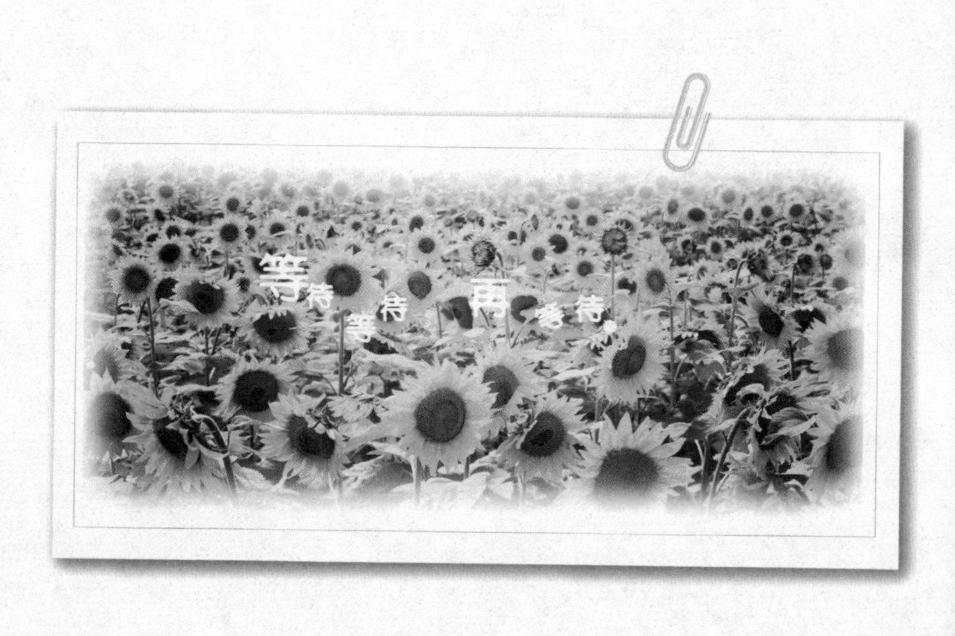
等待 等待 再等待

1

我是一个坏女生，我想，从生下来的那天起，就是这样的。

他们说我刚出生时可恶极了，一直哭了三天三夜，从早到晚，从晚到早，无休无止，好像是以此来表达对来到这个世界的最大的抗议。

我当然不记得刚刚出生的时候的那些事，事实上是，我有很多的事情都不记得了，我总是擅长忘记。我刚进职校的那一天，学校要我们填一个表，上面有一项就是：特长。我在上面填上两个大大龙飞凤舞的字：忘记。

那个老师瞪大了眼睛看着我。然后她咬着牙说：难道你不知道"特长"是什么意思吗？我咬着笔杆装出一副白痴的样子来看着她，她摇摇头走开了。

我把笔从嘴里拿出来，哈哈大笑。

就在这时，一个高大的男生猛地跳到我面前来，他真的很高，挡住了我面前所有的阳光，这让我非常的不爽。他盯着我的脸问我："你就是传说中那个黎吧啦？"

我坐到桌上，摇着双腿捏着嗓子说："俺并不知道俺这么有名哩。"

"我叫黑人。"他昂着头宣布，"从我知道你要到我们学校来读书起我就打算追你了。"

"是吗？"我说，"你月收入多少？"

"我可以罩着你。"他精明地绕过我的挑衅，"在这个学校里，基本上是我说了算。"

"是吗？"我装出一副害怕的样子来，"我要是不答应你，你岂不是要灭了我？"

“基本上是这个样子的。”他说。

“好吧。”我拍拍双手从桌上跳下来说，“OK！”

“OK是什么意思，是答应还是不答应？”

“答应啊。”我说。

他可能没想到这么容易就成功，立马一副呆相。我拍他一下说：“老大，走，带我去参观一下俺们美丽的校园。”

就这样，我狐假虎威地跟着黑人在校园里好好地逛了一圈，听他跟我介绍应该在哪里吃饭哪里打球哪里烧烤甚至在哪里扁人。我像个首长一样频频点着头，但其实，我一点儿也不喜欢这个地方，当然没有人会喜欢这个鬼地方，除非他脑子烧坏了。

黑人就是这样一个脑子烧坏了的人，他对这个破学校怀有一种近乎于变态的狂爱，甚至有种在这里当皇帝坐江山的可怕的错觉。我们认识的第一天他带我认识了他许多的哥们儿，一群破小孩。大家都很给他面子，口口声声喊他“黑哥”。其实，当我在江湖上混的时候，这小子还不知道在哪里含着奶嘴发花痴呢，不过，我并不打算拆穿他，毕竟到了一个新地方，有人罩总比没人罩要好得多。

我是一个聪明的坏孩子，这一点，也是与生俱来的。

那一天，人群散尽，天黑了，像是要下雨了。黑人和我一起蹲在操场的边上，试图游说我跟他抽同一根烟。我很坚决地告诉他：“不。”

“为什么？”他问。

“我怕你有爱滋。”我说。

他把捏着烟的手讪讪地缩回去，好半天才吐出一句话：“他们说得一点儿也没错，你他妈果真是一个猛女。”说完，他就动了坏心思，扔

掉烟，恶狼扑食一般地朝着我来了。我被他拥到了怀里，我们的脸贴得很近，我看清他，他不算是一个让人讨厌的孩子，可我吧啦并不是那么随便的人。千钧一发的时候，我用一种恶作剧的口吻问他：“你难道就不怕我有爱滋么？”

他犹豫了一小下。

就是那一小下，我认定这小子出息不大。我把手拿起来，隔开我们彼此的嘴唇，然后我缓缓地说：“喜欢一个女人，就要征服她，让她心甘情愿。”

黑人在我的眼神里败下阵来，他放开了我，下定决心一样地说：“好的，黎吧啦，我会让你心甘情愿的，我们走着瞧。”

于是，我在还没有“心甘情愿”的时候，黑人很心甘情愿地为我提供了许多的帮助，比如食堂的饭卡，IC，IP，IQ……统统都给我用了。

可怜的孩子，因为这莫虚有的爱情，短时间内就成了个没有钱没有智商的傻大个儿。

可我并不觉得有成就感，当我拿着黑人的电话没完没了地跟一个外地的网友聊天把对方聊得魂魄飞天把黑人聊得面皮发紫的时候，我真的丝毫也没有成就感。那一天，我说干了我的口水，也说掉了黑人电话卡上的最后一分钱。最后，黑人把电话甩到空中，说了一句特别经典的话，他说：“我早知道养一个黎吧啦可以养十个小老婆，我他妈指定不追你。”

那时我们在黑人姨妈家的一个小房子里，我指着门口凶巴巴地说：“你走，现在还来得及。”

“我今天要做了你！”他站起身来，拿起电话，步步逼近。姿势有点像电影里的黑社会拿着一把枪。我当时真是有些害怕，我觉得我就这样不明不白地失身于一个傻大个儿实在是有点冤枉，但我无路可走。

他把我压到了床上，我没有尖叫，也没有表情。但实际上，我内心非常的慌乱，在我还没有想出计策来的时候，门忽然被人打开了。

来的人，是黑人的姨父，他还带来了两个人，是来看房子的，这个房子闲置了很久，他们想把它卖掉。

几个人一起又惊讶又尴尬地盯着衣衫不整的我们从床上爬起来，尤其是黑人的姨父，我感觉他就要背过气去。黑人吓得屁滚尿流一句话也不敢说，我整理好衣服走出去，走过他姨父身边的时候，我非常优雅地说了一声谢谢。

天地良心，我可是真心的。

我去了“算了”。“算了”是我们这里最有名的一家酒吧，是我表哥开的。我算是那里的不用给工钱的业余“驻唱歌手”。

表哥拍我的脸一下：“吧啦，你老妈电话打我这里来了，让你回个电话。”

“我没钱。”我说。

“她说要回来接你。”

“得了吧。”我喝完一大口啤酒说，“这话她说了十年了。”

“在哪儿都一样。”表哥说，“你也别太在意了，高兴点儿，啊！”

我冲他感激地笑笑。

我表哥看上去衣冠楚楚，但他是在黑道上混的人，我们之间并没有什么亲情，他对我的安慰，也不过是走过场而已，这一点我相当的清楚。

星期六的晚上。"算了"依旧聚集着那些身体和心灵一样浑浊不清的小孩子们。我穿着我最喜欢的黑色蕾丝花边吊带背心，裸露的锁骨和后背在灯光下散发着氤氲的气息。我一个人站在很小的舞台上，低低唱我最喜欢的许巍：

等待等待再等待

心儿已等碎

我的心是河两岸

永隔一江水

是我自己重新编的曲，用的是明亮的G调，我的嗓音依然可以游刃有余。

我听见他们的口哨和掌声。心里说不上高兴还是什么。"骚货！"我在鞠躬之后看到一个长发遮住脸的女人，她尖叫一声，从人群里钻出来，手上的酒瓶不由分说冲着我的脑袋飞过来。我一闪，躲掉了。我在我的黑色蕾丝内衣外面迅速套上大衣，然后我转过身，轻轻用手按了一下嘴唇，给了她一个飞吻。我眼看着她被那些男孩子架住，还像头小牛一样直想往我这冲。我往后退了几步，然后转身，摇摇晃晃离开了那里。

"有种别走！你这个骚货！妖精！"门关上的一刹那，我还听到她的声音，像一个输掉一切家当的赌徒一样无辜而愚蠢。

原来这个世界上，傻大个也是有人真正爱，并且愿意为他拼命的。

不用说，刚才那个女人肯定是黑人的也许情人也许追求者也许前女友，或者只是他的妹妹。我不清楚。也不想清楚。

在我心里，男人只是车票，不停走路就需要不停换车票，这样才

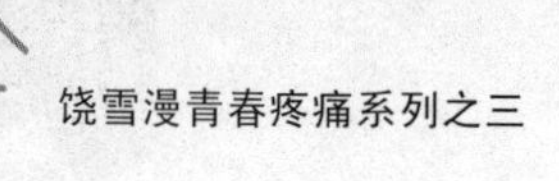

能看到远方的风景。我的内心是自由流淌的溪水，汩汩向前永远不停。

永远不停。

我低下头给自己点一根555。然后瑟缩着在灯火辉煌的大街上大步走过。

夜风清凉，我的长头发在风里飘荡。我的孤单，没有人知道。

我去了天中外面的那家拉面馆，那是我喜欢的一家拉面馆，不大，但是破天荒的干净。我在里面呼啦啦地吃完了一碗面条，让老板娘给我放了许多的香菜和许多的辣椒，然后，我打着饱嗝回到家里，倒床就睡。

这一睡，我就睡到了第二天天亮。

周末的晚上黑人要挑天中的篮球队队长，这事他们闹腾了好多天了，他们嫉妒天中那些天之骄子们，不干赢人家绝不罢休的样子。才早晨10点，我还睡着黑人就打我的手机，整个枕头震动个不停，我按了扬声器，像举着只喇叭，听他在电话那头很兴奋地叫："老婆你来看吧，看我怎么把他们扳倒。"

我毫无兴趣。

我问："你姨父没宰了你？"

"哪能？"他说，"你是不是为我担心了？"

"哈哈。"我笑。

"来吧，老婆。"他的臆想症又犯了，说，"你来看看天中那些小子怎么跪在我面前求饶的。"

我对他说："亲爱的我来大姨妈了，让我睡觉。"

然后我按了关机。

可是到了晚上我突然想去看看。我对着镜子开始化妆，还是用了我喜欢的这种绿色眼影——LANCOME COLOR FOCUS，DEEP FOREST。深深的丛林。

我穿了印着紫色鸢尾的大花裙子，绾着髻，用一串红色珠子盘在脑后。今天是柬埔寨少女风格。我很满意地走出房门。

老太婆在看电视，她转过头来看了我一眼。什么也没问。

可是在我换鞋的时候，我却清楚地听到她在骂我："妖精样，一代比一代妖。"她也许在骂我妈妈。可是我已经懒得计较。我微笑了一下，大声说："老太婆，我不陪你吃晚饭了。"说完我就拉开门走。

技校的篮球场地破旧不堪，但是那有一盏白炽灯，有点类似那种手提的马灯，吊在篮框的顶端，风吹过来灯光就一摇一晃，显得很有感觉。但是这里没有人会管你，所以每个假期里，都有好多的孩子来这里打夜球。

我走到篮球场边缘的地方停住。他们没人注意我。黑人是个光脑袋，他喜欢穿黑颜色的无袖T恤戴洁白的象牙耳圈，肌肉发达，我进校后不久就听说过我校有两个怀孕的女生为了要嫁他而在学校动手的传闻。不过我不介意，因为我绝对不会为他怀上一个孩子，我想想黑人的姨父那天那背时的样子就想笑，上天都帮我，不是吗？

见我到场，黑人显得有些莫名的兴奋，他很绅士地吻了我的手背，抽风般地说："谢谢夫人的光临。"

我真想在他的肚子上狠狠地踹上一脚。他继续抽风般地对他身后的人说："照顾好嫂子，去端个凳子来！"我这才看清他的身后站着两个黄头发的小孩子，单眼皮，嘴巴耷拉着，稚气未脱的傻样。领命而去，跑的速度之快，仿佛被人追杀。

我觉得又好气又好笑，于是转开了我的脸，就这样，我看到对面有个男生靠着篮球架站着。他戴着一顶帽子，帽檐压得很低，我因此看不清楚他的脸。可是知道他在嚼着口香糖，腮部一动一动的。

我站的地方其实离他们并不远。黑人把手上的篮球利落地抛给他，然后他说开始吧。

他接住，开始运球。左手腾出来把帽子摘掉，帽子飞出，落在我的脚下。

就在他抬头的一刹那，我看到微弱的白炽灯光下，那张轮廓分明的脸。很久以后，我不断回忆起那一个瞬间，回忆起那一刻我的心里，是怎样忽而像盛满了水的容器，又忽而将它们全部倾倒出来，所谓的天翻地覆，大抵如此吧。

我平时对这种体育比赛最没有兴趣，但是那一天，我老老实实地坐在一把硬凳子上看完了整场比赛。

这场比赛的结果是1对3的对决，黑人他们居然输了。最后黑人抹了一把汗，高声嚷道："TMD老子服了，张漾你有种，天中就数你是个男人。"

我看到那个被唤作张漾的男生开始慢吞吞地收拾自己的包，背上之后他绕到我的面前。他没有打量我的花裙子和绿眼影——他好像一眼都没有看我，只是弯下腰，把他的帽子捡起来重新反戴在头上，就这么一言不发地走了。

见识过各种所谓厉害的男生。可是没有见过这样的一个男生，沉默，干净，骨子里却透着不易觉察的桀骜，就像什么呢……就像棵小

小的白杨。小白杨小白杨，我在心里试着喊了一下，对这个名字甚而有些满心欢喜了。黑人就在这时候走过来，粗暴地把我一搂说道："老婆，我们今晚去哪HAPPY？"

我挣脱了黑人的怀抱，走开一点说："不是告诉你我大姨妈来了吗，别往我身上腻。还有，我昨天差点被你的女人谋杀，这种事情我可不希望再发生。"

"是吗？谁？"黑人瞪着眼睛看着我，"谁这么不要命？"

"你那么多女人，我哪里认得。"说完，我甩着咯嘣作响的尖头皮鞋大步离开了那里。他还在我身后大声说："我送你回家吧。"

我没有给任何回应。

如你所料，我跟着张漾走了。出了学校的门，我就索性脱了鞋子。这样他就不会听到我的脚步声了。他在离我150米左右的前方，有点远，不过我还是可以跟得上。我也不知道我的动机，只是特别想知道他去哪，小白杨，多可爱的男孩子。我的心里滋生着一股奇怪的柔软，和着脚底的疼痛，让我精神。

我左手提着鞋，右手提着宽阔的裙摆，在静谧的夜色里踮着脚尖跟踪着一个从没见过的男生。幸亏他走的路线一直人烟稀少，否则会有多少人盯着我好奇地看呢？我不知道，事实上那一刻，我的脑袋里一片空白，只是觉得我就愿意这样追着方向走去。

事实上，那一天我的跟踪行动并没有取得成功。不过才转绕了几个弯子，我就再也找不到张漾的影子了。我有些泄气地在路边蹲下，穿上鞋子，揉揉我发痛的双足。正思考着接下来该干点什么的时候，有人在我的肩膀上轻轻拍了一下。

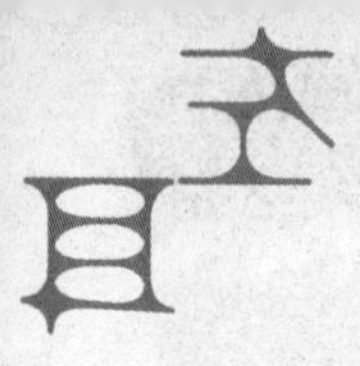
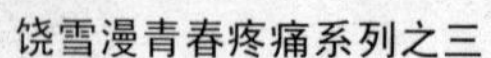

我听到一个非常好听的男声在问我:“你跟着我干什么?”

我转头，看到张漾。

“嘿!”我跳起来，“原来你在这里!”

“你是黎吧啦。”他说，“我认得你。”

“呼!”我得意地抓抓我的卷发说，“是不是因为我很漂亮，所以你记忆深刻?”

他看了我一眼，也许是在考察我是不是真的漂亮，不过他并没有因此而表态，而是说，“这条路上有很多碎玻璃，你把鞋子脱了走路会很危险!”

我真怀疑他脑袋后面是不是长了眼睛。他真的，真的是太帅了，太不一般了，这简直让我身不由己。

我把一根食指含到嘴里，轻轻地咬了一下，以确定这不是梦境。

“回家吧，不早了。”他说完，笑了一下，转身大步地走掉了。

2

第二次见到张漾，是在拉面馆。

我最喜欢去立天高中附近的拉面馆，那里的面条很合我的胃口。我刚进去就看到了他，他坐在靠近街边窗口的那个双人位置上。他的对面还坐着一个小小的女孩子，梳着两条麻花辫，穿着白色的棉T恤，上面印着一排小娃娃。他们的样子一看就是情侣，但他们却费劲儿地装出一副彼此毫无关系的样子来，我忽然有些想笑，于是从牛仔裤口袋里掏出烟盒，用店里的火柴给自己点了一根红双喜。

这应该是课间，天中有不少饿得眼睛发黑的孩子都抓紧时间来这里解决温饱。我发现有些孩子拿眼睛的余光瞄我，这眼光里头，当然也有他的。于是我把头仰起来，对着天花板吐出一个漂亮的烟圈。没办法，我总是那么擅长表演。于是那些孩子继续低下头吃他们的拉面，发出呼哧呼哧的声音。这就是重点中学的孩子们，自保写在脸上，很安全也很糟糕。

而我，就这样肆无忌惮地看着他们。张漾终于把头抬起来，用一种难以言喻的目光注视我。我冲着他轻轻地说了一声："嗨！"然后，我举起我手中的烟来，我的指甲剪得短短的，每一个都涂着玫瑰红色的指甲油，像一小颗一小颗成熟的红豆。我用我细弱的手指夹着烟，烟灰很长，突然掉落下来，他下意识地皱了下眉。然后把头低下。

他对面的女生也皱了皱眉。

我哗地笑了起来。

"嘿嘿！"我恶作剧地冲他喊，并且伸出了手臂，晃着手中的烟说："嘿嘿嘿，小白杨，你好。"

张漾站起身来就走。女生也站起身来跟着他。我发现张漾在柜台的时候付掉了两个人的面条钱，女生乖乖地走在他前面，走出面馆的那一刻，张漾的手轻轻在女生的背上拍了一下，女生回头，他冲她微笑，一脸的宠爱。

你要相信，那一刻我的心里，真的是一点嫉妒都没有。

我从来不知道什么是嫉妒。如你所料的那样，我把他当作为我定做的礼物，无论别人如何赞叹热爱，他是我的。

我势在必得。

亲爱的小白杨，你是我的。

我跟老板娘要了纸和笔，趴在桌上飞快地写下我的电话号码，然后，我冲了出去。我看到张漾的背影，他已经快要进入校门了，我飞速地拦住他，把纸条塞到他的手里，他伸手接住了，不露痕迹地走开。

看来，他是个比我还要狡猾的狐狸。不过，我依然胸有成竹地等待着这只狐狸上钩。吧啦这十八年，不是白活的。

张漾的手机短信是在三天后发来的，那时候我正跟黑人在一家网吧玩“仙境”，我的魔法师已经练到七十级了，但还是不能去金字塔，一去就死。黑人捉着我的手移动鼠标，一面带我闯关一面骂骂咧咧："以前没看出来，你丫怎么这么笨呢？"

我把他推开："你能不能不要骂粗话，你能不能有点素质？"

"不能。"他响当当地不知羞耻地回答我。

就在这时候，我的手机响起了短信的提示音。那是一个陌生的号码，短信的内容是：我在拉面馆。

我差不多是从座位上跳了起来，然后我对黑人说"我有事，要走了。"

黑人不肯放过我，他贴着我的耳朵说："今晚一起HAPPY。"

我知道他的性格，于是我只好笑笑说："好的，我办完事就回来，你先在这里乖乖地玩游戏，不要趁我不在就出去泡妞。"

"你要办什么事？"他纠缠着我不放，让我恨不得在他脸上打上一拳。不过我还是笑眯眯地撒谎说："我奶奶没带钥匙，打完麻将后进不了门，我得去开门。"

"哦，那你去吧。"他总算停止了罗嗦，"我在这里等你。"

我出了网吧，以百米冲刺的速度赶到拉面馆，我一面跑就一面想等会儿见了张漾第一句话应该说什么，说什么会显得我吧啦比较的有素质，我跟黑人在一起呆久了，一不小心就会冒出一句粗话，这种事在张漾面前，可一定不能发生。

我跑到面馆的门口，就看到张漾站起身来，朝着外面走去。我立即心领神会地跟着他。他走到了面馆一侧的小路，那条路非常难走，两边都在建房子，基本上是无人经过。就这样，我跟着他走了差不多有两百多米远，他在一个阴暗的角落停住了，那里有一堵墙，他靠着那堵墙，点燃了一根烟。

我走到他面前，我想说点什么，但我发现我对黑人的那一套嬉笑怒骂对他根本用不上。

他让我变得笨拙。

于是我就只好站在那里看着他抽烟。

他把烟盒掏出来，递给我，说：你不来一根吗？

我接过一根来，却发现身上没带火，于是我含着那根烟，凑到他的面前，他没有迟疑，很配合地替我把烟点着了。我们离得很近，我

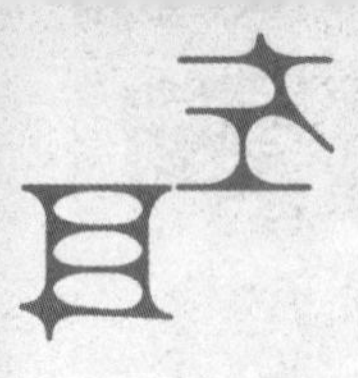
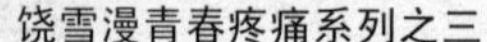

看到他的眼睛，像天上闪烁不停的星星。我的眼睛里，忽然就有了莫名其妙的潮水。

他用手掌贴近我冰冷的脸，低声说："黎吧啦，你很有名。"

"是吗？"我朝他眨眼睛，"你现在在泡一个有名的妞。你很快也会有名的。"

他用力地把我搂到怀里，我很清楚地听到他的心跳，我的心也莫名其妙地跟着狂跳起来。张漾把嘴唇贴在我耳朵边上说："我可以泡你，但是你要答应我三个条件。"

"嗯？"

张漾接下来说出的话非常的有条理，估计早在他心中算计了无数次，他说："第一，你得把你和那个五大三粗的男朋友之前的事处理干净。第二，你去替我泡一个叫许弋的男生，无论用什么手段，你一定要把他弄到手。第三，在完成前两件事之前，我们之间的事不可以让任何人知道。"

"没有问题。"我说。

"你不问为什么吗？"

"不问。"我说。

"乖。"他把手臂缩紧，吩咐我说，"你把眼睛闭起来。"

我听话地把眼睛闭了起来。

"你的眼影，"他说，"是绿色的？"

"嗯。"

"我喜欢。"他说，"你真是一个与众不同的女生。"

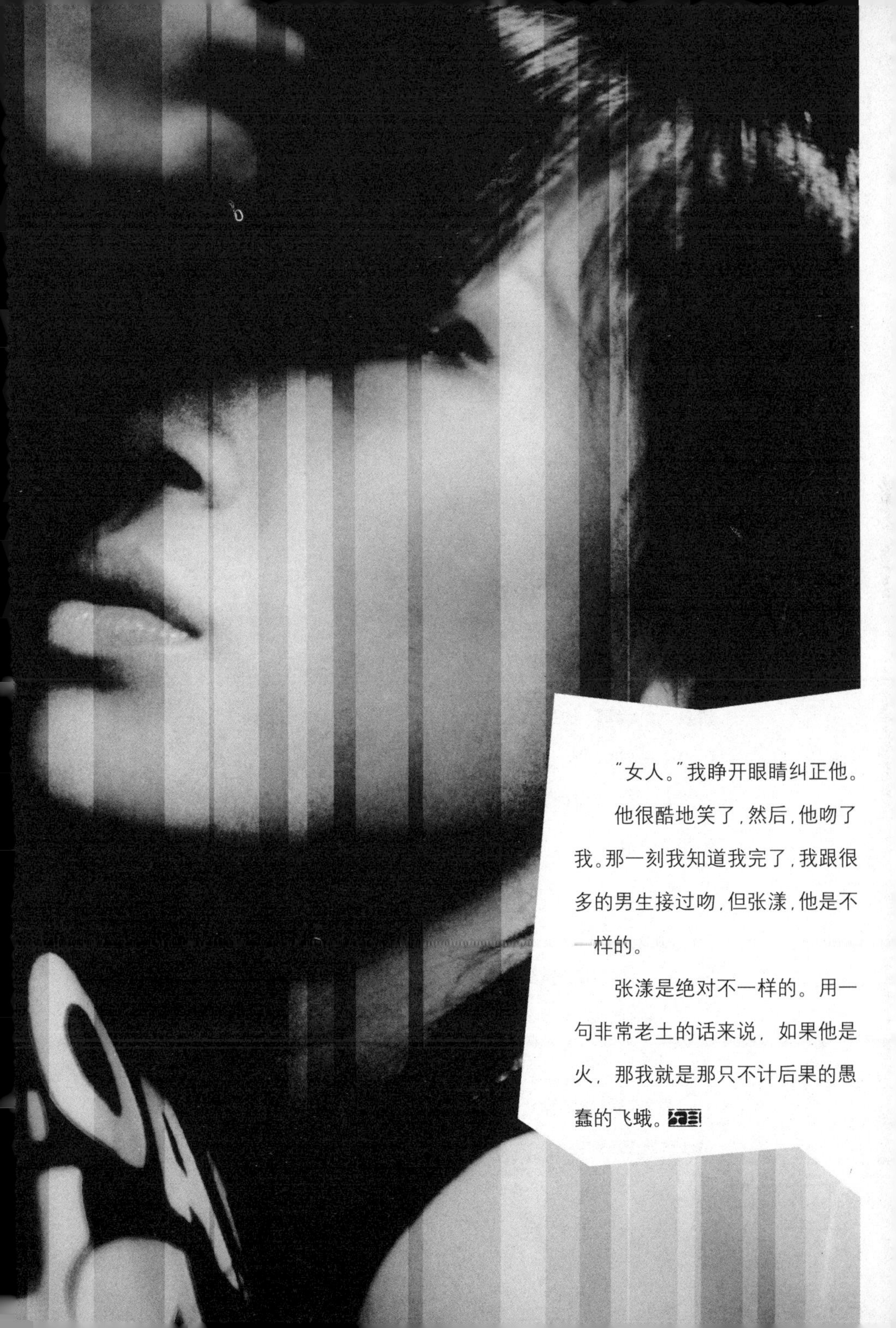

"女人。"我睁开眼睛纠正他。

他很酷地笑了，然后，他吻了我。那一刻我知道我完了，我跟很多的男生接过吻，但张漾，他是不一样的。

张漾是绝对不一样的。用一句非常老土的话来说，如果他是火，那我就是那只不计后果的愚蠢的飞蛾。

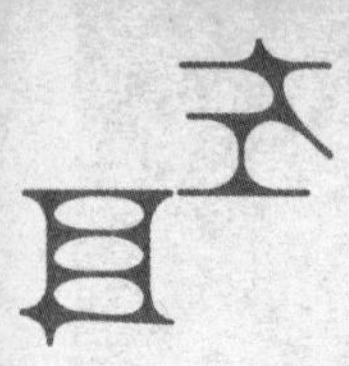

3

跟张漾分开后的当天晚上，我就去找我表哥。

黑人的事，只有我表哥才能够摆得平。也许是在游戏室里闷久了，黑人已经打了我无数个电话，可是我根本就不想接，我的脑子里只有张漾，我的嘴里只有香烟的味道，张漾的味道。我的心已经是吹皱的一池春水，再也无法平复。

为了拥有这一切，我要不惜一切代价。

我红着眼圈跟表哥说：黑人把我做了。

他看着我，问我：那你想怎么样？

我说：让他以后别再缠着我。

我正说着，就有人跑到里面来，说我男朋友在外面闹着要见我。我朝表哥耸耸肩，他出去了。

十分钟后，他进来跟我说："搞定了。那小子白长那么高个头。"

我一惊："你们把他怎样了？"我毕竟用了人家那么多卡，不能一点儿良心也没有。

"没怎么样。"表哥说，"反正不会缠你了，你放心吧。"

我第二天到学校，黑人见了我果然绕着道走，黑人的那帮小弟也是，见了我犹如老鼠见了猫，躲得飞快。

我感到前所未有的清静。

当然，也有一点点寂寞。

我坐在教室的窗台上给张漾发短消息，告诉他黑人已经轻松搞定，问他何时可能开始第二项任务。他没有回我，以至于我上课的时候一直无精打采。

我与黑人的绝交让我在学校变得越来越孤立，三天后，我就看到黑人把手放在一个小女生的肩膀上在学校里招摇过市。他们都认为，是我被黑人甩了，我很满意这个结局，至少，我心里的愧疚会少一点。

与此同时，学校里越来越多人开始仇恨我。

有一天我在课堂上站起来慢悠悠地走到饮水机旁倒了一杯水，径直走到一个男生旁边把水从他的头顶浇了下来。那个老师是个二十几岁的小姑娘，上班都穿着粉蓝粉红的套装就像只瓷娃娃。我曾见过她在“算了”里跟一个男人调情，那天晚上，她穿着最俗气的黑色的衣服，胸口那里露得低低的，像个妓女。

男生跳起来，女教师见我这样立刻尖叫起来：“你想干什么！”

我举起男生藏在文具盒里的小镜子扔到地上，镜子碎了，发出清脆的破碎声。然后我对他说：“跟你说了多少次，不准照我。”

回到座位之后我说：“老师你继续吧，别管那个流氓。”在全班的注视之下，我把头“咚”地放在书堆上面，装作安然睡去。

女生开始发出唏嘘的声音。这就是该死的职校的学生。一帮大嘴姑婆。我在心里恶狠狠地诅咒。心里那股气还没下去，于是我又把头抬起来，环视一周以后大声说：“有什么事发生了吗小姐们！”这一次大家都噤了声。

这还差不多。

校长于老太不断接到举报，她终于把我叫到办公室。当着我的面，她开始翻她的家庭联系簿，翻到之后她把手指点到我的名字，试图找到我父母的工作单位和我的家庭地址。

好半天她推推自己的眼镜，然后抬起头说：“你爸爸妈妈都在国外

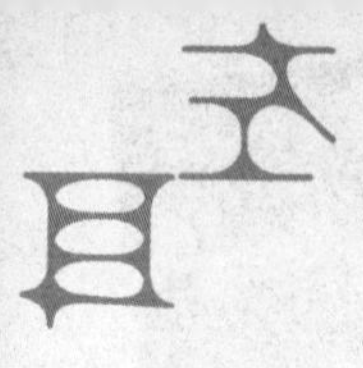

吗，那你跟谁住？”

我说：“本来是跟奶奶，有时候一个人。”

“一个人？”

“她常常打麻将，通宵不回啊。”

“你父母为什么不把你接到国外？”

“他们不要我了。”

“黎吧啦，我需要知道你的情况，请你配合老师。”

我从她的办公桌上捞起一支笔，慢慢地写了家里的电话。然后我用笔点点那张纸片，对她说：“你去找我家那个老不死的吧。”

我从于老太那里出来，就看到黑人的一个小弟。他怕兮兮地跟我说：“黑哥想见见你。”

“可是我不想见他。”我说。

“求你了，吧啦姐，你就去见见他吧，不然他会揍我的。”

“他揍你关我什么事！”

“打在我身上，还不是疼在你心里么。”小男孩油嘴滑舌地说。

我忍不住笑了。好吧，也许我也应该去见一见黑人，我欠他一个解释。不过我不能吃亏，于是，我约了黑人在“算了”见面。

晚上八点的时候，黑人如约而来，他穿得莫名的规矩，身上手上都没有戴那些乱七八糟的东西，他在我面前坐下，我递给他一根烟。

他的手在发抖，好半天才把烟给点燃，我们一直没说话，烟抽到一半的时候，他忽然开始流泪，然后，他趴在桌上开始哭，拳头一下一下地捶着桌子，像劣质电视剧里的男主角。为了不让他当众出丑，我奋力地把他拖到酒吧后面的一间小屋子里，他过来抱我，我又奋力地

把他推开。

“吧啦。”他流着泪求我，“你不要离开我，你知道，我是真的喜欢你的。”

“没有用的。”我冷着脸说，“我已经不喜欢你了。”

“我一直不碰你，就是因为我是真的喜欢你的，难道你真的看不出来吗？”黑人说，“我不能没有你。”

天，他竟然如此肉麻。

“黑人。”我走近他，对他说，“忘了吧，忘了我。”

他血红着眼睛，绝望地看着我。

有人过来敲门，我告诉他没事，并示意他走开。黑人把泪抹干，走到门口的时候，他又转过头来，非常大声地对我说：“黎吧啦，你记住，我不是怕你表哥，我记得你说的征服，我还是会等你再给我机会，我会征服你。”

说完，他干脆利落地走掉了。

这是我和黑人相识这么久，第一次感觉到他的可爱，他的眼泪，他的信心，都说明他是一个汉子，并让我第一次对他心生敬仰。但是，他不是我喜欢的那种男人，我喜欢的，是张漾那种的，这是天生注定的，谁也没有法子改变。

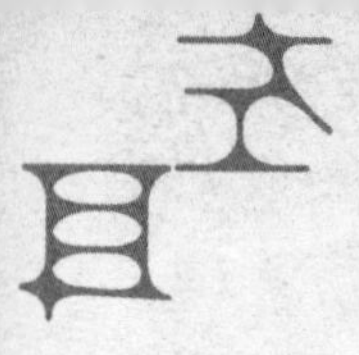

4

我很安静地等着张漾给我消息。

终于有一天，他吩咐我上网。

我到了网上，我们互相加了QQ。他把那个叫许弋的男生的照片发给了我，并告诉我他每天的行踪，要我无论如何，都要想办法让那小子动心。

我问他："你怎么谢我？"

他说："你想要什么我还不清楚吗，放心吧，有机会，会让你如愿的。"

我说："机会是人创造的。"

他说："我不喜欢别人跟我谈条件，尤其是女生。"

你瞧，我寻遍千山万水，终于找到一个比我更坏的人，我不为他卖命，还能为谁卖命呢？

"KAO！"我说，"好的。"

"不许骂粗话，不可爱。"

"遵命。"我说。

我长这么大，一般都是男生追我，我从来都没有这么处心积虑地追过一个男生，所以说，许弋这小子，也算是挺幸福的。我开始"追"他以后才开始了解他，知道他和张漾一样，都是天中的风云人物，换句话来说，也就是死对头。但他们也有很大的不同，那就是，许弋他，真的是一个好孩子。

我像一朵灾难的云，慢慢地游入了他的生活。一开始我并不是没有愧疚的，但是为了我的小白杨，我别无选择。

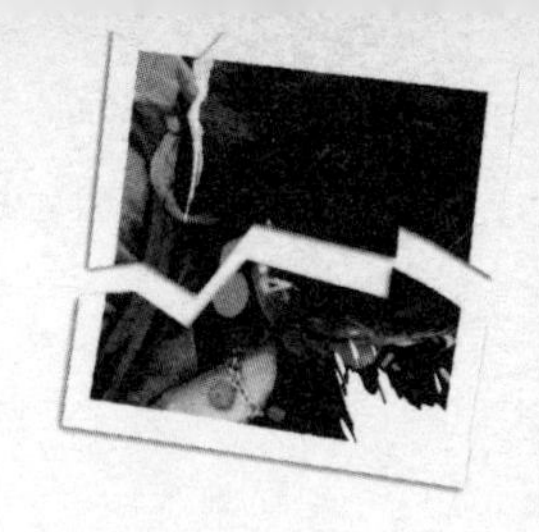

我想了很多的法子去接近许弋，

我在他晚自修下课后跟着他一路走，有一次，我居然搞了一辆自行车，紧追着他后面骑。很快，全天中的人都知道有个坏女生吧啦在追他，有一次他拉了一个女生一起走，大约是要告诉我他是名草有主的，但我并不理会他，我依然给他灿烂的微笑，同时轻轻吹一声口哨，耸耸肩膀走到一边不去看他们。

我在周末去体育馆看他打一个上午的球，一直坐在那，无论天气有多热。他进球的时候我就很大声地喊："许弋我爱你！"其实我是去看张漾的，我心里真想喊："小白杨，我爱你。"偶尔小白杨也会在那里打球，但他从不理我，仿佛跟我并不认识，其他一起打球的外校学生听到我的喊声就会一起发出暧昧的笑声，许弋肯定觉得窘迫，他的脸微红，可是他拿我没办法。

有的时候他在前面走，我就跟着他，突然就在他身后大声地唱起来："嘿前面的男生看过来，看过来看过来！"那一次他吓了好大的一跳，快步跑开了，以至于到后来我发现，每次单独走路，他都会神经质地转头，看看左右，看了再看才放心。

有时候，我就往他的信箱里写信，说一些莫名其妙的话，包括我家的猫啊阳台上的花啊什么的，但是他从来不回。

但我心里清楚，他的生活被我打扰得不轻。

后来他告诉我，我对他而言，就像一株带着辛辣芬芳的植物，开着妖娆的花朵，让他不知进退。他只好不理我。

但他终究还是抵不住诱惑理我了，在某一个周末放学后，他来到我面前，主动跟我说："让我们去看看你的那只猫吧！"

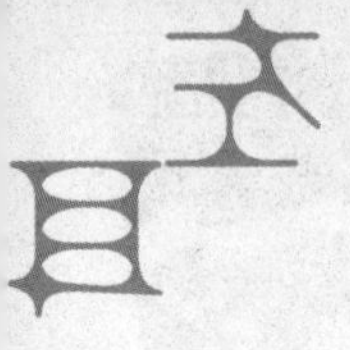

呼呼，我成功了！

我真想把这个消息快点告诉张漾，但是我没有时间，我带着许弋去了河边，那是我们市里唯一的一条小河，没有风景，但是很安静，我看到一个很乖的女生在河边看书，或许是小说什么的，她看到我们，匆匆地收起书来走掉了。

我无数次地见过这个女生，她很可爱，粉嘟嘟的，我这一辈子都别想这么可爱。

许弋问我：你在看什么呢？

"没。"我收回视线说，"你终于爱上我啦？原来追男生是这么累的。"

在空旷的小河边，许弋走开一点点，站在离我有5米的地方，背对着我。我也不靠近。

还有最后一抹晚霞，艳红的光彩涂了半边天。很大的风，我那天出门的时候匆忙。髻梳得一点也不整齐，前面的发梢都贴住了脸。我很大声问他："你说话呀，怎么连跟我说句话都不愿呢。"

"我很漂亮对吧。我知道我很漂亮。"

"许弋同志，我喜欢你。"

他握紧拳头，看样子很想找个东西可以捶一下。

于是我在河边慢慢地蹲了下来，也没有再说话。他也许感到诧异，以为我已经走了呢，所以转过身来，看到我蹲在那里，用手不停地揉眼睛。

我嘀咕着："我的眼睛进了沙子。"

我抬起头对着他："我的眼睛进了沙子，你来帮我吹一下吧，真的

很疼。”

他没有动。

我重复着：“真的很疼，好不好，你过来帮我一下。”

许弋终于跟自己妥协，他走过来蹲下身，想知道我的眼睛到底怎么样了——等他看到我眼睛里狡黠的笑，一切已经来不及了。我伸出手去，迅速但是轻轻地托住他的脸，吻住了他。这个吻让他惊讶极了但他没有躲开。

后来，他给我看他的日记，他在日记里说：

这是我的初吻呵，就这样猝不及防地，被一个莫名其妙的女孩子莫名其妙地剥夺了。那次以后很长一段时间，我总是不断回忆起她那一刻像玫瑰一样盛开的脸。眼睛里的光，仿佛某个夜晚月亮倒映在湖面时，突然吹过来一阵风，让满满的月光都碎了，流淌开来。

如此美好，让我心动。

如此美好，让我心动。那一刻，我觉得自己真的不是人。

我骗了他，这个美好的孩子。

我不是没有内疚，但爱情让我失去一些应有的理智。我在半夜三点的时候跑到郊外一座废弃的小楼上去抽烟，看烟头从高空坠落，一个微弱的火花，绝望地掉向早已干涸的草地。

草地下面，是一片黑色的肮脏的泥土。

我对自己说：吧啦，你不坏，你只是一个任性的孩子。

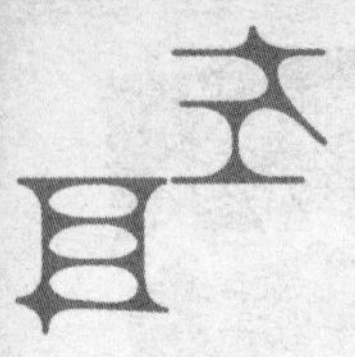

5

有一天放学，我从学校里晃出来，忽然看到了许弋。

他背着个大书包，靠在校园门口那棵巨大的梧桐树下。他看着我走近，眼神里有些藏也藏不住的忧伤。

我走过去，捏着嗓子故作轻快地说："帅哥，干嘛哩？今天居然敢逃课？？"

"我想你了，吧啦。"许弋有些委屈地说，"我居然两天都没有你的消息。"

我伸出手，在他的脸颊上迅速地捏了一小下："对不起啊，宝贝，我这两天忙晕过去啦。"

"你忙什么？"他问。

"忙什么呢，嗯，让我想想。"我把眼睛抬起来看天，结果我看到了黑人，个子很高的黑人，带着七八个男生，正从学校里面走出来。

我的心里咯噔一下。

我想让许弋快走，但是已经来不及了。黑人一伙很快就围了上来，黑人又戴那些让我眼花缭乱的金属饰物了，他不说话的样子有些恐怖，看上去像一条就要吃人的狗。

我推推许弋说："你先走。"

许弋没动。

黑人粗声粗气地说："这难道就是你喜欢的小白脸？吧啦，你的品位越来越让人难以理解啊。"

"你敢动他，你试试？"我对黑人说，"我会跟你没完。"

"哈哈哈哈……"黑人仰天大笑，"黎吧啦，我才发现你他妈不是

一般地会疼男人！”

“那是。”我说，“你他妈被我开除了，只有嫉妒的份了，怎么着？”

“我能怎么着，我不想怎么着，我压根也不会怎么着，我就算要怎么着我也不会让你知道我要怎么着！”黑人急了，绕口令却说得倍儿溜倍儿溜。

“滚！”我从牙缝里挤出一个字。

黑人手下的兄弟一个个愤怒地看着我。

许弋在我的旁边喘着粗气。

我的脑子在飞速地运转，如果真的打起来，我应该是打110还是去搬救兵，还是到学校里去找老师，在我没有想清楚的时候，黑人却打了一个沉闷的响指，用一种败下阵来的语气对大家说：“我们走。”

说完，他第一个转身大踏步地往前走去了。

我一颗悬着的心刚刚放稳，意想不到的事情却又发生了，许弋冲了上去，挥起拳头，从后面给了黑人的肩膀重重的一击，嘴里还喊着：“光头，我警告你，你不许欺负吧啦，我绝不允许你欺负她！”

场面顿时混乱起来。

我可怜的没有理智的孩子，他以一抵八，你可以想象得到结局。

他被打破了头，在医院里躺了整整的一个星期，还被学校处分。

不过黑人也得到了应有的惩罚，许弋的父亲在当地很有一些势力，黑人被抓起来，关了好多天，听说也吃了不少的苦头。等他出来的时候，至少表面上，他乖了许多。

有一天在食堂里吃饭，我看到他们班的女生在模仿他上课时起来回答问题的样子，一帮女生笑得前俯后仰，大约是从来没见过黑人那

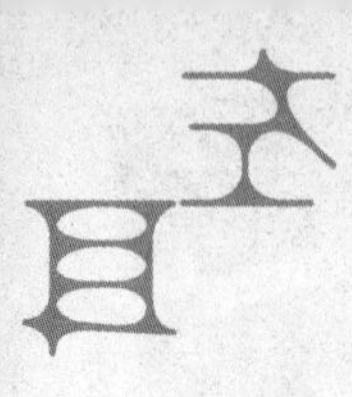

种正儿八经的傻样。

看到我的时候，她们统统收住了笑声，一哄而散。

其实不仅是在学校，在整个小城里，我清楚地知道，我已经越来越有传奇色彩了。

这好像是我以前曾经盼望过的，但这一刻真正到来的时候，我开始隐约感觉到了不安。

我是在冬天刚刚到来的时候第一次见到许弋的母亲的。那真是一个风情万种的女人，她把我约到了咖啡馆，直截了当地问我，要多少钱才能放过他的儿子。

我闻到她身上的香水味，淡淡的。不是很浓烈的让我讨厌的CD。还有她背的包，全市应该只有这么一个。

我把我涂得五颜六色的指甲放到桌面上，十个指甲，闪闪发亮，我沉默无语。

“开价吧。”她受不了，催我。

“你有多少钱？”我懒懒地问她。

“你要多少？”

“一千万。”我说。

“你开玩笑。”她批评我。

那一刹那，我觉得好笑极了。但很快，我就开始觉得伤心，那伤心像洪水一样一发不可收拾，因为我想起了我的妈妈，那个离我千里万里的母亲，她永远都不会为了我的事情和谁谁谁这样讨价还价，她生下我来，只是把我扔给一个古里古怪的老太婆，再不用管我的死活。

“是的。”我把手从桌面上收回来说，“我是开玩笑。阿姨，你放心

吧，只要许弋不再找我，我永远都不会再找他。”

她略带吃惊地看着我。

“就当他做了一场噩梦。”我说，“祝他早日康复。”

说完，我起身走出咖啡屋。

那杯咖啡，我一口都没有动。我其实从小就怕苦，怕疼，我是一个没有毅力的可恶的女生，也怕冷。

我走在冬日的风口，拉拉我衣服的领子，冷得想哭。

我的奋不顾身到底换来了张漾的信任。他终于悄悄地摸进了我的家门，朝我竖起大姆指说：“丫头，干得好，我就知道你能行。”

老太婆又在外面打麻将，按我的经验，她肯定不会回来。

我说：“小白杨，你要奖励我，我为你堕落。”

“得了吧，”他说，“你别告诉我你是第一次。”

但那真是我的第一次。

在我狭小逼仄的房间里。我看到张漾慢慢地走近我，我的宿舍里混杂着许多特殊的气味，女孩子淡淡的经血味，香熏内衣的气味，沐浴乳洗发露、还有各种香水的味道。当然还有张漾的味道，阳台上有一串粉红色的风铃，在下午三点空气里四处游走的暖风里发出叮叮当当的声响。

这一切都让我微微发晕。

我轻轻推开他，跳下床把门细心地带上，扣好。然后羞涩地坐到自己的床上，对他说：“过来吧。”

我就这样，为一份突如其来且不能见光的爱情，无私地献出了我自己。

这个世界欺骗了我，我必须给予还击，我不会放掉任何一丁点儿属于我的幸福，哪怕付出的代价是从此坠入地狱，我也在所不惜。

在所不惜。

我在张漾的眼睛里看到我自己，哎，我自己，如此美丽。

6

我醒来的时候，发现他依然在睡梦中。

他闭着眼睛，均匀地呼吸着。长长的眼睫毛轻轻扑闪。在这之前，我从来不知道男生可以有这么长这么好看的睫毛。我实在忍不住地伸出手，拨弄了它一小下。他并没有醒来，嘴里含糊不清地咕噜了一声，翻过身继续睡。我从床上爬起来，套上我的睡裙，看到被单上一抹红，长长的灰暗的，像地图上一个突然多出来的莫名其妙的标记，和我想象中的一点儿也不一样。

说实话，我也没有想过，会是这么疼的。

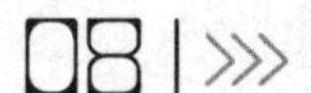

我歪着身子去卫生间清理自己，我在镜子里看到自己那张略带憔悴却也忍不住兴奋的小脸，我捏捏自己左边的脸说：女生。又捏捏自己右边的脸说：女人。然后我不知羞耻地咯咯咯地笑了起来。

我在镜子里还看到那个倒挂的钟，那是我妈妈从美国寄回来的，我不明白她为什么要寄一个钟回来，尽管这个钟非常非常的特别。我记得老太婆收到这个翻越了千山万水的国际邮件时那张气得发紫的脸，她把钟当机立断地扔到了后院，尘土飞扬，发出震耳欲聋的回声。半夜的时候我溜出去，悄悄地把它捡了回来，但从此，它只能委委屈屈地呆在只属于我一个人的这个小小的卫生间里。

现在，它告诉我，时间是晚上七点整。

我突然觉得我非常饿，我不知道那个睡着的孩子是不是也会饿，但我知道在他醒来之前，我应该想办法去替他弄点吃的。我蹑手蹑脚地开了门，来到外面，打开了厨房里的冰箱。冰箱依然可耻地空无一物，它居然也敢叫冰箱，我把冰箱门重重地关上，打开电饭锅，看到有半锅饭。我伸长鼻子闻了闻，香的，可以吃。

我决定炒一锅蛋炒饭，喂饱我自己，也喂饱我亲爱的。

当然，还要喂饱我的猫小逗。

我忽然觉得，我是一个活着的多么负有责任感的可爱的好女人。

我怀着我满腔的柔情开始炒我的蛋炒饭。上帝知道，这是我的绝活，我游刃有余地进行着这一切，甚至在油烧到锅里的时候抽空到后院去摘了小葱和小青菜。就在大功即将告成的时候，我忽然听到了钥匙插到钥匙孔里的声音。

我的，那个，天呐。

我迅速地把火扭灭，迅速地回到我的小屋，迅速地反锁上了门。

大约一分钟后，老太婆开始用力地擂我的门："你关着门干什么，你给我出来，出来，听到没有，开门！"

张漾被这凶猛的敲门声吓醒了，我捂住他的嘴，无奈地朝他耸耸肩，示意他别出声。

他有些慌乱地开始套他的衣服和裤子，用更加慌乱的眼神看着被单上那个暧昧的标记。老太婆还在努力地进行着她的敲门，哦不，应该是擂门的伟大事业："黎吧啦，你出来，你不要以为我不知道你在做什么！"

我朝窗口努努嘴，示意张漾从窗口翻出去。

张漾心领神会，他捧住我的脸，用力地在我的唇上吮吸了一下，然后，他靠近窗口，轻巧地消失在夜色里。

我迅速地把窗户关上。回转身抓起一把脏衣服和旧杂志，把床单盖起来，这才过去把门打开，懒懒地问："你累不累啊，年纪大了，小

心身体。”

老太婆身形灵巧地闪进我的房间，姿势和眼神有点像美国大片里的特工，她目光炯炯地把我的房间扫瞄了一遍，然后问我：“人呢？”

“什么人？”我说。

“你刚才跑进房间的时候我看到有人躺在床上。”

“您老真有趣。”我坐到床上那堆衣服上，随手翻开一本杂志说：“看吧，看完了请你出去，我要睡觉了。”

“我警告你。”她走近了，手指一直指到我的鼻尖上来，“你要胡作非为可以，但是不可以在这里，不然，你也给我滚！”

“您想让我滚哪儿去？”我问她，“这房子的产权是我爸的，你别忘了。”

她气急败坏地转身走开。

我把我的门关起来，坐在那里清理了一下我思绪，决定先把床单上的问题解决掉。我并没有整个扯掉我的床单，而是到卫生间里打了一盆水，找了一把刷子，拿了一小块香皂，蹲在地板上慢慢地，耐心地刷洗起它来。一边看着那个印记被稀释，融化，一边微笑着想，今天真是个好日子，我终于达成所愿，把我自己交给了他。

多么幸福，且回味悠长。

等我站起身来，把那盆脏水倒掉的时候，我头晕目眩，差点站不稳，我想我一定是蹲得太久了，要么就是太饿了，我想起了我的蛋炒饭，于是我洗干净我的手出去，我没想到的是，老太婆会像模像样地坐在餐桌上，一面吃着我的蛋炒饭一面津津有味地瞄着电视。我走到她身边，厉声问道：“你凭什么吃我的蛋炒饭？”

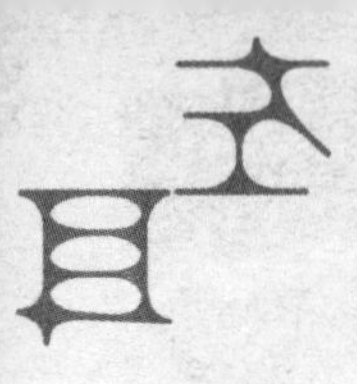

她一边美滋滋地咀嚼着一边慢吞吞地翻着眼皮答道："米是我买的，蛋也是我买的，油也是我的，你凭什么说是你的蛋炒饭。"

我拿起她的碗来，把饭扣到了地上。

上帝做证，要不是她已经六十多岁，我会一耳光立马甩到她脸上。

"你这个死丫头你作死，你给我滚，滚出去！"她操起门后的扫帚要跟我干架，眼睛里快要喷出火来。算了算了，尊老爱幼是咱们炎黄子孙的传统美德，我同情地看了她一眼，没跟她计较，拉开门，照她说的，"滚"了。

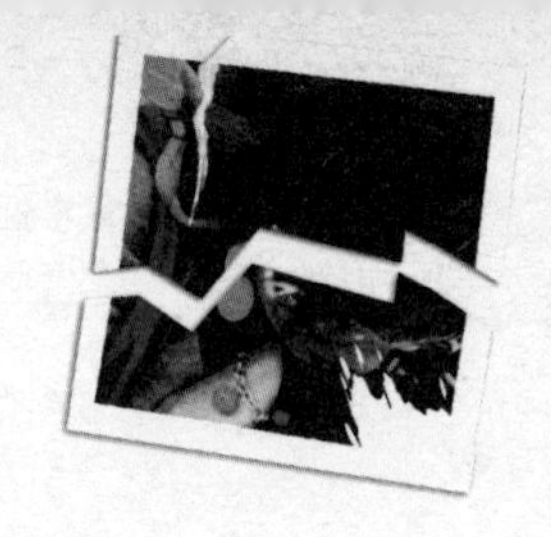

7

那天晚上，我哪儿也不想去。我穿着我肮脏的牛仔裤，套着我的粉红色的薄对襟毛衣，独自在小河边散步。我的心情出奇的好，甚至哼起了小曲。我一次一次地回忆着张漾靠近我时的那张脸，还有他漆黑的眼眸里倒映出的我自己那张美丽的脸，如循环的夜场电影，在脑海里交错放映，一次一次，不知疲倦。

等了这么久，我黎吧啦，终于让我爱的人爱上我了。

我靠在河边的一颗树干上，摸出了我的手机，橙色的屏幕照着修长的手指，我一下一下地按下那个电话号码，电话响了很久才有人接，是一个听上去懒洋洋的男声："请问谁找张漾？"

"我。"我点燃一根烟说。

"他去晚自修了。"

"噢。"我说。

他挂了电话，他并没有问我是谁，他压根也不关心。

我猜那人应该是张漾的父亲，也许是打电话给漾的女生太多了，以致于他的好奇心荡然无存。我还是感觉自己受到了冷落，于是心情从沸点降到冰点。可能是因为饥饿的原因，香烟的味道在嘴里显得异常的苦，我在树下来回走了两圈，心情开始不可收拾地烦躁起来，我决定先去拉面馆填饱肚子再说。

夜里九点多的拉面馆冷冷清清，不过老板依然满面笑容地在等待晚自修后人群的到来。在这个相对清闲的时刻，店里的四个小伙计躲在柜台后面玩扑克，比点数大小，输了五块钱的那个小新疆面红耳赤，脸上带着倾家荡产的绝望。

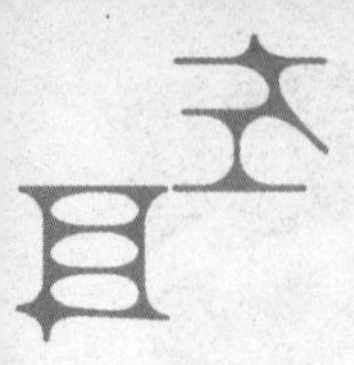

我把五块钱拍到柜台上说:“多加点牛肉！面要大碗的！”

然后我找了个看着合适的地方坐了下来，继续抽我的香烟。555的，我抽不惯，但心情不好的时候，我只抽555。

然后我就看到了她，她背着一个可爱的书包，穿黑色T恤长着一张红扑扑圆脸，推开门走了进来。这个女生是天中的，我其实肯定是见过她，只是从来都没有说过话。说实话，她的样子看上去真的很可爱，以至于我心里忽然升腾出一种想要捉弄她的心态来。我把烟叼得高高的，眼睛瞟着电视，做出一副不可一世的样子，我原以为她一定会害怕，皱皱眉，躲我远远的，那么我就可以哈哈大笑，笑得她不知所措。

谁知道她竟然在我的对面坐了下来。

这让我吃了一大惊，我瞟了她一眼。她看着我，一双大眼睛，眼光澄澈，让我心生嫉妒。我决定继续捉弄她，我伸长手，在她的碗里抓了一大把的香菜放到我自己的碗里，我以为这下她一定会站起身来愤然地走开，谁知道我又错了，她只是看了我一眼，然后埋头一声不吭地吃着她的面，好像什么都没有发生一样。

我心里对她的兴趣一点一点地滋生出来，这孩子真乖巧，可爱得让人心疼，我注意到她的耳朵，透明的，可爱的，粉嘟嘟的红。我总是喜欢在心里悄悄地替别人起一个外号，于是我叫她小耳朵。

她像我的小白杨一样的干净，纯粹。

不久以后我知道了她的名字，她叫李珥。小资的时候，叫自己木子耳。这跟我给她起的外号有些惊人的巧合。

这个世界就是由无数的巧合构成的，小耳朵跟我简直就不是一路

的女生，但是，我们却成为惺惺相惜的好朋友。

向天发誓，当我们一起走出拉面馆，当她从书包里把雨伞拿出来递给我的那一瞬间，我就在心里这么想了。

“淋了雨会感冒的。”她对我说。我把伞接过来，伞把那儿还带着她掌心的柔软的温度，没有人这样对我好过，更何况我们只是陌生人。我的心像棉花被重拳击了一下，软下去，一个深深的窝，一时半会儿起不来。

我拿着伞一路小跑到天中的门口，到达了才发现根本就忘记了撑开它，我的裤腿上溅了很多的泥，这样我看上去更加的脏兮兮，我躲在一个角落，希望可以看到亲爱的他从里面出来，我被我心中千回百转的柔情缠住，不得逃脱。忽然，有人在我的头上轻轻地敲了一下，吓了我好大的一跳。

“嗨。”他说，“我猜你在，你果然在。”

是许弋。

噢，奇了个怪了，我的眼睛一直盯着校门口，竟然没有看到他走出来。

我有些僵硬地对着他笑了笑。

“你怎么了，吧啦？”他把手里的伞移到我的头顶上，关切地看着我说，“你嘴唇发紫，是不是有点冷？”

“噢，是有点。”我说。

“你等我很久了吧。”许弋说，“高三就是这样，自习完了班主任还喋喋不休。不过明天可以放月假，我想我可以溜出去和你一起玩。”

我抱着我的肩膀听他说话，心不在焉地应着：“是吗？你不怕你妈妈吗？”眼角的余光依然挂着校门口。就在这时候我就看见了他，他和一个女孩子肩并肩地从校园里走了出来，他打着一把伞，但伞一直很照顾地朝着女生那边倾斜着，如果我没记错的话，那女生我在拉面馆里见过。

张漾也应该是看到了我，但他并没有理我，只是好像微微地点了点头，就从我的身边走了过去。

夜晚，微雨。丁香花的气息犹存。我站在许弋的伞下，看张漾替别的女生撑着伞走过我的身旁。那个女孩脸上洋溢着趾高气扬的骄傲和幸福。我第一次明白，什么叫做一败涂地什么叫做撕心裂肺。无论我怎么样费劲，我的眼光也无法从那两个背影上抽离。我很想冲上去，把那把伞夺过来，对着那两个人一阵乱抽，但是我也做不到，因为我心里很清楚，如果我真的这么做，那么张漾就永远不会再属于我了。

我吞了吞口水，小不忍则乱大谋。

“你在看什么？”许弋问我，“你认识他吗？”

“不认识。”我说，“我只是觉得他有些帅。”

许弋努力地笑笑说：“是他帅，还是我更帅？”

“当然是我男朋友更帅喽。”我挽住许弋的手臂说，“你看他们那样，我们超过去，跟他们比一比，看哪对金童玉女排第一！”

“不要了。”许弋拉住我说，“我从不跟那种人一般见识。”

“你们关系不好？”我试探着问。

许弋答得很绝：“我们压根就没关系。”

我把手插到裤兜里，看着许弋黑色的伞面说：“你想去哪里？”

“现在不行。”许弋说，“今天太晚了，明天好不好？我明天可以陪

你一整天。”

我把嘴嘟起来。

“我们到前面去说会儿话吧。”他让步，却又加上一句，“一会儿给班主任看见了就麻烦了。”

“麻烦什么？”我问。

“上次的事情还没过去呢，班主任现在盯我可紧了。”

“说实话，你这么胆小我可不喜欢。”

“我还胆小，我为了你一个人跟八个人拼还叫胆小？”

“那是有勇无谋。”我说，“你不觉得自己很傻吗？”

“我当然不觉得。”许弋说，“我觉得我必须要那么做。”

“你后悔不后悔？”我眯起眼睛来问他。

“来。”许弋和我交往后已经学会了耍一些小小的计谋，他并不直接回答我，而是伸出他的手拉住我往前走，他一只手撑着伞，一只手潮湿而小心地握着我的手在微雨的夜里疾步而行，我们拐了一个弯，又拐了一个弯，再拐了一个弯，终于到了一个他认为是安全的地方，一栋大楼的下面。

那是一栋办公大楼，夜里空无一人，一片漆黑。

我靠在墙上，许弋的手臂伸长了，放在我的头顶上方。我闻到他身上的气息，年轻的，跃跃欲试的，和张漾完全不同的。这个被我带坏的孩子，此时此刻，我很怕他吻我，于是我把脸轻轻地扭了过去，下巴抵着我自己的肩，有一点让我自己恶心的假纯情。

许弋哑着嗓子说：“吧啦，我越看你越美丽，真的。”

“你明天去球场打球吗？”我顾左右而言他。

"我不是说好明天陪你一天的吗？"他说，"你好好想想，我们去哪里玩？"

"我今晚没地方去。"我说。

"怎么了？"

"我跟我家老太婆吵架了，我离家出走了。"我说。

"啊？那怎么办？"他有些慌乱。

我不讲道理地说："我要你陪我。今晚，一整晚。"

"可是，吧啦……"他抱住我说，"可是我妈妈……"

"算了。"我轻轻地推开他往前走去，故作轻松地说："算了，我去酒吧过一夜吧，反正天很快就亮了，你快回家吧，拜拜哦拜拜！"

"吧啦！"他冲上来抓住我，"你别生气，我想办法还不行吗？"

"你想什么办法？"我说。

他出语惊人："要不你去我家！"

我瞪大眼睛看着他。

"我家大，我爸妈晚上都呆他们自己房间不会出来。你先在我家楼道等着，等我先回家，安全的时候我发短信给你，开门让你溜进来。然后明天一早，你早点走，他们保管不会知道的。"

"那我睡哪里？"我单刀直入地问。

"睡……"他想了一下后说，"你想睡哪里睡哪里。"

"成。"我说。

我那天脑子八成是坏了，我就是有一种要做坏事的冲动，我压根就管不住自己，我想起许弋那个风情万种的母亲，在心里豪情万丈地对自己说，黎吧啦，你可真有种，你这是明知山有虎，偏向虎山行。

许弋带着我回家，快到他家门口的时候，他回身跟我做了一个等待的手势，上楼了。

他家在四楼，我坐在三楼和四楼的楼道间，把一条腿高高地支在楼道的栏杆上，又开始抽我的555。烟只剩下最后的一根了，我把烟盒捏碎了扔到楼梯下面，忽然想起不知道许弋这个乖孩子会不会有香烟，如果没有，我该如何度过在他家的漫漫长夜呢。

正想着，手机响了。我把手机开到了静音上面，所以没有声音，只有屏幕上“张漾”两个字在不断地闪烁。

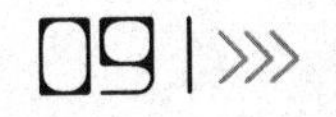

我有些慌不迭地接了电话。

“你在哪里？”他问我。

我咬着烟口齿不清地说：“我在许弋楼下，等他爸妈睡着了，再溜进他家门跟他共度良宵。”

“你敢！”张漾说。

“也许吧。”我说。

“来老地方，我在那里等你。”张漾说完，把电话挂了。

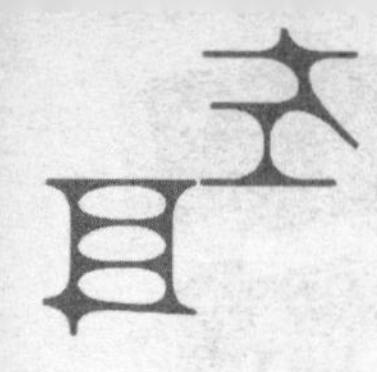

8

我很庆幸，我那天没有穿我的尖头皮鞋。我把电话收起，从许弋家楼上跑下来，差不多是以百米冲刺的速度到达了那条小路。那条我熟悉的亲爱的泥泞的小路，想到有我亲爱的正在那里等着我，我感觉自己就像一只轻盈的鸽，耳边呼呼的风是我无端生出的翅膀。

他真的在那里。

我停下我的脚步，平息我急促的呼吸，慢慢地走近他。

我没出息地害怕，怕是一场梦。

"嗨。"他又戴了他的鸭舌帽，靠在墙边，跟我打招呼。

"嗨。"我伸出我的手掌在空气中击了一下，样子傻得要命。

他朝我勾了勾手指，我像孩子手中弹出的玻璃球于瞬间冲入他的怀里，抱住他我就再也不愿意放手，管他天崩，管他地裂，管他天崩地裂。

"吧啦。"张漾在我耳边说，"我发现，我真的有些爱上你了。"

我闭上眼睛，不答他。

我在心里骄傲地想：当然，当然。

"我想跟你好好聊聊。"张漾说，"我只是苦于没有地方。"

"你跟我来！"我从他怀里挣脱，拉着他的手一路往前小跑，跑了一小会儿后他停下来问我说："喂，你要带我去哪里？"

"嘘！"我回身竖起一根手指在唇边向他做噤声的手势。他揽过我的腰，开始用力地吻我。

"吧啦，吧啦。"他说，"我爱上你，我现在不能允许你和别人在一起，绝不允许！"

“好的好的。”我像哄幼儿园的孩子一样拍着他的背，“我再也不跟别人在一起，我保证。”

“好。”他点着头问我，“你想去哪里？”

“走，我带你去一个好地方。”我牵住他的手一路往前跑，跑到一半的时候，他放开，反过来握住我的，调皮地笑着说：“这样我习惯些。”

“都是你主动牵女孩的手吗？”

“不，我从不主动。”他酷酷地答。

冬天的月光下，他的表情让我放不下，内心温温热热地起伏不定。我们就这样牵着手，来到了我经常去的郊外的那幢废弃的无人居住的房子。

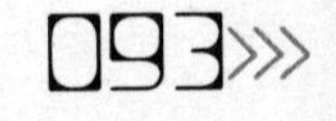

我先熟门熟路地爬上了房顶，张漾紧跟着我上来。他有些奇怪地问我说：“你怎么找到这里的，我从来不知道有这么一个地方。”

“这里以前是个手工作坊，后来不做了，房子就空在这里，里面啥也没有。心情不好的时候，我就喜欢跑这里来，一个人在房顶坐着。”

“那你现在呢，心情好不好？”张漾问我，一面问一面伸出手来拨弄了一下我挡住眼睛的长发。

我当着他的面把凌乱的头发散开来，用手重新整理了一下，再扎起来。

他两眼发直地看着我咬着橡皮筋扎头发的样子，我腾出手来打他一下说：“看什么看！”

他歪嘴笑一下，在房顶上坐下来，看远方的天。

我把手机拿出来看，关到静音的手机有十个未接电话，都是许弋的，还有一个短信：“你去哪里了，我想马上见到你，你快来，好不好？”

我没理，索性关了机，在张漾的身边坐下：“说吧，想跟我聊一些什么？”

“你是不是觉得我这人挺坏的？”他开门见山。

“有点。”我说，“就快赶上我了。”

“我不觉得你坏。”他说，“我真的没想到，你今天会是第一次。”

“哎，”我说，“这种事还是不要提的好，别扭。”

“你后悔吗？”他问我。

“当然不。”我笑着说。

“为什么？”他转过头看我，目光如炬。

我乖乖地答：“我爱你，张漾，你对我充满诱惑，从我第一次看到你，我就爱上你了。”

“你与众不同。”张漾说，“要知道，我一开始只是想利用你。”

“我愿意被你利用。”

“也许这事会害了你。”

“被你害，就算是害死，我也是含笑九泉。”

“吧啦，我有很多的话想要跟你说，你是第一个让我有倾诉欲望的女生。”

“那就说吧。”我靠近他，感觉到他的体温，我伸出一根手指在他的脸上来回地游动，他把我的手拿下来，放在他的胸口，我仿佛触摸到他的心跳，一下一下，有力地不停止地，在为我而跳动，我幸福得无以复加的时候，听到张漾对我说：“其实，我一生下来，就是一个不幸福的孩子。”

“为什么呢？”我轻声问。

“两岁的时候，我妈妈抛弃了我和我爸，跟别的男人结婚了。”

“那有什么呢？”我劝他，“我爸妈一起抛弃了我，去了国外。”

“我宁愿她去国外，在我看不到感觉不到的地方，可是你知道吗，她就呆在这里，却把爱给了别的人。她可以恨我的父亲，我不明白，为什么连她自己肚子里生出来的孩子，她也会恨，你说，天下有这样的母亲吗？”

我忽然想起来：“对了，我今晚打电话给你，是你爸爸接的。”

张漾说，“应该是吧，他不管我的事的。”

“你妈妈，她究竟去了哪里？”

张漾坐下一点点，把我搂紧一些些，对我说：“你听好了，我的母亲，现在就是许弋的母亲，许弋和我一样大的时候，我妈妈嫌我爸爸穷，爱上了许弋的爸爸，就离开我们嫁给了他。”

怪不得！

我问：“那许弋的妈妈呢？”

张漾冷笑着说：“许弋的父亲是个痞子，那个可怜的女人，听说拿了一笔钱，就回农村去了。”

“所以……”我颤声说，“你的妈妈就成了许弋的妈妈？”

“不可思议是吧？”张漾说，“我从没想过，天下会有这样子的母亲，我从小学的时候就和许弋是同学，她来参加许弋的家长会，看到我的时候，眼睛都不抬一下。许弋也总是那么假假的乖巧，什么都争当第一，我实在忍无可忍，我每一天都在想，如何可以让他再也翻不了身，我承认我自己很卑鄙……”

我感觉到张漾的泪水，在冰冷的冬夜，热热地流到我的手背上。

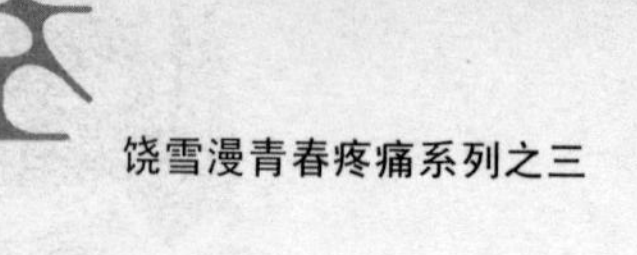

“不要再说了。”我奋力地扬起我的脸，努力地贴近他的。他紧紧地抱住我，头抵到我的胸前，发出压抑的呜咽声。

我的心撕心裂肺地疼起来。

这个孤单的孩子，我发誓永远都不要让他再掉一滴眼泪。

永远都不要。

永远不要。

9

我在凌晨三点的时候回到了家里。

我以为我和老太婆会有场恶战，比如她把门反锁了，比如我怎么敲也敲不开，比如她把我房间的窗户也关上了，我没办法从窗口跳进去。那么我就可以扯开嗓门大喊大叫或是用门边的垃圾桶来擂门。因为我的精神实在是太好了，我毫无困意，就想闹腾点事情出来。

可惜事实却不是这样，我用钥匙很轻易地打开了门。

我溜进自己的房间，和衣躺在床上，我没有去洗澡，我舍不得洗，我愿意我的身上，留着我爱的人的味道，郊外夜晚的味道，我们一起抽过的红双喜的味道以及……爱情的味道。

我睡了半天都没有睡着，于是我坐起身来，用圆珠笔，在一张白纸上写下一行字：我一定要让他幸福。

我把圆珠笔含在嘴里，像含香烟一样，满意地欣赏着我并不漂亮的字。

这是我对自己许下的誓言，我将为此奋不顾身。于是我在半夜三点的时候给许弋发了一条三个字的短消息：忘记我。

发完后，我把手机扔到一旁，倒头睡着了。

清晨六点的时候我奇怪地醒来，习惯性地看手机，上面有许弋的回言，他说：我爱你一生，吧啦。

一生？

那就让他当我死了吧。

我和许弋分手的事很快就闹得全城皆知。

有一天，许弋来到“算了”酒吧，一个人要了十瓶啤酒，坐在那

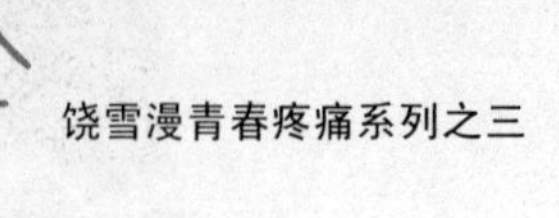

里慢慢地喝。他并没有说要找我，但是谁都知道，他是在用这种方式逼我出现。

因为好多天了，发完那条短消息后，我一直没有理他。我愿意他早些明白，这只是一个阴谋，他早日脱离苦海，我心中的罪恶感会少一些。

我其实一直是个善良的好姑娘。

但他并不能体会我的良苦用心，那晚，据说他喝得烂醉如泥，他的妈妈和他的爸爸一起来酒吧拖走了他。他不肯，摔坏了所有的啤酒瓶，大声地喊着我的名字，手抓着酒吧的门久久不愿意松开。

而那晚，我整晚都和张漾在一起，我对酒吧里发生的一切一无所知。我把手机关了，门反锁了，灯熄了，黑暗中我们彼此的探索让我像火山一样地爆发，又熄灭，从希望到绝望，从绝望到重生，周而复始，不知疲倦。

他走了后，我一个人坐在黑暗里，月光冷冷地照着我暗红色花纹的睡裙，我忽然有了一个想法，我决定要为张漾生个孩子。

这个念头一开始从我心里冒出来后我就再也无法将它按捺下去。我用了很多的时间来考虑我将为此付出的代价，比如退学，比如被万众唾弃，比如成为某小报或电视台的反面女主角……但其实这些考虑都是白费心机，因为我心里清楚，我是一个疯狂且执着的人，为了这个念头，我还是那句话，我可以不顾一切。

妈妈就在这时候打来电话，她说她已经办好了所有的手续，会接我出去。

我拿着电话愣了很久，这是我曾经非常盼望的事情，在他们刚刚

离开的时候，我在夜里抱着枕头哭，那时候的我脆弱敏感，对一切的东西充满依赖。但是现在，一切都不同了，我已经不是以前的那个吧啦了。

我是我自己，谁也没法改变我。

“不去。”我说。

她在那边叹息：“爸爸妈妈会尽力补偿这些年欠你的。”

“你们死了这条心，永无可能。”

“吧啦。”妈妈说，“等你长大了，你会明白我们大人的苦处……”

“我早已经长大了。”

“也许是吧，”妈妈说，“你可以恨我们，但是我们一样会爱你，替你考虑你的将来。你准备好，我下个月就回国。”

我的博士母亲。

我跟她没法比，她的涵养，她的美丽，她永远的不动声色。她为了理想可以抛弃一切的一切，甚至自己最亲爱的孩子。

我不会这样。

我会做一个这个世界上最成功的母亲，让张漾的母亲看看，让我的母亲看看。让所有失败的母亲在我面前黯淡无光。

所谓心想事成，很快，我开始发现了我自己的不对劲。

我去药店买了一张蓝色的纸片，据说可以测试结果。我躲在卫生间里，看着那一片蓝色中的红色标记慢慢凸现，微笑。

我在网吧里浏览一些网站，想要了解更多关于“生孩子”的程序和有关的知识的时候，黑人站到了我的身后，他把一只手轻轻地放在了我的肩上，说：“要不要一起来玩游戏？我的剑士到了九十九级，可

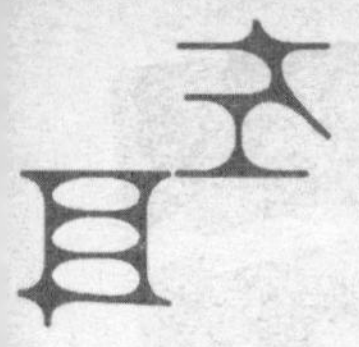

以带你去任何你想去的地方。”

我冷冷地说:“请把你的手拿开。”

他在鼻子里哼了一声，说:“别以为我不知道，你和天中那小子玩完了。”

我站起身来，把椅子一推:“那你也得知道，我早跟你玩完了。”

“我们可以重新开始。”他厚着脸皮说。

我绕过他往网吧外面走，他一直跟着我，走到门口的时候，我对着网吧老板朝后面甩甩头，黑人乖乖地拿出他的卡来替我刷账，我扬长而去。

在街的对面，有个卖豆腐脑的，我饿了，于是我走过去要了一碗豆腐脑。我跟小老板说要多放一些辣椒，我真的是饿了，蹲在那里狼吞虎咽地吃，黑人就站在那里看我吃。我眼睛瞄着他，心里想着我亲爱的，他此时正在上课，我感到骄傲，我的亲爱的是一个有理想的人，我还记得他那天晚上是如何紧紧地抱着我，用发誓一样的声音告诉我，他一定要考上清华。

然后他说:“到时候我带你到北京，我们远远地离开这里。”

这真是一个让我颤栗的梦想。是真的，我一想到它，就浑身兴奋得发抖。

“你在发抖。”黑人说，“现在是冬天了，你不应该穿这么少，要不我们去青年广场，我给你买件衣服。”

我转过身看着他，不说话。他的表情开始显得有些慌乱，我还是不说话。

黑人提了提他的裤子，又抽了抽鼻子，装出一副满不在乎的痞子

样说："我会继续坚持下去的，不信咱们走着瞧。"

走就走，瞧就瞧。

于是我走了。

他没有跟上来。

我绕过街角，用手机给张漾发了一个短消息，告诉他我想他想到心都疼了。原谅我用这么文绉绉的语言，因为我这的的确确是有感而发。发完这个短消息后，我回到了家里，老太婆又纠集了一大帮人在我家打麻将，我从客厅里绕回我的房间，没有一个人注意到我。

我回到自己的房间，把门关上，把自己放到床上，很快就睡着了。

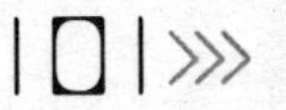

朦胧中，我仿佛听到有人敲门的声音，把眼睛睁开后，我看到了他，他还是戴着那顶帅气的鸭舌帽，不过不是在敲门，而是在敲我的窗户。

我赶紧从床上跳下来，把窗户打开，放他进来。

他哈了哈气："真冷，我站半天了，才把你敲醒。"

"对不起。"我说，"我睡着了。"

"大白天睡觉，我真服了你。"他说。

"我当然要睡。"我拍拍肚子说，"我现在要好好保养。"

他有些紧张地看着我，他真是个绝顶聪明的孩子。

我坐到床上，拍拍身边的床单说："来，坐下。"

张漾指指外面。

我说："放心吧，现在只要是天不塌下来，外面的人都不会理的。"

张漾坐到我身边，搂着我说："你知道吗，我一接到你短消息我就跟老师撒了个谎请假出来了，我可不能让你心疼，你说是不是？"

他这么一说，我的心就疼了，是幸福的那种疼。比真疼还让人架不住。

“等你高考完，我们就可以天天在一起了。”我说。

他想了一下：“我一定要考上清华，吧啦，你陪我去北京吗？我喜欢北京。”

“好的。”我说，“我陪你去，你读书，我跟儿子等你放学。”

他说：“别胡说八道。”

我拍拍肚子说：“我想生下他来。”

他的脸一下子就绿了。

“没事的。”我说，“我一定会养活他，让他过好日子。”

他把我的脸扳过去，看着我的眼睛说：“你这个喜欢撒谎的坏孩子。看我怎么收拾你！”

他上来挠我的痒痒，我嘻嘻哈哈地躲，怕外屋的人听见，不敢出太大的声音。张漾把嘴咧着，一副阴谋得逞的得意样儿。就在这时，我的胃里忽然一阵翻江倒海，我用力地推开他，疾步跑到卫生间，吐了。

等我吐完，回过头，我看到了站在门边的张漾。

他又把他的帽子戴起来了，用一种让我害怕的语气问我：“是不是真的？”

我用玻璃杯装了一大杯水漱口。

他说：“我再问你一次，是不是真的？”

我把嘴里的水吐掉，清晰地答：“是。”

他走过来，捏着我的下巴说：“你去给我弄掉他。”

“亲爱的，”我抱住他说，“让我替你生个孩子，你放心，我有本事

养活他。”

他推开我，用一根手指指着我说：“我只跟你说一次，弄掉他，记住，我不想再说第二次！”

“好。”我低下头说。

“乖。”他伸出手，快速地抚摸了一下我的长发，短促地说：“我要回学校上课去了，咱们随时短信联系。”

“张漾！”我伸出手拉住他，“我什么时候可以再见到你？”

“能见的时候自然会见。这些钱你拿着，我就这么多，不够你自己想办法，要是借的话我下个月拿了零花钱替你还。”他说完这话，把口袋里所有的钱都掏出来，扔到床单上。酷酷地转身，熟门熟路地翻出窗户，不见了。

我有气无力地走到床边。坐下。

那些钱，一共是三百零三十三块。

一个很不吉利的数字。

我看到床单上那个淡淡的痕迹还在，那是一个永远都抹不掉的记忆，我不后悔，无论如何疯狂，我都不会后悔。

我在心里说：张漾，亲爱的，对不起，吧啦这一次不会听你的。

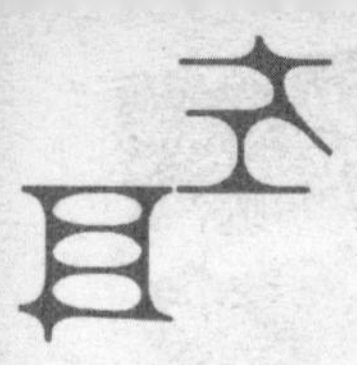

10

许弋再见到我的时候，我正在大街上吃一支冰淇淋。

最近我总是莫名其妙地想吃一些东西，有时候是一碗豆浆，有时候是一个蛋糕，有时候忽然想嗑瓜子，这一天，我想吃冰淇淋。

我拿着那根五色的冰淇淋站在冬天的街头，吃得有滋有味。

许弋走到我的身后说："这么冷的天，你应该注意身体。"

我吓了好大的一跳，转身看到他，他穿了一件有些夸张的棉衣，牛仔裤，没有背书包。眼睛里有很多的血丝，瘦了。

我故作轻松地笑笑说："孩子，要期末考了，你不能逃课。"

"有什么区别呢。"许弋说，"逃不逃都是一样。"

我把冰淇淋倒过来："你别自暴自弃，忘掉过去，一切重新开始。"冰淇淋的汁，一滴一滴地滴在地面上，像粘稠的眼泪。

"我想知道为什么？"他固执地说，"爱一个人，怎么可以说忘就忘，你当初的那些疯狂呢，去哪里了？"

"我是没心的。"

"胡说！"他血红着眼睛呵斥我。

我笑笑，抬起头，把剩下的冰淇淋一口含进嘴里，冲他做一个BYEBYE的手势，大步向前走去。

"吧啦，你站住！"他疾步上前抓住我的衣袖，急促地说："你告诉我，你到底收了她多少钱？"

"什么？"我一下子没明白过来他在说什么。

"我妈妈。"许弋说，"你不用怕她，她管不了我的事。"

我忽然明白他说的是什么了，我的心里漫过一种说不出的悲哀，

我用一种同情的眼光看着他，轻声地问："你觉得呢，你觉得她给了我多少？"

"不管多少！"许弋坚决地说，"我不怪你，你可以不用理她！"

"可她是你的母亲。"

"她不是！"许弋把拳头捏起来，坚决地说，"她不是！"

"行了！"我拍拍他的背，"你别乱想，好好读书，考上个好大学，离开这个伤心地，忘掉这些伤心事。"

他垂头丧气："忘记你我做不到！"

我狠下心，继续往前走。他没有再跟上来。走过街角的时候，我实在忍不住回头看了他一眼，他孤零零地站在冬日的街头，显得沉重，落寞，有种大气不敢出的绝望。宽大的棉衣垮下来，是他飞不起来的翅膀。

就在这时候，我收到了张漾的短消息。

他说：我在老地方等你。

我看了一下手表，接近晚上六点，黄昏已经来了，冬天的天黑得飞快，我到达"老地方"的时候，幕色已经完全地降临。我看到他靠在那里，他没有抽烟，而是玩他的手机。听到我的脚步声，他抬起头来，跟我做了一个打招呼的手势。

"跟哪个妹妹发短信呢？"我靠近他，试图去看他的手机。

他并没有把手机拿开，我发现那是一台新的手机，三星的，新款，很气派。

我把风衣拉起来，背靠着他，低声说："我们有半个月没见了吧，亲爱的，你有空怎么不去我家哩？"

"今晚夜自修要考物理，我只有十五分钟。"他用一只手把我的身子扳过去，开始吻我。另一只手拿着手机，拍下我们亲吻的画面。我的眼睛瞟到他的所作所为，嘻嘻笑起来，他放开我一些些，低声命令："专心点！"

可是我没法专心，我又开始感觉到不能控制的恶心。我推开他，蹲在路边，努力让自己不要吐出来。他也迅速蹲下，问我："你怎么搞的？难道还没有去做掉？"

上帝保佑，我感觉好受多了。

我站起身来，故作轻松地说："没事，我只是有点感冒而已。"

他不相信地看着我。

我大声喊："我都说没事啦。"

"黎吧啦。"他用手机指着我，"你要敢骗我，你知道后果吗？"

我软软地靠在墙上，微笑着说："你是要杀了我吗？我倒真希望你杀了我。"

"听说你见过许弋的母亲？她都跟你说了些什么？"

"什么也没说。"

"你别骗我，我现在不相信你。"他开始变得激动，"我警告你，你最好不要激怒我！"

"如果激怒了会怎么样呢？"我也开始为他的不信任变得愤怒起来，冷笑着说："我倒真是想试试看呢，是骂呢，还是打呢？还是跟我说分手呢？"

他把手机放进口袋，走近我，捏着我的下巴："你知不知道，我这辈子最恨的就是别人威胁我？"

他的眼睛看上去很怕人，像是要滴出血来。

我识相地没有吱声。

我在等他冷静下去。

“你回答我，你肚子里的孩子有没有做掉？不许撒谎！”

“没有。”我说。

“再说一次，说大声一点，我没有听见。”

“没有！”我大声地说。

“你这个疯狂的女人，你到底想干什么？”他把我按到墙边，开始用膝盖来撞击我的身子，一下，两下，三下……他仿佛用了全身的力气，我疼得不能呼吸，忘记了尖叫，只能张开嘴死死地咬住他的胳膊。就在我感觉自己快要晕过去的时候，忽然有人不知道从哪里冲了出来，用力推开了张漾。

我定神一看，是小耳朵！

她推开张漾后，伸开双臂站到我面前，护住我。我明显地感觉到她的害怕，她在发抖，但是她勇敢地站在我面前，像母鸡护小鸡一样，坚决地，不离开。

“滚开！”我朝着张漾大喊，我真怕他会伤害小耳朵。

见到有陌生人出现，张漾开始感到害怕，他后退，一边后退一边伸出一根手指，压低了声音说：“你试试，不把它弄掉我不会放过你！”然后他头也不回地走掉了。

我再也支撑不住，颓唐地从墙上滑下，捂着腹部跪到地上。

我的小耳朵，噢，谢谢你。

那晚，是这个应该还算是陌生的叫做小耳朵的女生把我送回了家。

她温暖的小手牵着我，带我走过这个让我伤心伤肝的小城，让我感到莫名的安定。

疼痛，也奇怪地被她手心中传来的温暖所稀释。

那晚，我知道了她的名字，她叫李珥。

耳朵的耳加个王字旁。

在她替我擦药的时候，我把我的秘密告诉了她，我实在控制不住地想找一个人说说话。在我的心里，她已经成为一个可以倾诉的人。

这么多年来，唯一一个可以倾诉的人。

我相信，她不会背叛我。而且，就算是她背叛我，我也愿意不去怪罪她。我生性里所有善良的东西都被这个叫做小耳朵的小姑娘无限地激活，让我变得比在爱情里还要柔情似水，我没法形容这种感觉，但它让我感到幸福，所以我愿意先享受了再说。

上帝做证，我，多么，寂寞。

那夜，我目送她离开，那么弱小可爱的一个小姑娘，我担心她会害怕。但我实在没力气再去送她，她回头朝我微笑了一下，那微笑像星光一样的亮堂。我靠在门上，朝着她做一个飞吻，她的脸红了，把两只手合起来，放在太阳穴边，做一个睡觉的手势示意我早点休息，就转身走掉了。我有些发呆地看着她的背影很快消失在远方。

老太婆今天的牌局结束得早得离奇，她端了一杯茶，也在探头探脑地往外望，好奇地问我："她是天中的？"

我没理她，回了自己的房间。

我没有想到那晚张漾会来。

那是12点。我没有睡着，窗户那里有动静。我跳起来，打开窗，

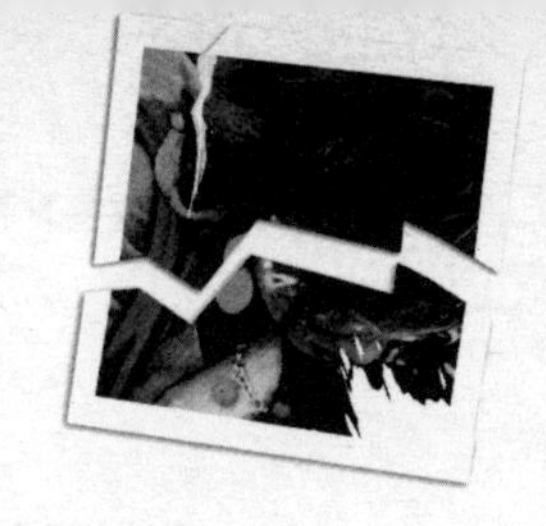

看到他。

我们隔着一扇窗站着，冬天的风刺骨地穿进来。我看着他，没有让他进来，他也不动。终于，我忍不住问：“你怎么来了？”

“对不起。”他像一个孩子一样地低头认错。

我伸出手拉他，他跳了进来。我飞快地关上窗，飞快地扑到他的怀里。他的棉衣冰冷冰冷的，我不知道他在窗外站了多久。

“我惩罚我自己，我站了一小时了，始终没有勇气。”他紧紧抱着我。“原谅我，我今天像着了魔。”

我不肯说话。

“我的内心里有两个我，一个好的我，一个坏的我，两个我一直在打架，吧啦，你要帮助我。我不要变成这样子。”

“好的，好的。”我紧紧拥抱他。

他脱了厚厚的棉皮鞋，还有棉衣，躺到我的被窝里，我们拥抱着，什么也没有做。他把潮湿而温热的嘴唇贴近我冰冷的耳边，用恳求的语气说道：“前途对我很重要，我不能走错一步。”

“没人会知道什么。”我说，“我什么都不会说的。我们的事情，不是也没有人知道的吗？”

“但总会有人知道的。我不能冒险。”他的手在我穿着棉睡衣的肚子上游走，我可以感觉到他的颤抖，还有他内心的恐惧，“无论以后发生什么，吧啦，你要记住，我是真的爱你的，我是最爱你的，你是唯一一个让我有感觉的女生。”

“那么，好吧。”我败下阵来，“我明天就去县里的医院，解决。”

“我也不想的。”张漾说，“但我们会有第二个，第三个孩子，我会和你牵着他们的手在巴黎的街头散步，给我时间，我会给你幸福。”

“要多久？”我问他。

“你愿意等我多久？”他狡猾地反问我。

“一辈子。”我毫不犹豫地说。说完后，我被自己的豪言壮语逗得咯咯笑起来。他有些紧张地问我：“你笑什么？”

我实话实说：“我笑自己变成了以前自己最不喜欢的那种没骨气的女人呀！”

他搂紧了我。冰冷的双足贴着我的。不说话。

过了一会儿，我发现他好像睡着了，甚至有了轻轻的鼾声，我没有喊醒他让他离开，而是把手机的闹钟调到了清晨六点。我要他醒来，第一眼看到的是枕边最爱的人。

我要是他最爱的人。

一辈子最爱的人。

这是必须。

11

102路公交车，终点站一直通到县城里的医院。

这里离市里大约有一小时的车程，两年前，我曾经来过这里。那一次是陪我表哥的一个女朋友来这里做人流。表哥给了我两千块钱，把一个叽叽喳喳的倒霉女孩塞到我手里。那个女孩比我还要小一岁，她一路上都满不在乎地嚼着口香糖，跟我说她和表哥之间很多无聊的细节。包括我表哥如何跟她调情，以及她在露台上替我表哥洗衣服刷拖鞋差点掉下去之类的童话故事，她的手指甲尖尖的，一看就不是那种做事的人。而且我也知道我表哥一点儿也不喜欢她，他看中的，也许只是她的年轻和不懂事而已。

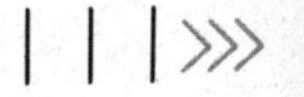

县医院肮脏极了，护士的脸呆板极了。我记得她满不在乎地嚼着口香糖进了手术室，好像还轻轻地吹了一声口哨，可是等她出来的时候，她完全换了一个人，脸色苍白，站都站不住，我永远都不会忘记她是如何紧紧地揪住我的衣服领子，气若游丝地对我说："我想杀了你表哥。"

如今，旧地重游。

我独自而来，我没有人的衣服领子可以揪，我只有我自己。

我也响亮地吹了一声口哨，然后朝着医院里面走去。

我清楚地记得妇产科是在三楼，我挂完号走到二楼的时候，短消息响了，竟然是小耳朵在问候我，被人惦记是幸福的，我很高兴地跟她回了电话，她说话还是那样细声细气的，怯得让人忍不住想冲到电话那头去抱抱她。跟小耳朵刚说完电话手机就又响了，这回是张漾。他肯定是在学校的大操场上跟我打电话，我还可以听到风吹过他耳边的呼啸的声音。

“我们在上体育课，”他说，“我惦记你，所以跑到一边儿来给你打个电话，今天真冷啊，你要照顾好自己。”

“嗯。”我说。

“事情办完了吗？”

“正在办。”

“你一个人？”

“是的。”

那边迟疑了一下说：“那不行，吧啦，要不等两天吧，等我放了假，我陪你去，你一个人是不行的。”

“没关系啦。”

“我说不行就不行！”张漾说，“说实话，我今天心里很慌，我老担心会出什么事，你快点坐车回来，我最多还有一周就放假了，可以放好几天假呢，让我陪你去。”

“没关系的啦。”我说，“来都来了，解决掉，省得你老挂心。”

“可是你要是出什么事，我岂不是更挂心？”张漾说，“听话，回来吧。”

“好。”我说。

“我爱你。”他在电话那头吐出三个字。然后，他挂了电话。

我有些发呆。把手机塞进牛仔裤的口袋，我站在楼梯上，不知道该往上还是往下。有两个护士经过我的身边，她们看了我一眼，盯着我漂亮的尖头高跟鞋看了好几眼，又盯着我奇怪的卷发看了好几眼，终于走过去了。

我终于转身下了楼。

那一刻我明白，其实就算是张漾的电话不来，我也无法真正下这个决心，我肚子里的，是我自己的宝贝，是我和心爱的人共同的宝贝，它有权来到这个世界，谁也无法谋杀它，我自己也不可能。

只是爱情让我一时心软而已。

我坐着102路原路返回。经过天中那一站的时候，我忍不住跳下了车。我躲在离校园不远的一个角落里观望，我本来想看到张漾，走上前去给他一个惊喜，哪怕不打招呼也是好的。可是我一直没等到他，不过我忽然看到了小耳朵，她又穿了一件粉红色的小棉袄，脸还是那样红扑扑的，可爱极了。

她一个人走在回家的路上，有些孤独。

我知道她是把我当好朋友的，可是在天中的门口，我没有勇气叫住她，我是一个浑身都是麻烦的人，我怕我会给她带来麻烦。

于是我靠在角落里，默默地看着她走远。

再见到小耳朵的时候已经是大年初三，张漾去了上海他奶奶家，让我等他回来，再陪我去医院。我的精神好了一些，不再成天想睡觉，也有了心情讲笑话，我在“算了”跟一个小弟弟讲笑话的时候忽然看到了小耳朵，这让我有一些吃惊，我不太喜欢她来这样的地方，于是我一把把她从里面拖了出去。

可是她跟我提起……许弋。

这应该是第二次，上一次，是在拉面馆里，我的心里忽然有些豁然开朗。看来我的小耳朵，是一个在暗恋中挣扎的孩子，在天中，有很多这样的孩子，不敢爱不敢恨，甚至不敢大声说话。那些人都与我

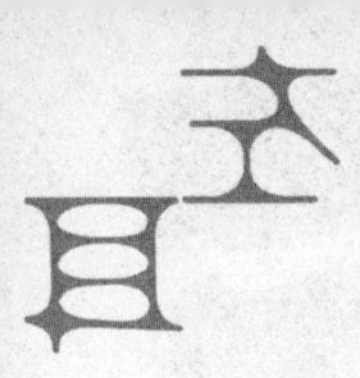

无关，可是小耳朵的事我却不能不管。

她告诉我许弋期末考没考好，希望我可以帮帮许弋。我微笑着看着她，我想我笑容里的味道一定会让她感觉到不安，但她没有，她轻声地求我。

我真受不了她求我，于是我鬼使神差地答应了见许弋，但我要求她去把许弋找来。她转身就去找去了。说实在的，我根本没想到她会有本事真的把许弋给叫来，当我在台上唱着那首我熟悉的忧伤的歌的时候，我看到了许弋，他是跑着进来的，他的眼睛里根本就没有小耳朵，他径直冲上来问我："你和张漾的事，到底是不是真的？"

终于东窗事发了。

我没有抵赖，简单地说："是。"

许弋像个疯子一样地抓着我不放，一副要了我的命的样子，我看到柜台里的表哥打了一个响指，好几个人围了上来，迅速拉开他，对着他就开始拳打脚踢。我想阻止，有两个人拉住了我，把我一直往柜台那边拉。我对着表哥喊："不要打，让他滚就行啦！"

表哥划着一根火柴慢悠悠地说："这小子成天找抽，不打不行了。"

就在这个时候，我看到小耳朵，我勇敢的小耳朵，她疯狂地扑入了那群人中间，想用她单薄的身体护住许弋，我冲过去想拉住她，但我没有拉住，我眼睁睁地看着一个啤酒瓶准确无误地打到了她的头上。

鲜血顺着她的脸沿下来，她也许是疼，也许是吓，软软地躺在了地上。

我冲上前，对着那个捏着破啤酒瓶的臭小子甩出了一记清脆的耳光。我觉得不够，反手又甩了一个！

酒吧终于安静下来。

我俯下身抱起小耳朵，她好像完全没有了知觉。我拼命地摇她，她睁了睁眼睛，又闭上了。

有人在我身边说：“吧啦姐，别摇她。看样子没事的。我去找个医生来。”

“不用了。”我冷冷地说，“把她送到我家里去！”

许弋从地上爬起来，看着躺在我怀里的女孩，他好像并不认得她，也不太明白这个女孩子为什么要为了他奋不顾身。我对许弋说：“你快走吧，你记住，她叫李珥，她喜欢你，你以后永远都不许欺负她，听到没有？”

“你们到底在玩什么花招？”他哑着嗓子问我。

这头不可理喻的笨猪！我不再想理他。

我招呼两个男孩把小耳朵从地上扶起来，离开了“算了”。

小耳朵，对不起，是我不对，我不该让你受到任何的伤害。在车上，我把她抱在怀里，心疼得不可开交，我更宁愿受伤的人是我，而不是她。

上帝作证，我说的真的真的是真的。

后来，我在小耳朵的博客上看到她写的一段话，她说她想变成一个坏女生，这话让我乐不可支，她不知道，坏不是变的，而是与生俱来的。

我早说过了，我是一个与生俱来的坏女生。

哦，不，坏女人。

12

寒假里，我生了一场病。

这病生得挺重，又是发烧，又是呕吐，全身上下没有丁点儿力气，这让我去医院做手术的事一拖再拖。

张漾从上海回来后没两天就又回到学校上课去了，高三紧张的学业让他无暇顾及到我，有一天我恹恹地躺在病床上的时候忽然有人敲门，老太婆不在家。我以为是收水费的或是收电费的，所以懒得理，装做没听见。

大约十五分钟后，我接到表哥的电话，问我："在哪里呢？"

"病了，在家孵小鸡呢。"我说。

"什么病？相思病？"

"说对了。"

"这样，我马上来看你。"

"老大，不用这么夸张吧。"

"就这么说，呆会见。"

他挂了电话，我以为他是说笑，他这人一向没正经，对我说的话我从来都不放在心上。但是没过多一会儿，真的有人敲门来了，我在门缝里看到他那辆脏兮兮的越野车，于是我开了门。

开门后，我愣住了。

表哥坐在车里，他并没有下车，而是把车哗地一下开走了，门口站着的，是拎了一个大包的一个美丽女人。在她喊我以前，我差点没有认出她来。她真的一点儿也没变老，甚至比我记忆中的那个她还要显得年轻，优雅。

读者回函卡
（此表格复制无效）

姓名：________

性别： 男 女

出生年月：_____年____月____日

通讯地址：________省（市）________市（县）____________（地址）

邮编：______________________

联系电话：___________________

E-mail：_____________________

教育程度：___________________

职业：_______________________

您是购买了哪一本书后得到此回函的？____________________________

您还看过“Me”书系里的哪些书？ ______________________________

您最喜欢针对身体哪一部分保养的书？____________________________

在未来的“Me”书系里，您最希望看到的明星作者是？ ______________

您购买本书的动机？

A封面 B书名 C内容题材 D作者 E广告 F收集系列 G促销礼品与活动 H其他_____

对于偶像书，您最重视哪些部分？

A照片够不够多 B设计够不够炫 C内容好不好看 D文字是否扎实 E只要是偶像就照单全收 F其他________________

您平时了解时尚生活图书的渠道是？

A、报刊杂志 B、网上书店 C、网络栏目 D、书店 E、朋友推荐

您希望“Me”书系为会员提供的服务和便利是？

A、优惠折扣 B、特别赠品 C、会员活动 D、其他_____________

您最希望我们用什么方式来联系您？

A、电子邮件 B、电话 C、写信 D、手机短信 F、传真 F、其他________

凡填写此表并回寄本公司的读者，即可成为上海青马图书“Me”系列图书会会员。凭会员资格，今后凡直接邮购我公司出版的“Me”系列图书均可享受8.5折优惠！还可参加我公司不定期举办的各项读者优惠活动！回馈多多，快动笔哦！

信件及邮购汇款地址：
上海市静安区巨鹿路675号4号楼 青马图书
邮编：200040
（提醒：邮购时请按以上地址规范填写）
咨询电话：021—54039696转650/612/623

购“真命天女”，尽享连环大优惠！

真命天女摘星纪实

真命天女漫画【全两册】

真命天女 —— 梦想的双翼【小说珍藏版】

亲爱的读者，随着年度超级偶像剧“真命天女”的热播，“真命天女”系列共三部图书将陆续上市，敬请期待！

每一本书都是最闪亮的星星，每一本书都附带一个闪烁着星光的“星光词语”，只要您将此词语填写在汇款单的附言栏中邮购其他的两本图书，即可享受8.5折的惊喜优惠价（含邮资）。

邮购地址：上海市巨鹿路675号4号楼　青马图书

邮编：200040

属于《真命天女摘星纪实》的“星光词语”：

汇款单填写格式示例

中国邮政汇款单（填写格式）

收款人邮编

<table>
<tr><td rowspan="4">用户填写</td><td>业务种类</td><td>普通汇款　24小时到达汇款
4小时到达汇款　即时到达汇款</td><td>附加种类</td><td>入帐　邮购
附言</td><td rowspan="6">附言：
1、左耳
2、邮购书名及册数</td></tr>
<tr><td colspan="4">收款人　　　汇款
姓　　名 青马图书　　　金额（小写）
******</td></tr>
<tr><td colspan="4">收款人地址（或开户局及帐号）上海市巨鹿路675号4号楼</td></tr>
<tr><td colspan="4">汇款人地址　**省**市（县）**区**街道**号**单位**部门</td></tr>
<tr><td rowspan="2">邮局填写</td><td>汇票号码</td><td>汇款金额</td><td>汇费</td><td>手续费　收汇日期</td></tr>
<tr><td></td><td></td><td></td><td></td></tr>
</table>

“我来过一次，敲了半天门，你没开，我还以为你不在家。”

“我在睡觉。”我说。

“怎么？不欢迎我进去？”

“哪里的话，”我让开身子，“这是你的家，不存在我欢迎不欢迎。”

她微笑，拎着行李进来，看看四周说：“这里一切都没变，就是吧啦，你长大啦，越长越漂亮。”

“您真客气。”我讥讽地说。

“我是专程来接你的。我和你爸爸在那边把什么都安排好了，你的学校也找好了，对了，你现在英语怎么样？”

“我就会一句，”我倒在客厅那张破沙发上，拍拍沙发的扶手，用唱歌的调调扬着嗓子说，“FUCK YOU！”

不知道是不是我发音不准的原因，还是她早就做好了足够的心理准备，看她的样子，她并不生气。

门就在此时被推开了。老太婆手里拿着钥匙，嘴里正在骂：“门开在这里干什么，进来个小偷怎么得了？”

抬眼之间，她看到了她。

老太婆先是一愣，然后忽然操起门后的一把扫帚，笔直地指着她说：“你给我滚，滚出去，你说过不回来，就永远别出现在我面前！”

她温和地说：“您别生气，我接了吧啦就走。”

“我哪儿也不去！”我从沙发上迅速地跳起来，回到了我自己的房间，把门砰地一声关上了。

“吧啦，”她走到门边来敲门，“你开门，妈妈有话跟你说！”

接下来是老太婆尖厉的声音：“你走不走，你不走我喊警察来！”

我把门一把拉开："够了，你丢人不丢人，找警察算什么，有本事把飞虎队、联邦特工全叫来啊，让凤凰卫视现场直播，那才叫牛逼！"

老太婆被我噎得一句话说不出来，脸红脖子粗。我妈伸出手把我一拉说："走，我们到外面说去！"

"我不去！"我甩开她。她上前一步，再次捏住我手心，又摸一下我的额头，惊讶地说："你在发烧？"

我别过头去。

老太婆在一旁风言风语："神经烧差不多！"

"她真的在发烧！怎么她在家发烧你也不管！"我妈一把拖过我，大声地说，"快走，我带你去医院。"

"求你，别烦我！"我挣脱她歪歪倒倒地往屋里的床上走去，我想我的确是又在发烧了，而且烧得特别厉害，我哪儿也不想去，倒到床上的那一刻，我就想睡一觉，睡得越沉越好，哪怕永远都不再醒来。

等我醒来的时候，我发现我躺在医院里。四周都是白色的，白色的墙壁，白色的被单正在给我挂水的护士白色的衣服。

她坐在我身边，神色凝重。

我把头转过去。

"吧啦，"她伸出手来把我的脸转过来，我看到她的眼睛，她的眼睛又大又清澈，一点儿都不像一个步入中年的人，我走神地想，不知道我到了她这个年纪，是不是还可以这么美丽，我忧伤地想，当然我是活不到她这个年纪的。

活着太累了，我是活不长的。

她看着我，眼睛里流下泪来，泪水打湿了我洁白的被单。我听到

她用微弱的声音说:"我知道你吃了很多苦,妈妈不怪你做错事情。把孩子做掉,我带你离开这里,我们永远都不要再回来。"

说完,她俯下身拥抱我。我知道,她是不想让别人看到她汹涌的眼泪。

我竭力控制着内心的翻江倒海,面无表情。

我在医院里住了三天,他们说,等我身体好些了,再替我做流产。第三天黄昏的时候,趁她去超市的时候,我从医院里偷偷地溜了出来,医院的饭菜让人难以下咽,仿佛总带着一股药水味。我出了医院直奔天中旁边的拉面馆,推开门,像坐了十年牢从没吃过饱饭的人一样对着老板娘说:"来两碗拉面!"

"两碗?"店里的伙计不相信地看着我。

"两碗!"我大声地重复。

我在我经常坐的位子上坐下,左边的台子上是两个天中聒噪的女学生,她们正在聊天,声音高亢尖锐却又要故作神秘,让我极度不舒服,我正要呵斥她们闭嘴的时候却听到她们的嘴里吐出我熟悉的名字来,让我忍不住认真聆听她们的对话:

"听说许弋这次又被打得不轻,他最近真倒霉,老是被人打。"

"人在情海飘,哪能不挨刀。谁让他老是想去抢别人女朋友呢!"

"不过说真的,那个女生样子很乖的,看不出那么那个呀。"

"你说李珥啊,她跟我是初中同学,我知道她的,平时不开腔不出气,其实最那个。不过这次可惨了,被叫到教务处去了,我看她以后还怎么见人!"

"对啊,对啊,不开腔不出气的女生最可怕,哈哈哈……"

我把桌上的面条往前面一推，站起身来，走到那两个女生的桌前，冷冷地问："你们在说谁呢？"

两个女生抬头看见我，像是认出我来了，吓了好大的一跳。

我指着她们："我警告你们，谁要再敢说李珥的一句坏话，我让你们以后晚上从此都不敢出门，你们信不信？"

两个女生你看着我，我看着你，慌慌张张，大气也不敢出，一句话也不敢说，拿起书包跑了出去。

我也没心思吃面了，我决定去天中看看小耳朵。

我跑到天中校园的时候正好看到小耳朵出来，我一看她的样子，就知道她受了委屈，在她的身后，跟着她的家长，我喊住她，旁边一个男生恶模恶样地窜出来让我一边去，我看着小耳朵，我只想确定她没事，我立刻就走。

我知道，在很多人的眼里，我不配做她的朋友。我知道我走到很多的地方，都不受欢迎，我也不想给小耳朵带来任何麻烦，但是上天作证，我愿意为她承担我所能承担的一切，因为我知道，并能确认，她的烦恼肯定与我有关。

"她不会有事的，你离她远远的，她什么事都没有！"男生还在冲着我大声地喊。

噢，天地良心。我并不生他的气。

我当时想，有个男生这么护着小耳朵，真的挺好。可是我没想到小耳朵生气了，她涨红着脸大声地喊："尤他，你不许这样跟吧啦说话，吧啦是我的朋友！她是我的好朋友，我不许你这么说她，绝不允许！"

世界在那一刻静止了。

这些天来，我身上所有的不适都消失了，黄昏的天空飘起了金色的奇妙的雪花。我就像网络游戏中忽然被施以神奇法术得以重生的小人，在瞬间充满了力量，欢欣鼓舞。我看着小耳朵继续涨红的可爱而勇敢的小脸，看着愤怒的尤他，看着站在他们身后的惊讶的两个大人，实在实在忍不住地咧开嘴笑了。

好朋友。

我文绉绉地想：这个世界上，也许再也找不到比这更温暖更动人的词汇了。

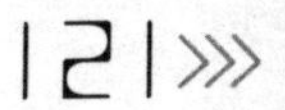

13

在返回医院的路上，我被两个小破孩拦住了。他们粗声粗气地对我说："吧啦姐，黑哥找你。"

"让他自己来。"我说，"我要回医院躺着去养病。"

"黑哥说，有些事他想跟你说，你可能会感兴趣。"

我拍拍他们其中一个人的头，笑嘻嘻地说："真对不起，吧啦姐姐现在对啥事都不感兴趣。"

两个小破孩互相对看了一眼，其中一个从衣服口袋里掏出一张相片来给我，相片有些模糊，一看就是偷拍的，但很轻易地认得出是谁。

"黑哥说，他有很多这样的照片，你要是愿意去，可以全送给你。"

"他在哪里？"

"在他姨父的房子里。"

哦呵，那房子原来还没卖掉。

我转身，大踏步地朝前走，两个男生远远地跟着我，我回头，大声地朝他们喊："回家喝奶吧，你吧啦姐还找得到路！"两个男生并没有离开，依然远远地跟着我，跟就跟吧，要不是大姐大，谁愿意跟着她啊。

门没有锁，灯也没有开，我进去，黑人坐在黑暗里，我看不清楚他的脸。雪越下越大，雪花从破旧的窗户里飘进屋子，屋里屋外，一个温度。但黑人只穿了一件薄毛衣。黑色的矮领毛衣，胸口上有个张牙舞爪的字：闷。

我问："你这件戏子一样的衣服哪儿弄来的？"

"抢的。"他说，"一个大学生的。"

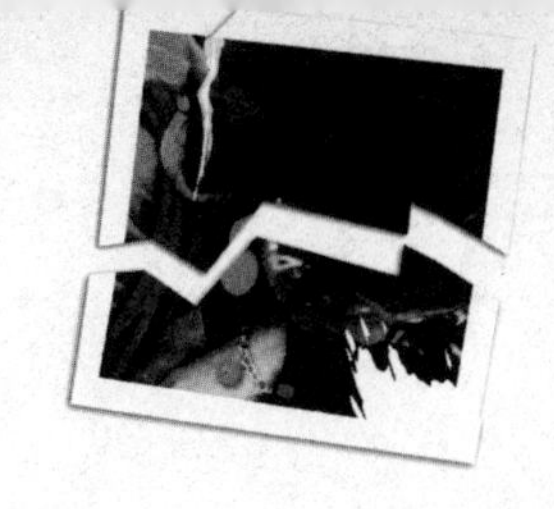

“人家没告你？”

“告什么，我请他喝酒了。”

我把怀里的相片扔到他面前：“你不觉得你特无聊？”

“我是为你好。”

我捞起面前一根小板凳就往他面前砸过去：“我警告你，他就要高考了，你要是影响到他一丁点儿，我饶不了你！”

黑人没躲，板凳砸到他的额角，一道深深的印痕，血流了下来。

他满不在乎地用毛衣袖子把血擦掉，吸吸鼻子说：“操，你为了这么一个下三滥，值得吗？”

“你再骂一次试试？”

黑人跳起来：“我就骂，我就骂，下三滥，下三滥！怎么着！”他一面骂着，一面伸手把身后旧桌子上的一堆照片全甩到地上，又跑到墙边把灯给点亮：“你睁大眼睛看看你的优等生，我靠，你他妈口口声声要征服，征服，你看看征服你的人对你到底是真心还是假意！”

雪越下越大了，屋子里冷得让我感觉整个的自己要缩小到没有的状态。灯光让我的眼睛感到疼痛，我蹲在地上，把那些照片一张一张地捡起来看：都是张漾，张漾和那个我曾经见过两次的女生，他们在一起，温暖的餐厅，他们两个人在一起吃饭，冰天雪地里，张漾搂着她在走，校园里，张漾替她拎着笨重的书包，呵着气等在食堂的门口……

应该都是近期的照片。

黑人说：“这个女的你可能不认识，她姓蒋，叫蒋皎。她爸爸叫蒋大宁。也许你没听说过，但我想，著名的‘嘉宁’集团你应该不会陌

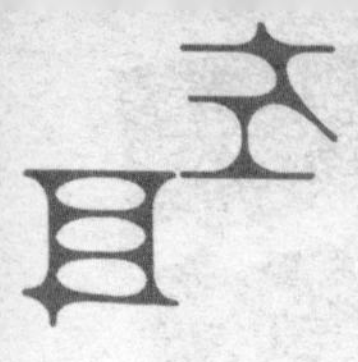

生。这个城市最漂亮的建筑，最完美的小区，都和他有关。”

我没有作声。

黑人继续说：“张漾是个垃圾，他利用你对付了他的对手许弋，蒋皎在初中时代曾经是许弋的女朋友，他害怕失去她。张漾家很穷，他们一家两口住在城里最穷酸的地方，你要是不信，我可以带你去看，离这里只有五分钟的路。他所有的一切，都是这个女生家里供给的，包括他的新衣服，新手机，他离不开她，就连他读大学的费用，也得靠她家，他们早就有计划，一起去上海读大学，然后出国……”

“住嘴！”我说，“我不会相信你的这些信口胡言！”

“我爱你，吧啦，只有我是真爱你。”黑人上前来拥抱我说，“只要你跟我好，我保证一辈子死心塌地地对你！”

他额头上的血迹已经干了，丑陋的伤口丑陋地对着我。我厌恶地推开他，我不会相信他，我永远都会记得张漾说过，他会带我去北京，他会牵着我和儿子的手在巴黎的街头散步。这些都不会是假的，绝对不会！

“我知道你不死心。”黑人打开他的手机，也是新款的，三星。他说，“兄弟们偷来了他的东西，我放点更有趣的东西给你瞧瞧。”

他说完，把手机举到我面前。

我首先看到的是我和张漾亲吻的画面，在拉面馆后面的那条小路，模糊不定的影像。我去抢手机……结束。

然后是张漾一个人在大街上走，忽然回头做鬼脸，女孩嘻嘻地笑。

张漾搂紧了她，两个人一起对着手机做鬼脸。女孩笑得很甜。

……

最后一条：张漾靠在一张软软的大大的沙发上，懒懒地说"吧啦，婊子。"

周围一阵哄堂大笑。张漾也笑，是微笑，他笑完后，站起身来，伸出手掌挡住了镜头。

……

他微笑着说：吧啦，婊子。

我亲爱的，微笑着骂我：婊子。

黑人丢开手机，缠上来抱住我，唇在我的耳边徘徊："吧啦，我爱你，你要相信，只有我是真正的爱你，全身心地爱你，我们永远在一起，好不好？"

我奋力地推开他，跌跌撞撞地出门，将自己淹没在漫天的雪花里。

14

我决定离开。

虽然我真的无处可去。

我只想跟一个人告别，可惜我没有她的电话。

我收拾好简单的行李走到“算了”酒吧前面，我想去跟表哥借一点儿钱。他就站在酒吧的门口，抽着一根大大的雪茄，好像知道我就要去找他一样。

我没有说出我的要求。但是他说了，他说：“吧啦，你来得正好，我要带你去医院。你妈妈等着你去做手术。”

我转身就跑。

有好几个人一起来追我。他们很容易地追上了我，架住我，不顾我的尖叫，硬把我往越野车上塞。我被塞到后座，两个人一边一个，牢牢地看着我。很快，表哥也上了车，他亲自开的车。他在前座一面开车一面用一种语重心长的语气教训我说：“有好日子不过，折腾啥呢，跟着你妈妈，换个环境重新开始，什么爱情，都是狗屁，你转眼就会忘的。”

“我要下车，你停车。”我说。

“到了医院就会让你下。”他说。

“我再说一次，我要下车，你停车！”

他慢条斯理地答：“我再说一次，到了医院我自然会让你下！”

雪越下越大了，前方的路已经完全地看不清，越野车仿佛是在冒险的丛林里穿梭。我观察了一下我所处的位置，对我左边那个小个子男生说：“你过来一下，我有话跟你说。”他听话地凑过来，我果断地

张开嘴，朝着他裸露的耳朵重重地咬了下去。他捂住耳朵凄惨地狂叫起来，然后我越过他的身子，拉开了车门，跳了下去。

准确地说，我是从车上滚了下去。我掉到雪地上，雪花飞溅，模糊了我的视线。我想站起身来，但我没有来得及，后面有一辆农用的三轮车突突地开过来，它没有看到我，轻巧地压过了我的身体，眼前完全黑了。奇怪的是，我没有感到任何的疼痛。

表哥的车在我前方不远处停了下来，我看到他们一起朝着我跑过来。雪地上，开出一朵一朵红色的花，那花真好看，我试图微笑，像张漾骂我时一样的微笑，但是我做不到。因为我已经完全失去了知觉。

我好像看到我自己的灵魂从我的身体里飞升，她飞过狭窄的公路，宽阔的广场，带着强烈的渴望和绝对的目的性，直奔向天中，一个教室一个教室地找一个人，她要找的人不是张漾，也不是许弋，不是蒋皎，而是一个叫小耳朵的女孩，一个吧啦其实从生下来就想做的那样的乖女孩，她当着众人的面大声地承认是她的好朋友，吧啦欠她一声谢谢，这一声谢谢，是一定要说的。

一定要说的。

一定。

我亲爱的小耳朵，你能听见吗？

（吧啦的歌）
词/饶雪漫

故事
从我懂事的那一年说起

秘密的花园里
没有七个小矮人
只有陪我的小女巫
她有透明的翅膀
善良的心
和一本关于爱情的魔法书

喧闹的城市里
找不到我的灵魂
只有寂寞的小蜘蛛
它有织不完的网
冲不破的结
和跟我一样悠长悠长的孤

那一天
我长大了啊
那一天
雪下起来了
那一天
我爱上你啦
那一天
我已经中毒

我站在迷雾的森林中
左边是不能回去的旅途
右边是无法拥有的幸福
还有我的小女巫
她挥不动的翅膀
和一本再也翻不开的魔法书
我让我睡吧睡吧
请不要吻我的额头
如果有一天我可以醒来
愿春回大地，花满枝头
愿所有的孩子，都不再孤独
让我终于可以骄傲地说
失去
不在乎

一阵子，我真的以为我忘了

过去了。

..3part
..张漾..
Young, so long.
HI - RISE

我是真的想忘记。

1

蒋皎十八岁的生日，我们一群人在卡拉OK里唱歌。

被风吹过的夏天。

黑暗拥挤的小包间，啤酒瓶歪七竖八，摆满了长条桌，香烟的味道让人想咳嗽和睡觉。我的老婆寿星蒋皎在和别的男生唱歌，凭心而论，她的歌艺不错，眯起眼睛唱歌的样子，有点像《流星花园》里演杉菜那个大S。

还记得昨天那个夏天

微风吹过的一瞬间

似乎吹翻一切

只剩寂寞更沉淀

如今风依旧在吹

秋天的雨跟随心中的热却不退

仿佛即使闭着双眼

熟悉的脸又会浮现在眼前

蓝色的思念

突然演变成了阳光的夏天

空气中的温暖

不会更遥远

冬天已仿佛不在留恋

……

我没有来由地对这种软绵绵的煽情的歌声感到厌倦，我忽然想起一个曾经的女孩子站在酒吧那个窄窄的木头舞台上唱歌的样子，她空

旷的毫无所谓的歌声，遗世独立的眼神。这种突然而至的想念让我心神不宁。于是我起身走了出去。

走廊里其实也不得安宁，每个包间里泄露出来的鬼哭狼嚎般的音乐让人更加的心烦意乱。我靠在墙边，点燃一根烟。有个穿黑色衣服的卷头发妹妹从洗手间出来，盯着我看。我把烟叼在嘴里，也盯着她。

她把领口往下拉了拉，冲我笑了一下。

我挥挥手示意她走。

蒋皎就在这时候也推门走了出来。她走到我身边，看着已经走到走廊那一边的卷头发妹妹说："干嘛呢？"

"不干嘛。"

她撒娇地推我一下："为什么你要在我唱歌的时候出来，怎么我唱歌很难听吗？"

"不是，"我搂紧她，"我老婆要是真的出来唱歌，蔡依林之流的就没得混了。"

她很容易就乐了，把脖子梗起来，像只骄傲的公鸡。嘴里还说着："那可不是！"

我拍拍她的背："你先进去唱吧，等我抽完这根烟，我就进去。"

"走嘛，"她拉我，"进去抽啦。我点了五月天的《倔强》，还不太会呢，你要陪我唱。"

我把手里的烟头举起来给她看："就这么点了，不许吵！"

"好吧。"她把嘴嘟起来，"那我先进去了，你快进来哦。"

我的老婆蒋皎同学是个公认的"麦霸"，有时候我不得不承认，我并不是时时刻刻都在她的生命中占据第一位的。比如在她拿着麦克风

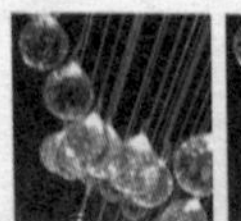 

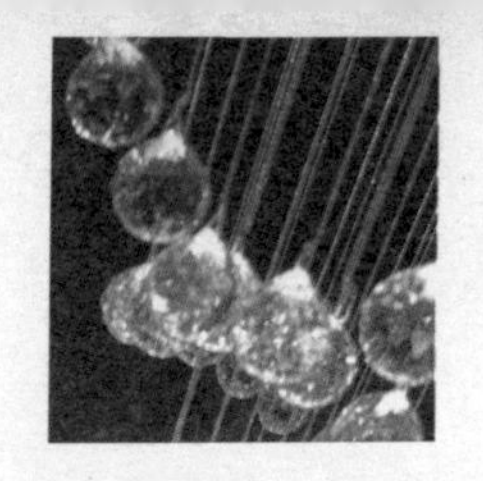

无限柔情地吟唱的时候，她的脑子里并不一定想的都是我。不过我对这些无所谓，话又说回来了，我在很多时候都摸不清，自己到底有所谓的是些什么。

沉思对一个大男人来说是一件可耻的事情，香烟差一点烧到我的指尖。我狠狠地捏灭它，然后我转身，下楼，出了大门。

八月末的阳光炙烤着大地，高空的太阳不停地吐出血红的气息。整个世界成了密不透风的一个圈，我招手拦住一辆出租，跳上去，对司机说："去南山。"

出租车内的空调让我感觉稍微舒服了一些。司机透过后视镜在观察我。一个穿着随随便便的短裤和汗衫在大夏天的午后要去南山的人，不是有问题就是神经病。

车子开出去五分钟后我的手机响了，如你如料，是蒋同学。在那边气呼呼地喊："死蟑螂，你去哪里了？"

蟑螂是蒋同学对我的爱称，来历我已经不太记得了，估计也是说我这人是"四害之一"吧。原谅我最近记性一直都不太好，我只记得为了表示反击，我曾经给她起过一个外号叫"苍蝇"，可她不同意，在她的眼泪攻势下我改叫她"饺子"，这个外号她倒是欣然接受了。并喜滋滋地说："饺子是有内涵的东西。"

她一向具有这种自说自话沾沾自喜的本领，从这点来说，我不得不服。

"快说啊，怎么不说话，你到底在哪里？"她开始不耐烦。

"厕所。"我说。

"怎么时间这么长？"

“大便。”我说。

“蟑螂！”她尖叫着，“我不管，我要你立刻出现！”

我挂了电话，关了机。

南山离市区大约有二十多公里的路，车子开了半天后，在一条狭窄的路旁停了下来。司机说：“只能开到这里了，到前面的话车子会不好掉头了。”

我付账下车。这里我还是第一次来，有些摸不着头脑，我一面顺着山路往上走，一面思索着应该怎么找到我想去的地方。天遂人愿，就在我一筹莫展的时候，我发现山上走下来一个人，她打了一把红色的小花伞，背着一个蓝色的小背包。我想，我应该认得她，而她，也应该认得我。

她抬头看见我，眼神里果然有了慌乱的成分，她低着头疾步往下，想装作没有看见我。我站在原地不动，在她经过我身旁的时候，我伸出一只手臂拦住了她。

她抬起更加慌乱的眼睛看我，并不说话。

“带我去。”我说。

她试图想挣脱我。

“你今天不带我去，别想下山。”我威胁她。

“那你先放手。”她轻声说。

我放开她，她再次看了我一眼，我发现她眼睛里的雾更浓了一些，然后，她转身朝着山上走去。我跟着她向上爬，很快我就累得有些吃不消，但前面娇小的她却显得轻松自如，身形轻巧。大约十分钟后，我的眼前忽然变得开阔。这里是一整片的墓地，在烈日下静静地排开来，显得更加的沉默和安宁。她带着我在一条小路上绕着前行，没过多久，她停了下来。

我知道目的地到了。

不知道为何，我的心里有一些慌张。我看到眼前的墓地上有一束新鲜的野花，应该是黄色的小野菊，或者是别的什么花，不张扬地开着。这么热的天，花瓣上居然还有细小的水珠，估计是她不久前才放上去的。

我走近，看到墓碑上的那张照片。黑白照片，年轻的，美丽的，久违的脸，无所畏惧的眼神。我的心像忽然被谁一把揪了出来，扔到半空中，一时半会儿找不到去向。

我不由自主地跪了下去，低下头，眼泪控制不住地掉了下来。它们迅疾地落到草地上，很快被阳光蒸发掉。

“她很安静，你不应该来打扰她。”不知道过了多久，站在我身边的打着红伞的女孩说。

“你是谁？”我问她。

“我是谁不重要。”她冷冷地说。

“你是她的好朋友吗？”我疑惑地说，“我看着你眼熟，但不记得在哪里见过你了。”

她用更加冷静的口吻答道：“我们在同一所学校，在学校，经常看到你。其实，我们见过很多次。”

我想起来了！

往事在瞬间闪现，我的心里莫名的一激灵。

“你谋杀了她。”她说，“她不会原谅你。你哭也没有用。”

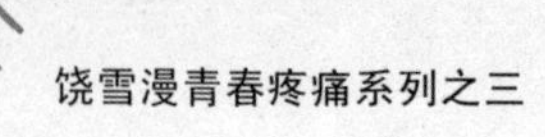

说完，她打着伞转身离开。我从地上站起来，跑上前拉住她："她死前你一定在的，你告诉我，她有没有说过些什么？"

"听说你考上了北京的一所重点大学？"她问我。

我点点头。

"恭喜你。"她说。

我不耐烦地吼她："别给我整这些，给我想要的答案！"

她好像并不怕我："对不起，让你失望了，她什么也没说，至少，我不知道她说过些什么。"

"请你告诉我，我真的很想知道。"我把语调放软，试图哄她。

"或许你应该去问问黑人。"她扔下这句话，头也不回地走掉了。

也许是黄昏快要来了，炙烈的阳光终于变得晦暗，山顶上猛地吹起一阵阵的凉风。我坐在吧啦的墓前，看着远方的云从头顶上慢慢地飘移过去。我没有想到的是，暴雨会来。好像只是几分钟的时间，天已经完全地变掉，风越吹越猛，豆大的雨点砸到我的身上，我无处可躲，我也不想躲，就让雨下得更猛烈些吧，下吧，冲垮这世上所有的一切也在所不惜，我并不企盼什么样的救赎，此时此刻，我只是想这么做，想陪着她。我怀念我站在她家窗下的那个飘雪的冬夜，怀念她温暖的双足靠近我时的温暖，就让我在暴风雨中恣意地怀念一回，谁也不要来打扰。

谁也不许来打扰。

2

我回到市区的时候，是夜里十点钟。雨后的气温依然很高，我被雨淋过的头发和衣服已经全干了。

因为打不到车，我走了很久的路。我想起那个和我一样去看吧啦的女生，她也许是经常来，不知道她是采用什么样的方式来回，看她那柔弱的样子，要是也走这么长时间的路，一定会累得趴下吧。

我没想到，蒋同学在我家不远处的路灯下等我。

她起初是蹲在那里，见了我，她站起身来，靠在身后的路灯上，憔悴地看着我。她已经回家换了一条新裙子，而且我发现她换了发型，暗红色的头发凌乱地，可笑地卷曲在她的头上。

我走近她。

“我十八岁了。”她说。

“生日快乐。”我说。

“我烫了头发。”她说。

“不好看。”我说。

她的脸部忽然强烈地抽动起来，然后她哭了出来。她并没有扑入我的怀抱，我有一刻试图想伸出手去拥抱她，但是我最终没有这么做。

我们就这样僵持着。

我很耐心地等着她哭完。

可是她没完没了。

我维持我的性子等。

还好周围一直没有人经过，不过经过也没有什么，我早是这个小城的新闻人物，在我的身上，发生什么大家都不会再好奇。

终于，我拍拍她说："好啦，哭多了会变老的，你的新发型已经让你显得够老了。"

她抬起头来看着我："你不是喜欢吗，我知道你喜欢的！"

"你胡说什么！"

"你忘不了她，我知道你忘不了她！"蒋皎抓着她的头发哭着喊，"如果是这样，你就干脆把我忘了吧，张漾，我们从此一刀两断！"

"好的。"我说。

她瞪大了眼睛看着我，我知道她开始在后悔自己刚才说过的话。不过我不动声色地看着她，以不变应万变。

她狠狠地看我一眼，推开挡在她面前的我往前跑。前方，一辆摩托车正疾驰而来。看她的样子，根本也不知道要闪躲，我的脑子里轰轰作响，赶紧追上去，一把把她拉到了路边。

摩托车急停下来。离我们只差一毫米。

"有病！"摩托车手是个四十多岁的中年人，他骂完，重新发动车子走了。

蒋皎同学狂乱的卷发轻拂着我的面颊，痒得我有些吃不消。我想推开她一点点儿，但是她抱我抱得特别紧。

她呜咽着："蟑螂，你别不要我，求你不要离开我。"

"一刀两断是你说的，不是我说的。"

"我错了，我错了。"她认错比眨眼睛还要快。

"好吧。"我轻轻推开她，"我今天很累，你也快点回去休息吧，有什么事明天再说，好不好？"

"送我回家好吗？"她说，"前面有段路很黑的，你也知道，我怕。"

我真的很累，并且饿得眼冒金星。不过我没办法，只能陪着她往家走。她的手牵着我的，紧紧地，不肯放松。我们走了几步，她又把我的手放到了她的腰间。转到前面的一个巷子的时候，我感到她明显地哆嗦了一下。

"下周我们就可以离开这里了。"她用颤抖的声音说，"我真讨厌这里，我们离开后，就永远都不要再回来，蟑螂你说好不好？"

我忘了说，蒋同学也考上了北京的一所大学，学理工。她其实是想去上海读书的，但因为我喜欢北京，她最终还是选择了一所北京的学校。

"好的。"我说。

"我以后都不再闹了。"她说，"我会乖。"

这样的保证，我听过一千次了。

走过小巷的时候，我的手不由自主地搂紧了她一些些。这条路白天和夜里完全不同，我们好像已经有很多夜里不曾经过它了。路的那边有个破旧的小房子，我永远都记得那个冬夜，我赶到那里，蒋皎被黑人他们几个小混混用布条堵住了嘴，抵在墙角，无声的呜咽和绝望的眼神。

黑人拿着一把明晃晃的尖刀对着我说："臭小子，你自己选，是我们哥们儿几个当着你的面做了你的女人，还是你自己拿着这把刀自行了断！"

那一天，是吧啦下葬的日子。天空飘着春天的最后一场细雪。

我对黑人说："你们放了蒋皎，不关她的事！"

"关不关她的事我说了算。"黑人说，"你先抽自己十个耳光，我再

决定要不要放了她，你说呢？”

我说：“十个？那么多？”

“你他妈别废话那么多！”他上前一脚踢到我的膝盖上，我疼得单腿跪了下去。

黑人用刀尖在我的脸上比划着说：“这张脸长得是不错，能骗小姑娘，确实能骗。不过我倒想问问高材生，你有没有想过骗过之后的后果呢？”

就在这时候，警车的声音由远而近。

黑人吓得收回刀：“你做了什么？”

我努力站起身来，冷静地说：“我报了警。”

“你别忘了，你的手机在我手里！”黑人说，“我要是不高兴，就交到吧啦表哥的手里。”

“那又怎么样呢，”我说，“它说明不了什么。”

黑人拿着刀朝我扑过来。我一反手就夺下了他的刀。这个大而无用的东西，空长了一身横肉。我把刀架在黑人的脖子上，逼他们放了蒋皎。

“不许放。”黑人红着眼睛喊。“大不了大家同归于尽！”

“你们有大好的前程，犯不着。”我对那帮技校的小孩说，“在警察没来以前，走先！”

四五个小孩你看看我，我看看你，在关键的时候选择了自己，立马作鸟兽散。有一个在离开前，还匆匆忙忙地替蒋皎松了绑。自由后的蒋皎蹲在墙角，半天起不来。

我放开黑人：“你也快走吧。”

他不相信地看着我。

“再不走！就来不及了！”

“这笔账没完，我迟早跟你们算！”黑人咬牙切齿地吐出这句话，逃跑了。

我走过去扶起蒋皎，她苍白着脸问我：“你真的报了警？”

“用得着吗？”我说。

不过，我还是很谢谢那辆经过的警车。

那一次，蒋皎被吓得不轻，我陪了她三天三夜，她才有勇气重新走进学校的大门。

当然现在，这里已经安全了。蒋同学的父亲的钱是最有用的东西，黑人并没有被怎么样，他离开了这里，并且听说，他永远都不会再回来了。

不回来也好。

短短半年，很多的东西都完全地改变了。消失了，不见了。最痛苦的是，消失了的东西，它就永远地不见了，永远地不会再回来，却偏还要留下一根细而尖的针 一直插在你心头，一直拔不去，它想让你疼你就得疼，绝对牛逼。

“到我家吧。”蒋皎低声求我，“我让王姨给你炒蛋炒饭。今天是我的生日，家里还买了蛋糕的。你不去替我庆贺，怎么行呢？”

她总是这样会耍小聪明，一步一步达到自己的要求，尽管我很不乐意，但我对自己饥饿的肚子屈服了。

“好的。”我说。

蒋皎抬起脸来看我：“蟑螂你完蛋了。”

“怎么了？”

“你今晚跟我就三次‘好的’啦，我发现你除了‘好的’别的都不会说啦。”

“哦。”我说。

“求你啦，我过生日，你能不能不要这么心不在焉的？”

“哦。好的。”我说。

3

蒋皎洗完了澡，穿了一条特别卡通的睡裙，她一直走过来，走到床边，站住了。

我把手里的书合起来："你睡吧，我回去了。"

"张漾。"她只有在严肃的时候才会喊我张漾，她把我手里的书拿走，放到书桌上说："张漾我想问你一个问题。"

"好的。"我说。

"崩溃。"她说。

"别乱想了，想多错多。"我安慰她，"我得早点回去，还有些行李要收拾，过些天我们就要去北京了。"

"你刚才也听我爸说了，我从今天起成年了，他不会随便再管我。"

我把眼睛看着窗外，装作听不懂她的话。

她走到我面前来，投入我怀里，仰起头看着我说："我就是爱你，我就是喜欢你，你告诉我，我应该怎么办？"

"爱就爱呗。"我说，"爱人又不犯法。"

"你爱我吗？"

"……爱。"

她微笑："你还没送我生日礼物呢。"说完，她把眼睛闭起来。

我俯下身去吻她，她的嘴唇有些许的发抖。只不过几秒钟的时间，她开始热烈地回应我，她柔软的身体贴紧了我，刚洗过的头发散发着诱人的清香，我有些不能自持，和她一起倒到了床上。我喃喃地对她说："我没有洗澡。"

"没关系，"她说，"把衣服脱了。"

我照她所说的办，就在那一刻，我突然闻到了从我身上穿的被雨水淋过的衣服上传来的一股味道，淡淡的，神奇的一种味道，应该是是南山的青草的味道，它袭击了我的鼻孔并同时袭击了我的心脏。我败下阵来，把衣服匆匆一套说："算了。"

"张漾。"蒋皎把我的头扳过去，她直视着我的眼睛，忧伤地问："你是不是不要我了？"

我没回答她，我径自走到门边，拉开门，出去了。

房间里传来她的嚎啕大哭声。

她爸爸看样子是出门去了，她妈妈正在客厅里看电视，听到女儿哭，吓得从沙发上跳了起来，拉着我问："怎么了，张漾，你们怎么了？"

"没事，阿姨。"我说，"你去劝劝她吧，我先回家了。"

"没事她哭什么？你去劝，去！"她跟她的宝贝女儿一样的拧，"今天她过生日，你怎么能让她哭呢？！"

蒋皎在里面大声地哭喊着尖叫："妈，你让他走，不要拦着他，让他走，我再也不要看到他！"

她妈妈终于松了手。

我冲出了蒋皎家的大门。

这是一个让我窒息的地方。我也许早就该冲出来了。

我也不想回家，于是我去了"算了"。

这个城市已经有了很多大大小小的新酒吧，有好多酒吧开了又关关了又开，装修了又装修。只有"算了"维持原样一动不动。和一年前我来这里相比，酒吧的生意好像一落千丈，显得比较冷清。乐队不见了，那个窄窄的木头搭成的舞台还在，上面有一层薄薄的灰。啤酒便宜得有些不可思议，我要了一杯2L的啤酒，坐到角落里慢慢地喝。酒喝下去一半的时候我看见了他，他刚从门口进来，穿一件暗蓝的格子衬衫，牛仔短裤，神色疲倦。

他也看到了我，不过没动声色。

大约三分钟后，他在我的对面坐了下来，手里同样端着一杯2L的啤酒。

我递给他一根烟，他摇摇头。我自己点着了，等着他说话。

“考完试后，我每晚都来这里。”他说。

“挺好。”我说。

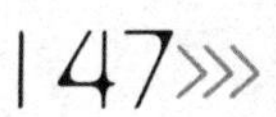

“什么挺好？”

“这里，挺好。”

“你想她吗？”他问我。

我看着他，不说话。

“我很想她。”他自说自话，手指朝着身后的舞台指过去：“很多时候我都感觉，她还站在那里唱歌，什么都没改变。”

“节哀。”我很苍白地安慰他。

我以为他会站起身来，把杯里啤酒倒到我的头上，或是直接泼到我的身上，我以为他会对着我破口大骂，要不，就干干脆脆地动手跟我打一架。但是他什么也没有做。他只是端起酒，坐到了另一个靠窗的位子上。

然后我们喝酒，谁也不理谁。

那晚许弋喝多了，这小子其实根本就不胜酒力。我走出酒吧的时候，他已经跳到舞台上去唱歌，没有乐队，除了几个闷着头打牌的小

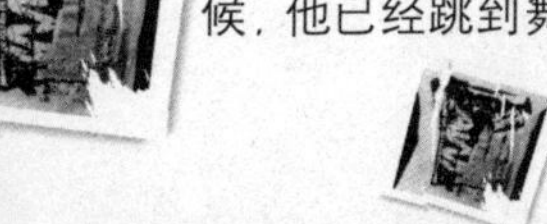

男孩，也没有什么听众，许弋拿了一把高脚凳抱在怀里做吉它，他奋力地把肚子挺起来，声音扬起来，他在唱：

等待等待再等待

心儿已等碎

我和你是河两岸

永隔一江水

……

我推开酒吧的玻璃门，夏夜的燥热从我的身上扑天盖地卷过去，将我碎了的心一并卷走了。

我知道，我们都将离开，我们都不会再回来。

4

我回到家里的时候，他正在看电视。

恶俗的电视剧，他看得津津有味，一边看一边在吃一碗面条，同样津津有味。

说实在的，很多的时候，我很佩服他，他总是能在正常人都无法忍受的平庸之中巧妙地享受到他自己的生活乐趣且安于天命，这不能不说是一种本事。

虽然我是他的儿子，但从我懂事那一天起，我就知道，我和他是不一样的。我永远都记得我七岁那一年，他的哥哥也就是我大伯来到我家里，那天我们父子也在吃面条，大伯的手里拎了一袋糖果，递到我的手里。我没有接。他把面前的碗一推，示意我进里屋，我进去了不过耳朵贴着门，我想知道他们在说什么。

他们说得很小声，我的耳朵根都贴疼了，啥也没听见。就在我打算放弃的时候突然听到大伯的一声大吼：“张立德，你他妈到底还是不是一个男人？你是个孬种，连老婆都让给别人的孬种！你这一辈子都别想有出息！”

外面是一阵让人窒息的沉默。过了一会儿，我把门拉开一点点，从门缝里，看到我的父亲，他并没有跟我的大伯吵架，而是把脸埋到手掌心里，他在哭泣。

我从屋内冲了出去，我想寻找一个可以出气的东西，但一时半会儿没有找到，我试图把大伯替我买的一大口袋糖扔到门外去，但我没成功，塑料袋散了，糖滚得满屋都是，我喘着气指着大门对我大伯说：“你走，你离开！”

我大伯先是有些惊讶，然后他伸出手来，摸了摸我的头发，叹了一口气说：“有脾气是好样的，记住，长大后不要跟你爸爸一个样！”说完，他走了。

这以后，我都没有见过我大伯，据说他在上海做生意发了财，但那只是据说，不管他是什么样的命运都与我们无关。就是这样的，亲情淡漠到极致的时候，同胞兄弟甚至远不如一个陌生人。

“饿了吗？”见我回家，他抬起头问我。

“不饿。”我说。

“你要买的东西替你买回来了，你去看看还差些什么，北京的天气不像这里，秋天就开始要冷了，你多带点厚的衣服，不要怕拿。”

“噢。”我说。

“你的手机关了是吧？蒋皎妈妈打过电话来，让你回一个过去。”

我进了我自己的屋，倒到床上，闭上眼睛。去他妈的蒋皎王皎还是罗皎，此时此刻，我只想睡觉。

过了一会儿，他来敲我的门。

我问：“有啥事？”

他推门进来，从口袋里掏出一些红色的人民币对我说：“这里是六千元，你知道的，我就这么多，其他的，你自己想办法。”

“放那里吧。”我说。

他把钱放到我的书桌上，出去了。

我当然知道的，三年前，他得了类风湿性关节炎，下岗了。现在，他在蒋皎父亲的一家公司干点杂活，维持他自己的生计。能拿出这六千块，倒真是我没有想到的。

他不是我的父亲，他是我的耻辱。

我把钱一把扫到地上，睡觉。

睡觉！

5

双休日。我在商场的手机柜台推销手机。

要开学了，买手机的人贼多，我站得脚都发软，说得嘴发干，到了晚上六点钟的时候，业绩还算不错，一共销出去八台。

经理冲着我眯眯笑说："帅哥就是好办事，你看，你的顾客都是女孩子呢。"

就在这时候，我又看到了她，那天在南山遇到的那个女孩子，她穿了一条白色的小裙子，正在文具柜台那边买东西。站在她旁边的那个男孩是我的同学，叫尤他。那小子是个怪才，从高一跳级跳到高三，他好像专门是为读书而生的，这次他又考了全市第一，比我这个第五名总分高出三十分左右。

三分钟后，他们一起朝着我这边走过来。她的手里拎了一个袋子，装着才买的笔记本啊笔啊什么的，走到一半的时候，我看到尤他想替她拎，被她坚决地拒绝了。

见到我，两人都有些吃惊。

我冲他们笑笑。

尤他也笑，问："张漾你怎么在这里呢？"

"要开学了，凑学费啊。"我说。

她始终绷着一张小脸。好像没看见我一样。

"要买手机吗？"我问。

"是的，"尤他说，"我想买款实惠一点的，适合学生用的，要不你给推荐一下？"

一旁的她对尤他说："你先看着，我先回家去了。"

尤他拦住她："等等嘛，我看一下，很快就好，马上送你回去。"

"谁要你送！我又不是不认得路！"她说完，拎着她手里的破袋子，雄纠纠气昂昂地转身大踏步地走了。

我笑着说尤他："你女朋友挺凶的嘛。"

"不是啦，"尤他连忙解释，"她是我妹妹。"

"哦？"我说，"你看看这款诺基亚，性价比不错。"

"噢，算了。明天再来看！"尤他推开我，急急忙忙地追随那女孩而去了。

哦呵呵，妹妹。

经理把当天的费用结给我，告诉我可以下班了，她问我："明天还来吗？"

"来，"我说，"站完最后一班岗！"说完，我捏着八十块钱给她敬个礼，出了商场的大门。

比起冷气十足的商场来说，外面还是显得闷热。我站了一天的柜台，小腿肚不仅发酸还有些发颤，喉咙里干得直冒烟，于是我跑到商场外面的一个小冷饮店，要了一大杯冰可乐，坐到公车站台旁边的台阶上喝起来。

转头的时候我忽然看到她，她就站在我身边。吓了我好大的一跳。她还是拎着那个口袋，穿着她纯白色的小裙子，在吃一支彩色的冰淇淋，只是尤他不见了。

我心情不错，于是吹了一声口哨，问她："你哥哥呢？"

她的脸微红了，看上去很可爱。不过她接下来并没有表现得像我想象中的那么胆小畏缩，而是调皮地回答我说："我把他甩掉啦。"

“哎，你要记住，不要随时随地甩掉一个愿意对你好的男人，你会后悔的。”我说完，把手中的可乐杯子捏碎了，往地上一扔。

她看我一眼，替我把杯子捡起来，扔进了旁边的垃圾箱。

我点燃一根烟，眯起眼睛笑着看她，她转开了目光。刚好公车来了，她跳上了车，是五路，我要坐的不是这班车，但是不知道为什么，我身不由己地跟着她上了车。

车上人很多，没有座位，她个子不高，拉着吊环的手显得有些吃力。我站到她的身边对她说：“要是袋子里没什么宝贝，让我替你拎着可好？”

她不回答我，把袋子捏得紧紧的。

“给我！”我一面伸手一面命令地说。

她坚持着不回应，但脸上的表情开始变得紧张。

我觉得有趣，于是逗她说：“你不给我也行，那我就牵着你的手吧。”

我的手还没完全碰到她的手，袋子应声而落，带着她的体温落到了我的手中，还真是沉。我俯身问她：“买这么多笔记本，写日记吗？”

她不理我。

我说：“问你话呢？”

她仰起小脸问我：“难道你问我我就非要答吗？”我们的脸隔得很近，公车一摇一晃间，就隔得更近了，黄昏的阳光照着她雪白的皮肤。她的皮肤真的很好，和蒋皎不同，和很多的女孩都不同，一尘不染的透明。还有那双眼睛，清澈得简直不可思议。见我一直盯着她看，她的脸又红了，还是微红，微红的脸泄露她内心的慌乱，但她一直强撑着不肯投降，倔强地不肯转开眼光。

真有趣，不是吗？

她在下一站跳下了车，我跟着她跳下了车。

“谢谢你。”她说，“把袋子给我吧。”

“万一我不跟着你下车呢？”我说。

“那你一开始就不会跟着我了，”她胸有成竹地说，“你回家应该坐11路，不是吗？”

“哦呀，”我说，“联邦密探，请问你家是住在这里的吗？”

“不是，”她手往前一指说，“前面一站才是我家。”

“那你为什么要在这里下？”

“我不告诉你。”她说。

我晕。

我把手臂抱起来，在黄昏的夜色里饶有兴趣地看着这个奇怪得让人摸不着头脑的小姑娘。她忽然又问我一句让我摸不着头脑的话：“你饿了吗？”

我想了想说：“有点。”

“你跟我来。”她说。

一向不可一世的张漾就这样跟着一个小姑娘，并替她拎着一大袋子东西往前走了。我没有时间来思考这到底是怎么一回事，好奇心真是人类最大的天敌，我就这样一路随她而去，直到她带我走进我以前常常去的那个拉面馆。

“你替我拎东西，我请你吃拉面。”她回转身来对我说。

这是一个我熟悉的地方，虽然我有很长时间都没有再来过。

我在墙角的一张桌子上坐下来，她要了两碗牛肉拉面，坐到我的对面。把其中的一碗推到我面前。我往碗里加了一大把香菜，她忽然伸出手来，把我碗里的香菜抓了一大把放到她的碗里，然后若无其事地开始拌面，并吃起来。

“这里这么多香菜，你干吗偏偏抓我碗里的？”我问她。

她轻笑着说：“你不知道了吧，曾经有人告诉过我，别人的东西总是好的。”

我沉默半响，然后问：“是吧啦吗？”

“吧啦很喜欢吃这里的拉面。”她说，“我在这里遇到过你和她，但是你肯定不记得了。”

“是的，”我说，“我不记得了。”

“你那天去看她，在山上淋到雨了吧，”她说，“我一直在想你会不会感冒。”

“你为什么关心我？”

“我不告诉你。”她又是这一句。

她低头吃她的面，吃着吃着她抬起头来看着我说：“怎么你动也不动，你不是说饿了吗？”

我说：“我常常这样，很饿，但什么东西都吃不下。”

她拿了一双干净的筷子，伸长了手臂，替我把面条拌好，温柔地说：“你快吃吧，面条软了，就不会好吃了。”

“你叫什么？”我问她。

“李珥。”她说，“木子李，王字旁加个耳朵的耳。”

“尤他真的是你哥哥吗？”

“不是。”她说。

“那是你男朋友？”

“我没有男朋友。”她坚决地说，“我不谈恋爱。”

“你知道吗，我很羡慕尤他，他考上清华了，那是我的理想。”

她像模像样地安慰我：“你的学校也不错啊，也不是人人都能进清华的。”

我又点燃了一根烟，并把烟盒递到她面前去。她摇摇头，认真地说：“抽烟对身体不好，你要少抽。”

我对着她欠了欠身。然后我狼吞虎咽地吃完了一碗面。

她从包里拿出纸巾来递给我。如果现在有认得的人进来，多半会认为我跟她有暧昧的关系，但她很坦然自若。

那夜我坚持要送她回家。

她则坚持要走拉面馆后面的那条小路，那条路旁边的房子已经建成了，有了路灯不说，路的两边还种了一些小花小草，但除了附近居民，走的人并不多。我跟她一前一后地走着，到了前面的一个地方，她忽然停了下来，问我：“你还记得这里么？”

“记得。”我说。

“那一次你在这里揍她，是我把你拉开的。”

我强忍内心的慌乱调侃道：“要是我今天在这里揍你，你说会有谁来拉呢？”

“你不会的。”她说。

“为什么这么肯定？”

“不告诉你。”她说。

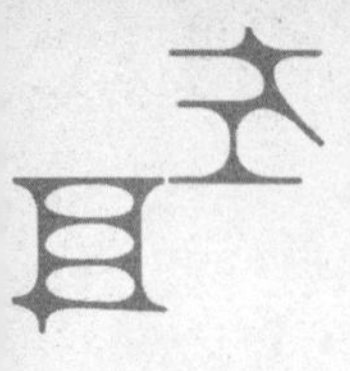

“那我们试一试！”我一把抓过她来，她吓得轻声尖叫，但只是轻声而已，她甚至没有下力气要推开我。这个谜一样的女孩儿，那一刻我有股冲动，其实很想吻她，但我没有，她说对了，我做不到，我确实对她下不了手。

我放开她说：“走吧，哥哥送你回家。”

“不用送了，我家不远，就是那幢。”她指指前面，然后接过我手里的袋子说：“张漾，再见。”

她叫我张漾，仿佛我跟她认识多年，是多年的朋友。

“去吧！”我朝她挥挥手。

我看着她朝前走，没走多远，她又回过身朝我奔过来，很直接地对我说：“我要知道你的电话号码，还有信箱，或者QQ，都行。”

说完，她递上来一支笔和一个新本子。

我在路灯下一笔一划地写给她，她跟我说谢谢，然后离开。

见鬼！

6

那天晚上我回到家里，发现蒋皎母女都在。我父亲正在替她们面前的茶杯加水，看样子，她们已经坐了老半天了。

“嗨。”我装作若无其事地跟她们打招呼。几天不见，蒋皎的新发型真是乱得不可开交，像个鸡窝一样顶在头上，她画了紫色的眼影，我最不喜欢的俗不可耐的紫色。我怀念那个直发的穿黑白校服的蒋皎，至少那时的她，不会让我感觉讨厌。

“张漾，我们正在跟你爸爸商量你们去北京读书的事情呢。”蒋皎妈妈说，“他说他就不去送你们了，蒋皎她爸也忙，就我一个人送你们去吧，我们家在北京有房子，你们周末可以去那边住……”

“好。”我笑眯眯地说。

“蟑螂，你吃过饭了吗？”蒋皎问我。

“吃过了。”我说。

“吃什么的呢？”她总是这样喜欢打破砂锅问到底。

“拉面。”

“拉面怎么会有营养！”蒋皎妈妈叫起来，“走吧，我们还没吃饭呢，一起出去再吃点东西，最近有家新开的川菜馆不错噢，就在义正路上，离这里不远。”

“走吧。”蒋皎拖我。

“不去了。”我打着哈欠说，“今天站一天柜台，累死了，想睡觉。”

“你又去卖手机啦！”蒋皎叫起来，“不是让你不要去的吗？”

我瞪她一眼，她闭了嘴。

“阿姨你坐坐，我去洗个澡。”我招呼打完，就拿着汗衫进了浴室。

蒋皎跟着我一直到了浴室的门口，我问："要干嘛，难道想看我洗澡啊？"

她嘴一咧说："怎么了，又不是没看过！"

"去外面等着我！"我说。

她依然站在门边不走："蟑螂，你是不是还在生气，我要是不来找你你是不是就不会去找我？"

"你说什么？"我装听不明白。

"我就喜欢你这种坏坏的脾气。"她忽然笑起来，抱住我说，"你真的好有个性呃。"

我的脑子里却忽然闪过那双清澈的眼睛。我有些艰难地推开蒋皎，哄她说："好啦，洗完澡出来陪你！"

她终于放开了手。

那晚，蒋皎陪我睡在我家那张狭窄的小木床上，床一动，就咯吱咯吱地响。蒋皎抱着我不肯放手，然后，她开始莫名其妙地流泪，眼泪流到我胸前的皮肤上，痒痒的。我还是没有任何欲望。她反过来安慰我说："没事的，蟑螂，我们离开这里，一切都会好起来的，没事的……"

在她的喃喃自语中，我沉沉睡去。

半夜我醒来，发现蒋皎并没有睡，她坐在我小屋的窗边，穿着我的大汗衫，在抽烟。她抽烟的样子看上去很老道，但她并没有当着我的面抽过烟。

我撑起半个身子来看着她，她的卷发，还有她黑暗里那张脸的轮廓。我知道，这个任性的女孩给了我很多的东西，她为了爱情受尽委屈，我都知道。

听到响动，她转过身来，透过月光，我看到她在流泪，大滴大滴的眼泪，无声地从她的脸上流下来。

“你怎么了？”我问她。

“我看到一颗流星。”她说，“嗖一下，就过去了。”

我伸出手做了个手势，示意她过来。

她灭掉烟头，重新回到床上。贴紧我，她的身子是冰冷的，我不由自主地搂紧了她。

“蟑螂，我是心甘情愿的，我知道我斗不过她，但是没关系，她已经不在了，我愿意跟一个灵魂斗到底，我心甘情愿，再苦再痛我也坚持到底。”

“别胡说！”我骂她。

“好，我不胡说。”

我吻了一下她的面颊，她伸长了手臂抱住我。小木床又开始咯吱咯吱地响起来，我拍拍她的背说：“睡吧，以后别抽烟了，烟抽多了牙会黄，皮肤会老，多难看啊。”

“蟑螂我漂亮不漂亮？”

“漂亮。”

“我温柔不温柔？”

“温柔。”

“那你爱我不爱我？”

“……爱。”

“我会爱你一辈子。”

“唔。”

她终于睡着了。而我却怎么也睡不着了，我从小木床上爬起来，坐到窗边，蒋皎刚才坐过的位置，我拿起烟盒，发现蒋皎将我所有的烟都抽光了。我把空烟盒一把扔到窗外，天空很黑，没有蒋皎说过的那颗流星。透过窗玻璃，我忽然发现我的手机蓝色屏幕在闪烁，看样子有未读的短消息。我转身拿起手机来一看，是一个陌生的号码，只有两个字：晚安。

我想我知道是谁。

李，珥。

不过我知道我肯定不会主动再去找她。

我就要走了。离开。

蒋皎说得没错，离开这里，一切都会好起来。

7

我在车站再一次看到李珥。

他们一大家子人，是来送尤他的。

尤他看到我们，很高兴地说：“我们是一趟车吧，这下好了，我还怕路上没人说话会寂寞呢。”

蒋皎油嘴滑舌：“能和状元同行是我们最大的荣幸。”

旁边有人插话，应该是她的母亲。她说：“李珥，你要好好努力，明年就看你的了。”

她还是绷着那张小脸，不说话。也不看我，好像我跟她从来就不认识一样。

上了车，尤他刚好和我们一个车厢，我们把位子换到了一块儿，蒋皎八卦地问尤他：“刚才那个小妹妹是你女朋友？”

“不是啦。”尤他说，“她是我表妹。在我们学校读高二。”

“高二？”蒋皎惊讶地说，“她看上去好小，就像个初中生一样呢。”说完又推推我说：“蟑螂，你说是不是啊？是不是看上去很小啊？”

“谁？”我装做一脸茫然。

尤他插话：“我们说李珥呢，你上次不是见过她的吗？”

“哦。”我说。

然后我倒头就睡，醒来的时候，我发现手机里有条未读的短消息：祝你一路顺风。我看了看手表，是夜里十一点，火车摇摇晃晃，蒋皎和尤他都睡着了。我跑到列车的接口处去抽烟，然后我拿起电话来拨了那个手机。

手机很快有人接了，她的声音压得很低，估计是怕被她家人听见。

“我是张漾。”我说。

“我知道。”她说。

“我到了北京应该会换号码，把新号码发你这个手机上吗？”

“是的。”她说，“我把尤他的旧手机借过来用了，不过我不常开机，今天是例外。”

“为什么是例外？”

“因为我要等你电话啊。”她说。

“见鬼，你怎么知道我会给你打电话？”

“我不告诉你。”她又来了！

“你要好好学习，天天向上。”

“我会的。”她说，“明年，我也要上北京去读大学。”

“好。”我说。

“也许我会给你写信，也许不。”

“随你。”

“那……再见。”

“再见。”

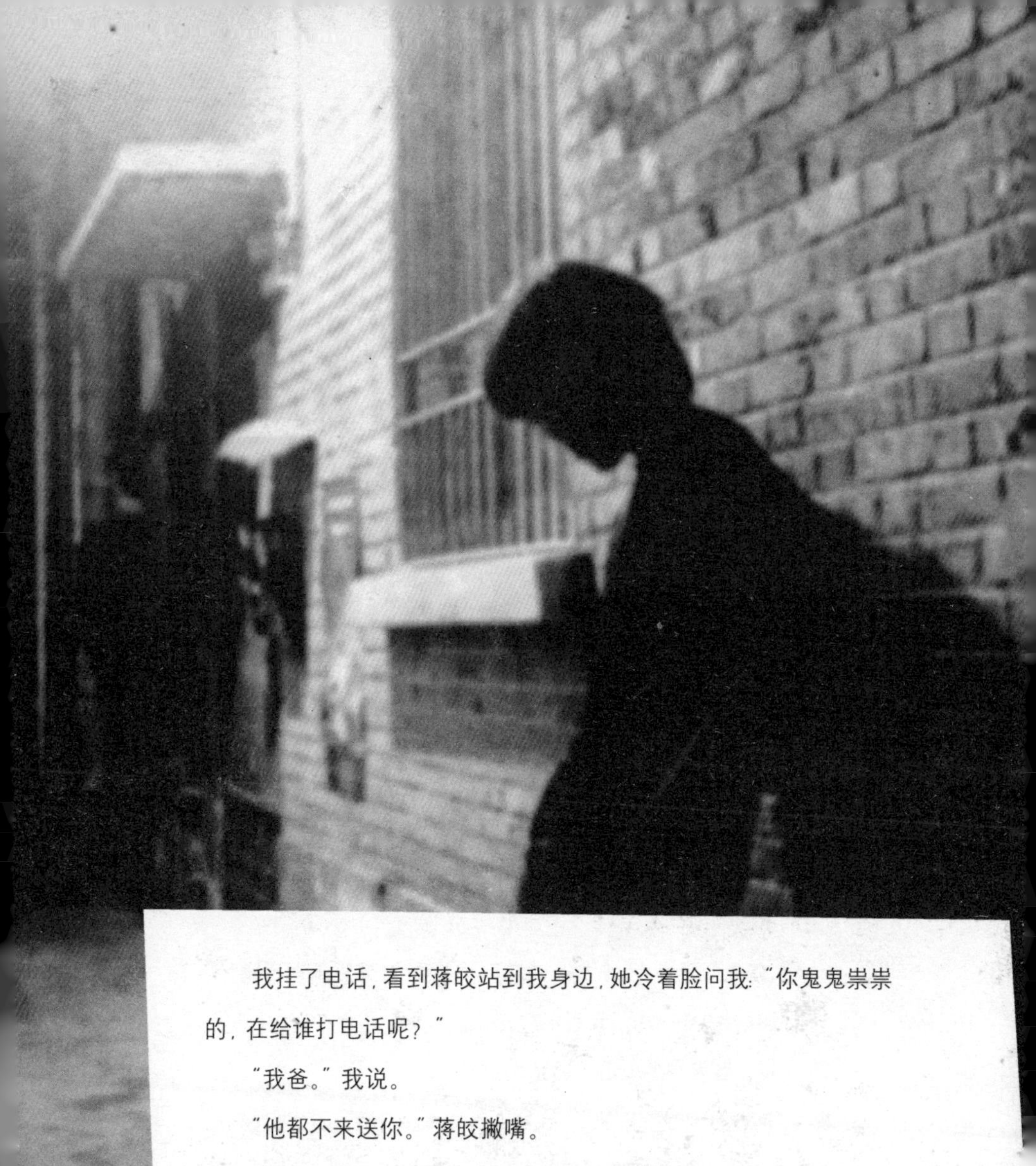

我挂了电话，看到蒋皎站到我身边，她冷着脸问我："你鬼鬼祟祟的，在给谁打电话呢？"

"我爸。"我说。

"他都不来送你。"蒋皎撇嘴。

我不说话，她又说："没见过这样子当父亲的。"

"你他妈闭嘴！"我骂她。

她不说话了。火车摇晃得更厉害了，蒋皎一下子没站稳，好在我一把扶住了她，她倒到我怀里，咯咯地笑起来，大声地说："真快活啊，终于离开啦！呜啦啦……"

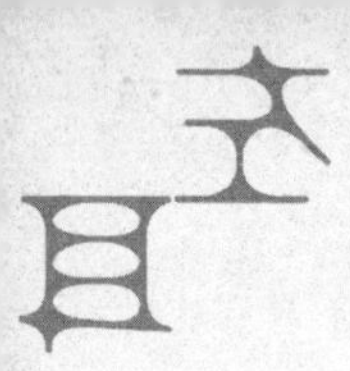

8

有一阵子，我真的以为我忘了过去了。

那时我刚到北京不久，生活过得很有规律。白天上课，晚上替两个初中生做家教，周末的时候，和蒋皎泡在她家北五环边上的房子里看DVD。没有人替我们做饭，我们就到超市买一大堆速食的东西，吃得肠胃没有丁点儿感觉为止。

蒋皎开始明目张胆地在我面前抽烟，壳子精美的外烟，我抽不惯，我还是抽我的红双喜，又便宜又实在。我们基本上一周见一次，长时间地抽烟，看片子，在凌晨三四点进入梦乡，次日中午醒来，继续抽烟，看片子。

蒋皎酷爱看韩剧，但因为我不喜欢，她也迁就我看警匪片，我看警匪片并不挑，美国的，港台的，大陆的，只要有枪战就行。蒋皎说："我一到周末就到音像店买一大堆，老板以为我是买来做生意，租给学生们看的呢。"

"那就租呗，"我吃着一碗泡面说，"可以赚钱干吗不赚？"

蒋皎瞪我一眼："我丢不起那个人！"

得，暴发户的女儿，随她去。

蒋皎趴到我肩上来："蟑螂，读书真没意思，我想退学了。"

"那你觉得什么有意思？"

"我想去唱歌。"

我吓一跳："谁替你出的馊主意？"

"有人跟我爸说，说我形象，歌艺都不错咧。"

"是你爸的钱不错！"

“你别扫兴！”她推我，跳到我前面，手把腰撑起来，摆个POSE说：“看看我，有没有明星的样子咧？”

“有！”我说。

“那等我做了明星，你当我的经纪人！”

“不当。”

“好啊好，不当就不当，你当我的老板！”蒋皎又趴回我肩上，“蟑螂，我告诉你，我们学校有男生追我，一天十个短消息，我好烦哦。”

“让他发我手机上，我替你烦。”

“哈哈哈。”蒋皎仰天长笑，“你老实交待，有多少女生追你啊？”

“没数过。”我说。

“呜呜呜，你不许变心。”

“想变，没空。”

“那你都忙啥？”

“忙着泡你啊。”我说。

“死坏死坏！”她倒到我怀里来。接下来的事情当然是顺理成章，关键的时候，蒋皎拿了一个避孕套，隔在我和她的唇边，娇嗔地说：“亲爱的，你忘了这个。”

我把避孕套从她的手里抽出来，扔到了一边。

“不行，不行。”她有些怕，坚决不同意。

我从她身上滚了下来，躺在地板上，我也不知道我自己是怎么了。

过了一会儿，蒋皎靠了过来，她趴到我身上，轻声对我说：“好吧，蟑螂，只要你高兴，我同意。”

我推开她，起身说：“饿了，我们出去吃饭吧，再吃泡面我会吐的。”

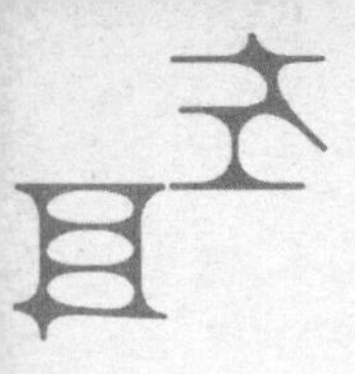

她在地板上坐了一会儿，发了一会儿呆，然后听话地穿上了衣服，跟着我出去了。

那天晚上，我和蒋皎在她家附近的一个小餐馆吃的饭，我们吃得很多，吃得很饱，也吃得很舒服。我们俩还喝了一瓶啤酒，杯子碰来碰去，跟天下所有最亲密的情侣看上去没什么两样。但我知道我们和别人是不一样的，当然问题不在蒋皎那里，问题出在我身上。

"蟑螂你是个坏人。"蒋皎把杯里的啤酒全干了，微红着脸对我说："看我今天晚上怎么收拾你。"

但实际上那天晚上我们最终什么也没有做成。问题还是出在我身上，我怎么也不行。蒋皎安慰我说："没关系，听说有不错的药。"

"胡说八道什么！"我呵斥她。

"嘻嘻，我知道你是太累了。"她好脾气地说，"要不我们睡吧。"

我的手机就在这时候响了，是短消息。我把手机从蒋皎那边的床头柜上拿过来，看到上面有则短消息：北京冷吗？照顾好自己。

没有落名。

蒋皎偏着头问我："谁这么关心你？"

我想了一下说："不知道。"

"新女朋友吧？"

"发什么疯，我女朋友不是你吗？"

蒋皎从床上跳下去，手指着我："张漾，我要听到你说实话！当初喜欢上吧啦的时候，你不也是瞒着我的吗，你不要以为我什么都不知道，我心里很清楚，你有了别的女人，你不爱我了，我只是不明白，不爱就不爱呗，你为什么还要欺骗我！"

“别闹了！”我说，“睡觉行不行？”

“不，我就闹，我就要闹，你不说清楚我闹三天三夜！你说，这人到底是谁？”

“你他妈有完没完？”

“没完！”蒋皎把她的睡裙扔到我头上，“我知道一定是个婊子，我知道，你他妈就喜欢婊子！”

我伸出手，干净利落地甩了她一耳光。我不打女人，但疯子是一定要打的。打完后我起身穿衣服。蒋皎见我真来火了，又跳上床来，抱住我说：“算了，我不计较了，我们睡觉吧。”

睡就睡。

我倒头就睡。

可短消息在这时候偏偏又响了，还是那个不留名的人。这回是一个问句：有些事，有些人，是不是如果你真的想忘记，就一定会忘记？

蒋皎把眼睛闭起来，倔强地不来看我的手机，用半边微肿的脸对着我。

我把短信删掉了。

我知道，是李珥。

她知道我的新手机号。

我没有回信息，因为我不知道说什么。上帝作证，我是真的想忘记。但上帝也肯定知道，我没法去忘记。

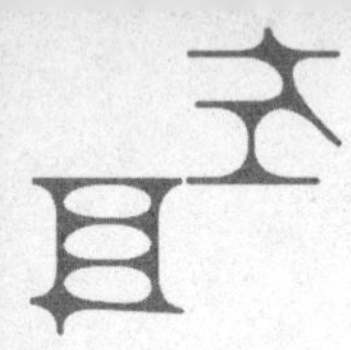

9

十二月到来的时候，我已经开始适应北京的天气。

偶尔上网，信箱总是空着。只有一次，收到李珥的信，她只是简单地问候，我回了信，还是那句老话，让她好好学习天天向上。她久不回信，估计是高三，上网的时候也不多。

我没有想到的是，我会再见到黑人。

那天我到一家写字楼去找工作，那里有家网络公司招人，我想去碰碰运气。那是一幢很气派的大楼，我刚到楼下就看到黑人，他穿了保安的制服，戴着白手套，看上去人模狗样，正在指挥人停车。我把帽沿一拉，从他的身边走了过去。

网络公司的人很客气，接待我的是一个矮个子的小胡子，他很客气地告诉我，要招的人昨天全招齐了，让我下次动作快一些。

"好的，下次我一定坐火箭来。"我说。

小胡子乐呵呵地跟我说再见，我坐电梯下楼来，经过大门口的时候，被人拦住了。

"小子，"他说，"我一直在北京等你，你果然送上门来了。"

"你想干什么？"我说，"打架我未必怕你。"

"不打。"黑人说，"打架是粗人干的事，我想请你喝酒，你敢去？"

我问他："谁买单？"

他牛气冲天地说："当然是我。"

"现在去吗？"我问他。

"当然不，我晚上六点半才下班，晚上十点整，我们三里屯见。"

"好。"我跟他摆摆手往前走，他在我的身后喊道："不见不散啊，你要是不敢来，我就当你怕了！”

呵，谁怕谁还不一定呢。

晚上十点，我结束了当晚的家教。准时到达三里屯。黑人已经站在那里等我，他换下了制服，还是光头，黑色的皮夹克，黑色的皮裤子，黑色的手套，戴副黑眼镜，把自己搞得像蝙蝠侠。

“我没想到你会来，我以前没说错，天中就数你像个男人。”

我冷冷地说：“我不喜欢欠人，如果你觉得我欠着你什么，最好今晚把它全算清，一了百了。”

“你不欠我什么，你欠的是她，但你永远还不了她。所以，我要替她还一个公道。”

“行。”我说，“你说怎么还？”

“你喝二十瓶啤酒，不许吐。这笔账就算还了。”

“这么简单？”我说。

“简单不简单你喝完了再说。”

“那好吧，”我说，“去哪家？”

“你跟我来。”黑人说。

他走在我前面，趾高气昂的样子。把我带到一个酒吧的门口，弯腰说：“请。”

我进去，酒吧不大，人也不算很多。黑人在我身后问：“怎么样，你是不是觉得这里挺眼熟的？”

我没觉得。

“你不觉得这里很像‘算了’吗？”

我看他是脑子短路了。

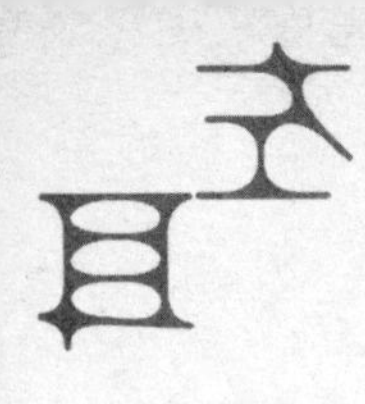

我们找了个位子坐下来，黑人很快拎来了二十瓶啤酒，往我面前一放。舞台上的歌手开始在唱歌，是个女歌手，头发很长，看不清楚她的脸，她在唱：我是你的香奈儿，你是我的模特儿……

“你注意到了吗？你看那个歌手，她涂绿色的眼影。”黑人一面说一面把酒一一打开说：“喝，我要看你醉！”

他戴着手套在开酒瓶，看不去很不方便，但他不愿意除掉它。

“我来吧。”我说。

结果那晚我没醉，黑人把该给我喝的酒差不多都倒到了他自己的肚子里。他坐在那里翻着眼睛说：“我有钱的时候就来这里，我在北京没朋友，张漾，跟你说句实话，我今天看到你，其实我很高兴，我觉得我不是那么恨你了。”

“那你为什么不回去？”我说。

黑人笑着，当着我的面慢慢除下他的手套，两只手，左和右，都少掉了一根小姆指。看上去触目惊心。

“谁干的？”我尽量用镇定的语气问他。

“还用问吗？”黑人说，“他们让我永远都不要回去，要是敢回去，就杀了我。”

“蒋皎的父亲？”

“不知道。”黑人说，“我得罪的人太多了，我不敢确定。”

我觉得心里堵得慌，像无法呼吸一样。

“有烟吗？”黑人问我。

我掏出我的红双喜给他，并替他点燃。他的嘴唇和手微微在颤抖。

“我想家。”黑人红着眼睛说，“我在北京没朋友，我住地下室，有点钱都喝酒了，有时候吃不饱，我想我妈。”

“那就回去。”我说，“你放心，谁也不敢把你怎么样！”

“也许吧，你不知道，其实我怕什么呀，我不回去，还有别的原因。”

“我想问你一个问题。”

“你问。”

“她死的时候，你在吗？她说过些什么？”

“不在。”黑人又抓起一瓶酒往嘴里灌，“她把最后的话留给了一个小丫头，你应该去问那个小丫头。”

“是吗？”我说，“是不是一个叫李珥的？”

“李珥？”黑人想了一下说，“也许是吧，她叫她小耳朵，小耳朵……”

“哦。”我说。

“其实我死着与活着也无分别。”黑人真的醉了，他开始语无伦次，“张漾我知道吧啦为什么会喜欢你，她是天生高贵的人，跟我不是一个层次的，我得不到她，可是我愿意保护她一辈子，我没有做好，我让她死掉，是我偷了你的手机，是我跟她胡说八道，我跟你犯同样的罪，我们一样的不可饶恕，我后悔我后悔！”

他一面说着，一面用只有四根手指的手握成拳头敲击着桌面，一下，一下，又一下。

舞台上的女歌手还在没完没了地唱：我是谁的安琪儿，你是谁的模特儿，亲爱的亲爱的，让你我好好配合，让你我慢慢选择，你快乐我也快乐，你是模特儿我是香奈儿香奈儿香奈儿香奈儿香奈儿……

黑人已经烂醉如泥。他在跟着哼，很离谱的调子，狂乱的眼神。

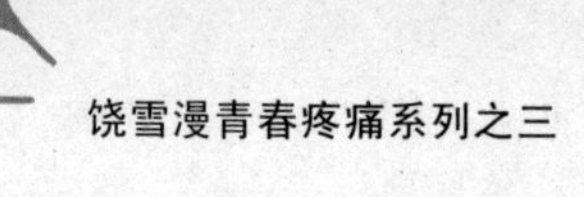

我拍拍他的脸："哥们儿，你没事吧？"

他咕哝着："没事，我想睡而已。"

我买了单，在黑人的口袋里塞了二百块钱。

然后，我走出了酒吧，走出了灯红酒绿的三里屯。

10

新年快到了，到处都是喜洋洋的气氛。

有N个女生要邀请我一起过圣诞节，都被我一口回绝了。

有个词叫什么来着：心如止水？

中国的文字真是博大精深，让你不得不叹服。

那一天，在我的手机长期不通的情况下，蒋皎全副武装地来到我们学校，从她学校到我们学校，需要穿过大半个城市。她穿得像个布娃娃，薄棉袄，围巾手套，一双夸张的皮靴，背了个卡通的花布包，引得路人侧目。她哈着气搓着手跺着脚对我撒娇："死蟑螂，你这些天跑哪里去啦？"

那时我们站在路边，天上飘着点小雨，校园里的喇叭放得震天响：好一个中华大家园，大家园……

"手机停机了，我找了新工作。"我扯着嗓子对她说，"从现在起，周末没空啦！"

"我来接你，陪我去圣诞PARTY！"她也扯着嗓子对我说，"你要是不去，我就死给你看！"

我把她一把拉到操场边一个相对隐蔽的地方，喇叭声终于小了下去。蒋皎也终于把头发拉直了，看上去顺眼许多。我摸摸她的头发说："真的不行，我马上得赶去西餐厅。"

"你去西餐厅做什么？"她瞪大了眼睛。

"侍应。"我说，"他们需要英语好的，长得帅的，我正好行。"

"可是我不行！"蒋皎说，"我要你陪我！"

"我也想陪啊，就是没空。"

“我给你看一样东西。”蒋皎说着，把背上花里胡哨的包取下来，打开一个口子，让我看。我探头一看，吓一大跳，赶紧替她把包拉起来说：“干什么呢？”

“我爸来北京了。他给的。”蒋皎说。

“暴发户就是暴发户。”我哼哼。

“别这样啦，我们有这么多钱，你不用这么辛苦干活的。”蒋皎说，“多留点时间玩不是挺好的吗？”

“那是你爹的钱。”我硬着心肠说。

“分什么你爹我爹啊，”蒋皎不高兴了，咕哝着说，“再说了，他的钱你又不是没用过。”

“我会还的。”我黑着脸。

“我不是那意思，我说错了还不行吗？”她惯用的一套又来了。

“行啦。”我拍拍她，“你自己逍遥去吧，带着这么多钱，小心点。”

“我跑了这么远，”她的眼眶红了，“我就为了能跟你见一面，过一个快乐的圣诞节，你为什么要这么对我？”

“我这人一向是这样的，你又不是不知道。”

“如果真是这样。”蒋皎把头抬起来，眼睛直视着我的，一个字一个字地吐出一句话：“张漾，我们分手吧。”

“好啊！”我说。

蒋皎沉默了一会儿，没有像我预料中的那样抓狂。她拎着她的花包，站在绿色的草地上，站了好一会儿。然后，她没有看我，她转身走了。

那一刻，我有一点儿想上去拉住她的冲动，但我控制住了我自己。

我知道我欠她，我会还她，但现在不是时候。

我要去的西餐厅挺高级的，打一个晚上的工相当于替别人做一个星期的家教。到那里去的人都是上层社会的人，我喜欢和这样的人面对面，虽然我只是一个侍应，但我可以感觉和他们心灵相通。为了不致于工作的时候看别人吃饭自己太饿，我打算先到食堂里去吃点东西，然后再去上班。

当我从食堂吃完一碗面条出来的时候，发现操场上聚集了一大群的人。大家都在奔走相告，研究生楼那边，有人要自杀！

研究生楼就在大操场向左拐的第一幢，是一幢四层高的楼，楼顶可以上去，上次在那里，就曾经爆发过一次自杀事件，主角是一个得了抑郁症的男生，不过听说最终没能跳成，被警察一把抱了下来。我还记得那一天，蒋皎正好也在我们学校，我们经过那里她非要看热闹，被我一把拉走了。

后来，她骂我没人性。"人家都不要命了，你还不肯关心一下？"

"自己的日子总要自己过的。"我说。

"要是有一天站在上面的人是我呢？"她问我。

"那我就在下面接着。"我说。

"要是你接不住呢？"

"那我就替你默哀三分钟。"

然后我就被她骂没人性了。

想不到短短两个月，闹剧又再次上演。我穿过大操场往校门口走，却看到越来越多的人往研究生楼那边跑去，有人喊着："美女在洒钱，快去捡啊，不捡白不捡！"

我的心里咯噔一下。

咯噔完了，我也转身往那边跑去。

站在楼顶上的人果然是蒋皎。我首先看到的是她的围巾，红色的，像一面旗帜一样在屋顶高高飞起。她一只手拎着她的大花布包，另一只手抓了包内的一把钱，正在往楼下洒，有人在抢钱，有人在尖叫，有人在维持秩序，场面煞是壮观。

我越过人群往楼上冲。

楼顶上已经有人，但他们怕刺激蒋皎，都不敢靠近。

“蒋皎！”我推开他们喊道，“你过来！”

蒋皎回身看我一眼，她没有理我，而是朝着楼下兴高采烈地高声叫喊着：“新年快乐哦！”随手又是一把钱扔到了楼下！

尖叫声淹没了整座校园！

我朝着她走过去。

她警觉地转过身来，厉声说：“你再过来，我就跳了哦！”

“我陪你一起跳。”我并没有停下我的脚步，而是说，“正好我也想跳。”

“我叫你不要过来！”她大声叫着，一只脚已经退到很外面，身子站不稳，险象环生。

楼下有人开始在齐声高喊：“不要跳，不要跳，不要跳！”

“亲爱的。”我朝她伸出双手，温柔地说：“你过来，我们一起过圣诞节去。”

她的眼睛里忽然涌出很多的泪水：“你骗我，你早就不爱我了。”

“我不骗你。”我说，“我刚才是逗你玩的，谁知道你当真了，你看，我不是没走吗，我不是一直在这里吗？”

“你骗我，你骗我……”她不停地摇头，情绪很激动，还是不信。

“我不骗你。我爱你，亲爱的，你不要乱来，好不好？”我知道这时候唯一的办法就是哄她，让她平静。

“是不是真的？”

“你信不信，你要是前脚跳下去，我后脚就跳下去。”

“是不是真的？”她的语气已经缓和下来。

“别再扔钱了。”我再走近一步说，“那么多钱，我们可以看多少DVD呀。再说了，从四楼跳下去，死了就算了，断胳膊断腿的，以后你怎么当歌星啊。”

“呜呜呜……”她用袖子去擦眼泪。

趁着她被衣袖挡住眼睛的同时，我上前一步，一把把她拉回了安全地带。她用力地抱住我，用牙咬我的耳朵，我的左耳被她咬得疼得不可开交。然后我听见她说：“蟑螂你记住，如果你敢骗我，我不寻死了，但我会让你死得很难看！”

我听不清她的声音，我感觉我的耳朵快掉了，不再属于我。我忽然想起黑人那双没有了小指头的丑陋的手，我抱着蒋皎，一种说不出的恐惧浮上心头。

很多天后蒋皎吸着我的一根红双喜香烟对我说：“其实那天我根本就没想跳，我只是在试我的演技而已，你要是不来，我撒完钱，就过节去啦。”

这就是我的老婆蒋皎，

我一直以为我对付她绰绰有余，但很多时候，这只是一种错觉，一

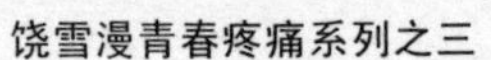

种美丽的错觉。

道高一尺，魔高一丈。这个世界，谁敢说谁是谁的救世主呢？

趁早洗洗睡吧。

11

寒假的时候，我回了家。

蒋皎一家都在北京过的年，所以回程只是我一个人。我在大年三十的晚上抵达这个我生活了十多年并且以为永远不会再回来的城市。我在下火车的那一刻忽然感觉呼吸舒畅，原来这个城市的空气才是我最为熟悉和习惯的，原来这个城市已经在我的身上烙下烙印，不是我想忘就可以忘掉的。

我推开门的那一刹那，他很惊喜。

他正在沙发上看电视，一个人，一碗面和热闹的春节联欢晚会。

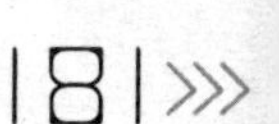

他已经老了，花白的头发，笑起来，眼角那里全都是皱纹。

"爸。"我喊。

"噢。"他答。

我在外面半年多，他没有给我寄过一分钱，我没有给他写过一封信，只有寥寥的几个电话，报个平安。

他并不知道我要回来。

"饿了吧？吃什么呢？"他有些不安。

"我们出去吃吧！"我拉他。

"你以为这里是北京啊，大年三十的，谁还开着店呢。"他替我把行李放放好，"我煨了鸡汤，还是下面给你吃吧，你看行不行？"

"挺好。"我说。

"行！你等我！"他很快进了厨房。

我在沙发上坐下，沙发已经很旧了，我一坐，就塌下去一大块。他很快端着一碗面出来，问我说："不是说好不回来过年的吗？"

“忽然想回来，就回来了。”

“回来也挺好。”他又进了厨房，拎着一个保温盒出来，对我说：“你在家坐坐，我去一趟医院，很快就回来。”

“你去医院做什么？”

“有人住院了，我去送点鸡汤给她喝。”他说。

“谁住院了？”我问。

“一个朋友。”他说，说完，穿上他的胶鞋，拎着保温盒出了家门。

我并不知道他有什么朋友，不过他的事我也懒得过问。透过窗户，我看到外面又开始下雪了，我想了想，决定明天去商场替他买双像样的棉鞋。电视很吵，我把它关掉，与此同时，我的手机响了一下，我以为是蒋皎的短消息。但拿起来看，竟是李珥：新年快乐！

我迅速地回电话过去。那边很快接了起来，她好像是在外面，很吵，可以听到放鞭炮的声音。

“小耳朵。”我说，“我要见你。”

那边停了很久才问我：“你刚才说什么？”

“我说我要见你。”

“你回来了吗？”

“是的。”我说，“我回来了。”

“你刚才叫我什么？”她忽然问。

“小耳朵。”我说。

“噢。”她说，“你在做什么？”

“在家里。”我说。

“我们在胜利广场放烟花，你要是高兴，一起来玩啊！”

我放下电话就套上我的棉外套去了胜利广场。从我家走到胜利广场大约需要十分钟的时间，远远地我就看到了她，她穿了一件红色的小棉袄，头发扎起来了，可爱的小马尾，站在尤他身边，尤他正在替她点一根长长的烟花。

烟花照亮她的微笑。那微笑让我想起吧啦，照理说，她和吧啦应该是完完全全不同的，但是这一刻，我有些迷糊，仿佛她们就是同一个人。

我喊了她一声，她可能玩高兴了，没有听见。于是我站在广场边上抽烟，等待她发现我的存在。

烟抽到一半的时候，她跑到我面前来，微笑着说："张漾，你来了，怎么不吱声呢？"

"你期末考考得怎么样？"我问她。

她笑："还行。"

尤他跟过来："李珥，你还要不要放？呀，是张漾啊，我差点没认出来。"

我摸摸下巴，我已经三天没刮胡子。

"我不放了。"李珥对尤他说，"我想跟张漾说说话。"

尤他的面色紧张起来。

"很快就好啦。"李珥对尤他说。

"你们聊吧，我先去那边了！"尤他说完，走开了。

广场边上的灯光很暗，李珥看了我一眼，忽然笑起来。

我问她："你笑什么？"

她说："过年了，你也不刮胡子不理发，就像个山顶洞人。"

我摸摸我的下巴问她："这么多人放烟花，你知道哪一个是你放上天去的吗？"

她想了一下回答我："有时候知道，有时候不知道。"

"你去拿一把烟花来，我带你去一个好地方放。"我说。

看得出，她在犹豫。但不过短短几秒时间，她答我："好的。"

"那你去把烟花拿过来。"

她听话地去了，过了一会儿，她抱着着一大把烟花跑了过来，对我说："尤他看着我呢，他刚才问我要去哪里，怎么办？"

我伸手拉住她的胳膊，说了一个字："跑！"

然后，我就拉着她迅速地往前跑了，身后传来尤他的叫喊声，但是她丝毫也没有迟疑或放慢脚步。她就这样抱着一大束烟花跟着我一直跑到了郊外，一直跑到了那幢无人居住的废弃的房子。

"这是哪里？"她喘着气问我。

"鬼屋。"我逗她。

她并不怕，左顾右盼，反倒很感兴趣的样子。

"你以前和吧啦常来是不是？"她扬着嗓子问我。真是一个冰雪聪明的女孩。

"来，我们上屋顶。"我把她怀里的烟花接过来，一面先往上爬一面伸出手来牵她。

她摆摆手说："你先上吧，我自己可以。"

我迅速上去，等着她上来。她爬到一半的时候停在那里不动了，我知道她害怕，但我没有动，抱臂看着她。她抬起头来看我，黑暗里那双眼睛黑白分明，带了一些轻微的害羞和恐惧。我伸出我的手说："来吧，小耳朵。”

她终于把小手放到我的掌心里，一只小小的，柔若无骨的小手。我只轻轻一拉，她已经顺利地上来。

也许是前两天下过雨的缘故，屋顶有一些潮湿，我把她拉到稍许干点的地方，对她说：“你看看，这里应该是最好的放烟花的地方。”

“等我回去，也许尤他会灭了我。”

“你怕吗？”我问她。

她嘻嘻笑起来：“怕我就不跟你来了。我们放烟花吧。”

“好。”我摸出打火机，替她点燃最长的那根烟花棒，焰火直冲上天，这一方天空立刻变得和她的笑一样灿烂，她兴奋地跳起来：“多美啊，张漾，这里只有我一个人放的烟花哦！”

我有些看呆了过去。

她转头看着我，微笑着问：“你在想什么呢？你是不是在想吧啦呢？”

我吓唬她：“你再提这两个字小心我抽你！”

她哈哈地笑。笑完后，她忽然问我：“你还记得许弋么？”

废话。

李珥又说：“你一定不知道，他家出事了。”

“怎么？”我装作满不在乎，心里却莫名地跳了起来。

“他爸爸出事了，被公安局抓起来了，他妈妈生病了，住进了医院，听说是癌症，活不长啦。”

我尽量保持我的冷静。

“怎么你没反应吗？”李珥问我。

“我应该怎么反应？”我问她。

“你应该满意了。”李珥拿着那根长长的烟花棒说，“你那么恨许弋，这难道不是你一直想要的结局吗？”

我抓住她的胳膊质问她：“吧啦都跟你说过些什么，老实告诉我！”

“我也想知道。”她微笑，并不挣脱我。

“你今天非说不可。”

“我要是不说呢？”

“那我就逼你逼到你说为止！”我扯掉她手里的烟花棒，一把把她搂到了怀里，这个可恶的小女巫，如果她真的以为我不敢对她怎么样，那她就大错特错了！

我们的脸隔得很近，她的身子软得不可思议，我明显地感觉到她在发抖，我用尽全身的力气才可以控制住自己不去吻她，我们僵持了一分钟左右，不知道是因为冷还是因为害怕，她的嘴唇变得发紫，最终还是她屈服了，她说：“好吧，张漾，我说。”

我放开她，自己先松了一口气。

她把身子转过去一点点，告诉我：“那天我去了医院，我费了老大的劲儿才找到吧啦的病房，当我赶到的时候，她已经不行了。病床前全都是人，吧啦看到我，眼睛一下子就亮了起来。她抬起左手，对我说：‘小耳朵，你过来一下好吗。’于是我走了过去。吧啦的脸苍白极了，像是一张白纸，没有一点颜色。她对我说：‘小耳朵，我有话要对你说。’我俯下我的身子，然后，吧啦伸出手，用力抓住我的肩膀，将我拉近，她的嘴唇靠近我的耳朵，那唇没有温度，是冰冷的。等她跟我说完话，她的手忽然就从我的肩上垂了下去……”

“她跟你说了什么？”我忍不住打断她问道。

“你不知道。”她说，“我也很想知道。”

“别跟我胡扯！”

“张漾，我没有骗你。”李珥说，“你要是不相信，我可以给你看我的病历。我的左耳，生下来听力就不好。很多时候，特别是着急的时候，它什么也听不见。可吧啦那句话，偏偏就是对着我的左耳说的！”

“她对着我的左耳说的！”她再喊了一遍，泪水从她的眼睛里滑落了下来。

我情不自禁地抱紧了她。她的眼泪如一股暖流把我早已经是坚冰的心冲散开来，让我一时分不清东南西北。

TNND！

12

夜里十一点，我送李珥回家。还是拉面馆后面的那条小路，我们都沉默着，谁也没有说话。这一天我一直把她送到她家楼下不远处，临别的时候我问她："回家会不会挨骂？"

"也许会吧。"她说，"不过我不怕。"

"那好，"我说，"要是尤他敢对你怎么样，哥哥替你做主！"

她微笑，跟我说再见。我看着她离开，大约走了五步远，李珥忽然转过身来，把两只手合起来放到嘴边，用力地对我喊道："张漾，祝你新年快乐啊！"

我也跟她说新年快乐。不过我只是张嘴，很夸张的嘴型，却没有声音。

她歪着头笑了一下，上楼去了。

我回到家里，没过多久，他拎着空的保温盒回家了。

我问他："你去哪里了？"

他说："医院。"

"你替谁送鸡汤去了？"

他说："朋友。"

我再问："什么朋友？"

他不理我，径自拿着保温盒到水龙头下去冲洗，我跟过去，一把抓过他的保温盒扔到地上，保温盒一滚，咕噜噜滚出去老远，地板上溅的全都是水花。

我朝着他大声地喊："你到底有没有自尊！你这么做是不是想被所有人嘲笑至死你才开心？"

他用苍老的眼睛看着我，一字一句地说："我做我应该做的。"

"她根本就不爱你，她连自己的亲生儿子都不要，这样恶毒的女人，这是她的报应，报应，不值得同情！我告诉你，如果你再去医院，我不会放过你！"

"漾儿，"他拉我，"你不要激动，坐下听我慢慢说，好不好？"

"我跟你没什么好说的！"我甩开他，"总之，就是不许再去医院，不然，我永远都不回这个家！永远也不回来！"

"她没人照顾。她家里出了事，儿子在外面，觉得丢脸，也没有回来过年。"他跟我解释，"我不能丢下她不管，不管怎么说，我和她之间有过情分……"

"行了。"我打断她，"这也叫情分？"

"漾儿。"他说，"事到如今，有些事我不得不告诉你，其实，她并不是你的亲生母亲，她是许弋的亲生母亲，所以，她当年选择回去，是应该的。"

我吃惊地盯着他。但我清楚地知道，他不是在撒谎。

"你听我说，"他坐到那个塌下去一大块的旧沙发上，慢慢跟我讲起来："很多年前，你母亲是我们这里出了名的大美人，有很多的男人追求她或者仰慕她，我也是其中之一，但她只喜欢许瑞扬一个人。许瑞扬家非常有钱，不过他有一个很厉害的母亲。所以一开始，他们的交往是秘密的，一直没有人知道。直到有一天，她怀上了他的孩子，也就是许弋，这件事才再也瞒不住了。许瑞扬的母亲知道后勃然大怒，一是勒令他们分手，二是一定要她把孩子做掉。许瑞扬最终屈服，并提出要跟她分手，结束这份感情，你母亲伤心欲绝，可是她依然深爱着

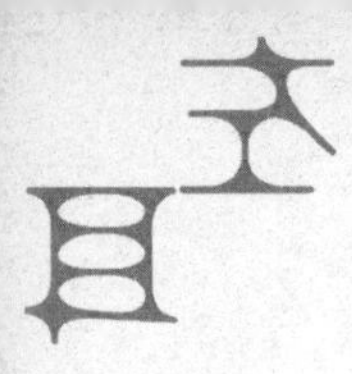

许瑞扬，死活也不肯去医院做流产，为了留下肚里的孩子，她在一个下雨的夜晚来到我家里，她给我跪下，要求我娶她。”

我说：“你就答应了？”

“是的。”他说，“我喜欢她很多年，这是我唯一的机会，我当然不会放弃。可是我们怎么也没想到，孩子生下来，许家就来要人。说是自己家的孩子，不能流落在外面。他们留下一万块钱，把孩子抱走了。我妈妈也就是你奶奶，觉得这件事情很丢脸，于是到福利院抱回了你，把你当成我们的孩子抚养，这件事是你奶奶一手操办的，连我们家人都不清楚。”

“可是，你为她付出了这么多承受了这么多，许家的人那么伤害她，她为什么还是要选择那个姓许的？”

“兴许这就是命吧。”他叹息，“在你两岁的时候，许瑞扬的母亲去世了，许瑞扬希望她能回去，她也挂念许弋，所以，就做出了那样的选择。这么多年，我知道你恨她，可是，她现在已经这样子了，活也活不长了，漾儿，我希望你能去看看她，她一直很挂念你，其实这些年，我的身体不好，不能干活，她没少悄悄给我们父子接济。知道你有出息，她心里一样的高兴……”

我颤声问：“那我的亲生父母是谁？”

他说：“不知道，其实你奶奶去世后，我也曾经试过去替你找你的爸爸妈妈，但当年那个福利院都不在了，无处可查。漾儿，你可以怪我，我知道，我这一辈子都没用，工作没个好工作，挣钱挣不到大钱，我一直让你受苦，让你们受苦，但我心里对你们的爱，是真的，我敢保证，全都是真的……”

"你别说了！"我吼断他。

他悲伤地看着我，眼睛里全是血红的血丝。

我想起身，穿上我的外套，背着我的包，离开。可是，我却仿佛被什么东西牢牢地粘到了椅子上，站不起身来。

12 点的钟声响起。外面响起震耳欲聋的鞭炮声。烟花照亮了整座城市，照亮我自以为不可一世却一直懵懂无知的十九岁。

无论如何，新的一年来了。

十八岁的那一年
我见过一颗流星
它悄悄对我说
在感情的世界没有永远
我心爱的男孩
他就陪在我身边
轻轻吻着我的脸
说爱我永远不会变

没有人可以告诉我们
永远啊它到底有多远
不知道从哪天起
我们不再相信
天长地久的诺言
岁月将遗忘
刻进我们的手掌
眼睛望不到
流水滴不穿
过去过不去
明天不会远

如今静悄悄
已经过了很多年
我想起
对着流星许过的心愿
我心爱的男孩
他早已不在我身边
流下眼泪前
美丽往事 犹如昨天

我该如何告诉你啊
我的爱人
我没有忘记
我一直记得
十八岁的那颗流星
它吻过我的脸

十八岁的那颗流星

词/饶雪漫

Part.4.

李玥

我常常在思索我们的青春，它真是一个奇形怪状的玩艺儿，短短的身子偏偏拖了一个长长的尾巴，像翅膀一样地招摇着，久久不肯离去。

一盏灯还亮着，但一首歌已经唱完了，一场戏还没有散场，一份爱已经走到了尽头……

我们，谢幕。

而新的幕又将拉启。

人生就是这样的吧，结束，开始，再开始，再结束……不论如何，

我们都将背负着各自的灾难和幸福，往前走，不回头。

——选自木子耳博客 《左耳说爱我》

我们 都 回不去了。

1

高考终于结束了。

整个冗长的暑假，我都把自己埋在阅读里。每隔一天去图书馆抱回一大堆的书。那阵子我喜欢上看国外的小说，一本一本地接着看，记不住名字，有时候随着小说中的主人公流泪，有时候看完丝毫没有感觉，但还是接着看下一本。

我就在这样没头没尾的阅读中，耐心地等着我的录取通知书，耐心地等着暑假的过去。

有时候，我也会上网到博客乱写几句，或者到QQ上跟尤他胡说几句，或者收一收张漾的信，我听说张漾去了云南，但不知道他玩得开心不开心，他与我的联系其实真的很少很少，偶尔有信来，只是短短数句，无甚新意。有时候我坐在窗边看书，会忽然想起他那夜拥抱过我的刹那，那晚的我好像不是我，胆大，妄为，不知死活。我思索吧啦对他的依恋，大抵也是如此，所不幸的是，吧啦付出她的生命，在所不惜，永不回来。

我拿到上海某所大学录取通知书的那一天，妈妈请亲戚朋友们到饭店里去吃饭表示庆贺。我念的是中文系，爸爸好像很满意，他喋喋不休地说："女孩子读中文好女孩子读中文好女孩子读中文真是好。"

我姨妈骂他："哎，你有完没完？"

他傻乐。用筷子敲着桌边，似在唱京戏。

大家都喜气洋洋，除了尤他。

我妈妈打他一下说："你怎么了，妹妹考上大学你不高兴，是不是失恋了啊？"

“哪有谈恋爱啊！莫乱讲！”他着急起来，大家又一起笑。

我知道，尤他是没有谈恋爱。他在清华继续着他在学业方面的传奇，考研，考博，出国，对他来说是一条顺理成章不用怀疑的道路。

我看着他笑，他不明白，问我：“你笑什么？”

我说：“你又胖了啊。”

他有些不好意思：“你倒是又瘦了，是不是学别人减肥啊。”

“哪有。”我说，“我先天条件好，怎么吃都不胖。”

“你越来越油嘴滑舌。”他批评我。

他总是这样动不动摆出一副兄长的样子来，逮到机会就把我往狠里批。我懒得理他，开始专心对付盘子里的烤鱼。他还是停不住嘴：“你小心刺，这个鱼的刺挺厉害的。”

我说：“怕刺最好就不要吃鱼。”

他无可奈何地说：“就会对我凶巴巴。”

酒店包间不错，还有个挺大的露台，饭吃得差不多，大人们开始聊天。我看到尤他站起身来，走到露台上去看天。我觉得自己刚才是有点凶，小脾气发得没道理，有些过意不去，于是也走过去，在他的身后问他：“你怎么了，愁眉苦脸的，是不是真的失恋了呀？”

“没有。”他说，“还是家乡的星空好看，在北京看到的都是清一色的楼房顶。”

“你什么时候回北京？”我问他。我知道他是专程回来为我庆贺的，他的暑假很忙，有很多事情要做。

“过两天吧。”他说。

我故作轻松地说：“其实你打个电话来祝贺我就好啦，不用亲自跑这趟的，我知道你在北京很忙的，对不对？”

“是啊，”他说，“比较忙，打了好几份工。”

“不要太想钱啦，”我说，“身体重要。”

“李珥，我喜欢上一个女孩子了。”他忽然说。

“是吗？”我差一点跳起来，“是什么样子的，说说看！”

“不好说。”他说，“其实我努力挣钱，就是想给她买一个新手机。”

“嘻。”我嘲笑他，“爱情的力量真是不可估量的哦。快说说嘛，她是什么样子的？”

他还是那句：“不好说。”

“噢。”我说，“等我有空了，去北京找你们玩好么？”

他转过身来问我：“怎么你喜欢北京吗？”

“我没有去过嘛，想去看看。顺便看看你女朋友啦。”

“那你为什么不报考北京的学校呢？”

“你以为我是你，可以随便挑学校的啊。”我说，“能考上我已经很幸运。再说，上海离家近，我妈也放心些。”

“你的高考成绩上北京很多学校都可以的啊。更何况，有我在北京，姨妈有什么不放心的呢？”

“不说这个了。”我说，“就说说你打算带我怎么玩吧。”

“你想怎么玩都行。”他说。

他看着我的眼睛里充满了宠爱，让我不忍对视，于是我调过了头装模作样地去看天。那一刻我心里明白，就算是我真去北京，我也不可能去找尤他。

我明白尤他为什么要跟我说起他和他女朋友的事，或许他和我一样在心里清楚明白，我们是不一样的，他这么说，只是想让我心安。他于我，永远只是兄长，情同手足却永不能涉足爱情。更何况，我很快就是大学生了，过去的事情恍如前生，我希望自己能有个新的开始，脱胎换骨，从此念念不忘于江湖。

“一个人在外面照顾好自己啊。”尤他说。

“噢。”我难得耐烦地答道。

就在这时候，我看到一颗流星忽然从眼前划了过去，我抓住尤他的衣袖跳起来喊：“呀，流星，流星，快许愿啊！”

流星一闪而过。

尤他骂我说：“笨，你抓我衣服没有用的，你应该在自己的衣服上打个结，然后再许愿，愿望就可以得到实现啦。”

我耸耸肩做个鬼脸。

尤他问我："李珥，如果流星真能实现你一个愿望，你能不能告诉我你最想许的愿是什么呢？"

"你先说！"

"你先说。"

"你先说嘛！"

"好吧，我先说。"尤他想了一下说，"我希望我喜欢的女孩子一直快乐幸福。"

这个花痴噢！

轮到我了，我咳嗽一下，认真地说："我希望天下所有的人都快乐，幸福。"

尤他看着我，我朝他眨眨眼。他忽然伸出手来，爱怜地摸了一下我的头发。我嬉笑着，躲闪开了。

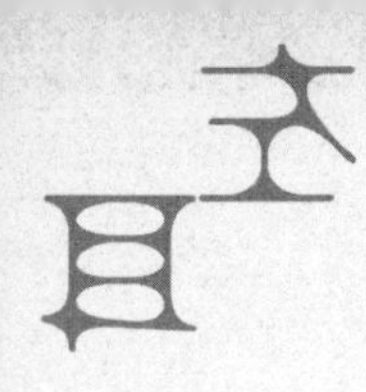

2

去上海读书的前一个星期，我又去了南山。一年多过去了，我差不多每个月来这里一次，高考最紧张的时候，我也抽空来。吧啦的墓地始终清洁干净，偶尔有一只飞鸟停在上头，静静地停着，一动不动。我也一动不动地坐着，陪她说说话，心里感觉委屈的时候，来这里最能寻找到安宁。

在生命的面前，一切皆显得脆弱无力。

"吧啦。"我在心里轻声对她说，"你知道吗，张漾走了，许弋也走了，很快，我也要走了。你不要觉得寂寞，因为我们的离开和你的离开是不一样的，我会替你好好活下去，我会替你做很多你没做完的事情。我们一定都要幸福，把你没进行完的幸福进行下去。"

我听到身后有声响，回过身，仿佛看到一个熟悉的身影一晃而过。我追过去，却什么人也没有，夏天的风卷着热浪没完没了地吹着，烈日下一片空旷的草地绿得很牵强。

我大声地喊："你出来，我看到你啦！"

没有动静。

"出来，出来！"我继续喊。

风越来越大，不知道是不是要下雨。我听到脚步声，山下果然走来了人，手里拿着一把黑色的没有撑开的雨伞，他始终低着头，等他走上最后一级台阶，我才看清楚，那是张漾的父亲。

他看上去很苍老，脚步迟缓，神色沧桑。

他并不认得我。

我让开身子，他从我身边走了过去。我知道，他是要去看张漾的

母亲，或者说，许弋的母亲。我曾经和他有过一面之缘，在大街上，尤他把他指给我看："那是张漾的爸爸，他们看上去很不一样，对吧？"

我那时候的感觉是惊奇。是很不一样。后来，从别人的口中，我知道了一些些这个男人的故事，包括他一直守在医院里并替那个女人送葬的光辉事迹，曾一度成为我们这个小城里无聊人士们的最佳谈资。我对这个看上去总是萎萎缩缩的男人心生敬仰，他不顾流言蜚语坚持对爱情的责任，坚持他内心的责任，不是每个人都能做到的。

我看着他走远。在他穿过那一片墓地就要在我眼前消失的时候，我追了上去，我喊住他："嗨！"

他回头，有点不确认是我在喊他。

"你好。"我说，"可以跟你打听一个人吗？"

"嗯？"他说。

我说："你有许弋的消息吗？"

"你是？"他问。

"我……是他同学。"

"哦。"他说，"他在上海读书。"

"这个我知道。"我说，"我们久不联系，你能给我他的电话号码吗？"

他抱歉地看着我说："真对不起，我没有。"

"噢。那就算了。"我说，"谢谢您。"

我转身要走，他却忽然喊住我说："等一下，你是许弋的同学，那你也是张漾的同学，对吗？"

"是啊。"我说，"我们都是天中的，只是我比他们低一届而已。"

“哦。”他点点头，若有所思地走了。

我真不明白，他这么问到底是什么意思。

天色已晚。我的手机响了起来，是尤他，他说：“李珥你跑到哪里去了？”

“在外面。”我说。

“这样啊，我晚上八点钟的火车要回北京了。跟你打个招呼。”

“噢，一路顺风。另外，代问你女朋友好啊！”

“谢谢。”他挂了电话，我如释重负。

我回到家里的时候是晚上七点一刻。妈妈问我去了哪里，我告诉她我去逛街了。妈妈指着餐桌上的一个盒子说：“那是尤他买给你的礼物。”

我一看，竟是一部手机，诺基亚的新款。

妈妈告诉我：“你姨妈说，他这个暑假打工的钱都用在这个上面了。本来你考上大学，我们要替你买的，但是尤他的一片心意，我们也不好拒绝呢。”

我站在那里，大脑在五分钟内完全处于空白。

清醒过来后，我看了看墙上的钟，然后我抱着手机盒就往门外跑。妈妈在身后叫：“李珥，你干什么去呢？”

“我去火车站！”我说，“送完尤他我就回来！”

我打车赶到火车站，站在人来人去的车站广场打通尤他的电话，他告诉我他已经进站上车了。我的喉咙像是被什么东西堵住了，我说不出话来。倒是他先开的口，问我：“喜欢不喜欢？我记得你说过喜欢诺基亚。”

“尤他。”我说，“对不起。”

“不要说对不起。”尤他说，“我清楚，我知道有些事情是不可以强求的。我会尊重你的选择。”

“尤他。”我说，“你不要这样。”

“好。”他温和地答，“以后都不这样了。”

我无力站立，只好一只手拿着手机一只手抱着手机盒蹲到地上。

耳边传来尤他的声音：“李珥，你知道你什么时候最可爱吗，就是你笑起来的时候。所以记住，不管怎么样，一定要快乐，永远要快乐。我走了，再见。”尤他说完，电话断了，我的眼泪控制不住地掉了下来。

那天晚上，我一个人去了郊外，不知道为什么，我忽然很想念张漾曾经带我去过的那个屋顶，想念那些稍纵即逝的美丽烟花。我在小区外的超市买了一个打火机，买了一包香烟，揣着它们上了路。我靠着脑海中的记忆走了很久，也没有找到那个我想去的地方。我站在郊外的田野边点燃了一根香烟，这是我第一次抽烟，那是一包555，我见吧啦抽过。香烟的气味并没有我想象中的呛人，只是舌头感觉有些微的苦，我想起吧啦吐烟圈的样子，于是我试图也吐出一两个烟圈来，当然这是徒劳，我总是无法成功，然后，我开始剧烈地咳嗽，我就这样一边咳嗽一边抽烟一边在郊外毫无目的地徘徊，寻找记忆中那个可以收容寂寞绽放烟花的屋顶，我是如此任性的一个孩子，从这一点来说，其实，我和吧啦毫无分别。

3

再见到张漾是我开学的前两天。

我抱着一大堆书下楼，准备骑车到图书馆去还掉它们。他靠在我家楼下不远处的一棵树上抽烟。他黑了瘦了，穿一件很大的T恤，又是好多天不刮胡子，要不是那顶招牌似的鸭舌帽，我差点认不出他来。

"小耳朵。"他唤我。

我有点站不稳我的步子。

"你来得正好。"他说，"我正准备给你打电话。"

"你回来啦？"我镇定下来，用尽量轻松的语气说："好久不见哦。"

"是。"他灭掉烟头说，"打算去哪里呢？"

"去图书馆还书。"

"我陪你去吧。"他说。

"我想骑车去。"

"那我带你。"他说，"车在哪儿？"

我把手里的书递给他，让他替我拿着，然后我去车库把爸爸的自行车推了出来。下午三四点钟的太阳已经不是那么毒，张漾替我把书一股脑儿全放到前面的车篓子里，然后他长脚一跨先上了车，回身吩咐我说："来吧。"

我有些迟疑，他歪着嘴笑了一下说："怕？"

我跳上车。

张漾踩动了车子，车子轻快地在路上行驶起来。路两边的梧桐树叶绿得耀眼，轻风吹拂，我听到我的小白裙子与车轮相磨擦，发出音乐一样的声响，似谁内心抒情的叹息。

我又不可救药地想起吧啦，想起她踩着单车跟在许弋后面，忽停忽走，调皮的样子。十八岁的单车，那一年的记忆，涂绿色眼影笑容张扬的女孩子，在这一刻竟是如此鲜活，仿佛她从来未曾远离，一直在我们身边。

"你在想什么？"张漾转头大声问我。

"你怎么忽然回来了？"我问他。

"我爸爸风湿病严重了，我回来带他到北京去看病的。"

"噢。"我说，"能呆几天啊？"

"就这半天。"他说，"今晚八点返程，票已经定好了。"

啊！原来就这半天，他却来看我。

"云南好玩吗？"我问他。

"没去成，明年再去。"他说，"对了，你考得如何？"

"本一。"我说，"去上海，读中文系。"

"挺好。"他说，"女孩子读中文系好，上海离家又近。"口气跟我爸一模一样。

我在图书馆外面跳下车来，跟他说谢谢。

他忽然说："你去还书吧，我还有时间，等下我再载你回去。"

"谢谢你，真的不用了。"

"不许废话。"他说，"快去！"

我捧着书往图书馆里面跑，嫌工作人员的动作太慢。等我空手跑出来的时候，发现张漾真的等在那里没走。他手里拿着一支彩色的冰淇淋，对我说："你好像喜欢这个？"

我强按住我的心，不许它起起落落地疼。我想我真的已经不恨他

了，不恨了。

吧啦，让我们都不恨了，好不好？

我接过那支冰淇淋，把它含到嘴里，让它甜蜜地化开来。然后，我对着张漾笑了。

“回家吗？”他问我。

“不。”我忽然做了一个决定，我说：“张漾，你再带我去一次那个屋顶吧，我后来想去，却怎么也找不到了。”

张漾想了一下说：“好吧，我们走！”

骑车比走路是要快出许多，只不过短短一会儿，我们就已经到达目的地。白天这里看上去和夜晚有许多的不同。那幢房子破败地立着，四周荒草丛生，一棵歪脖子树寂寞地站立，毫无任何意境可言。

张漾靠在单车上，对我说：“这里要晚上来，白天没意思。”

“你以前都是晚上来吗？”

他看着我说：“就来过两次，一次和吧啦，一次和你。”说完，他意味深长地笑了一下，然后掏出烟盒来抽烟。

“给我一根烟吧。”我说。

“小孩子一边去！”他说。

“我都抽过好几回了。”我说。

“你找扁呢？”他瞪着我。

“你管不着我。”我说。

“你别激我。”张漾用拿烟的手指着我说，“我要是想管，没有管不了的道理，你信还是不信？”

“我信。”我说。

“冰雪聪明。”他夸我，“你要不这么乖巧，会遭殃的。”

我低头看自己的白裙子，上面蹭了一块难看的泥。张漾低下身来，用手指轻轻地弹掉了它。然后他说：“我们回去吧。”

那天晚上，我独自缩在我小屋的阳台上抽烟，我没有烟瘾，但香烟让我变得安定。夜里十点，开往北京的火车已经离开两小时，两小时，差不多三百多公里的路程，然后，会变成四百公里，五百公里，一直到一千多公里。

这条漫长的路，我知道他很难再回头。

再见，也许永远不见。

我内心固执的追求，只有我自己看得见。但我希望我没有错。我绝不能像吧啦一样，错了又错。

4

开学了，爸爸妈妈一起送我到上海去报到。

办完手续后，我们一家三口在学校附近的一个简易的餐馆吃饭，吃着吃着，妈妈的眼泪就掉了下来，爸爸连忙给她递上纸巾："放心吧，我们李珥肯定能把自己照顾得倍儿好。"一面说，他一面朝着我眨眼睛。

"是呵。妈妈。"我握住她的手说，"放心吧，我每天给你打一个电话。"

她抽泣着："你这孩子，从小就多病多灾，又没离开过我，你叫我怎么放心！"

"好啦，妈。"我低声说，"这里都是我们学校的学生，给人看见多不好意思啊。"

"别哭了。"我爸也哄她，"今晚我陪你去逛新天地！"

"我要带女儿到上海的大医院把耳朵复查一下。"妈妈忽然说，"上海车子多，交通又乱，她的耳朵万一……"

"妈！"我打断她，"我没事的，你不要瞎操心。我过马路的时候，保证看清楚红绿灯，还不行吗？"

"你千万不能一边走路一边听MP3！"

"嗯。"

"学校里吃饭尽量早点去食堂，冷的饭菜对胃不好。"

"知道了。"

"外面不比家里，与人相处要有技巧。能让就让，不要跟人较真。"她真是唠叨得不行了。那一刻我真佩服我老爸，可以忍受她忍受这么多年。

“是。”我依然乖巧地答。

“我家女儿我最清楚。”我爸说，“没有比她更乖的了，你有什么不放心的呢？”

“她乖有什么用，外面的坏人可多了。”我妈的心思真是越想越歪，我和老爸相视一笑，各自心照不宣地吃起东西来。

有时候想想，像我父母爱我一样，我也真的很爱我的父母，但是，我的内心，是他们看不到的。我很难想象他们看着我在阳台上抽烟会怎么样，看着我被别的男生拥抱会怎么样，也许我妈会就此晕过去也不一定。就凭这一点，让我深深地相信一句话：人的心，深似海。

谁知道谁在想什么，谁又会是谁的救世主。

我早明白这一点，可我还是无可救药地坚持着我自己的坚持。

新生集训结束后，正好是一个周末。我买了一张上海地图，研究了大半天，换了一条新裙子，坐了很长时间的地铁，又走了好长时间的路，终于找到了那所学校。学校的招牌显得有些陈旧，也没有我想象中的气派，我在门卫室问了一通，又抓住两三个学生问了一通，总算找到了我想找的地方。我在男生宿舍的楼下看到一个名单，上面写着各个宿舍的人名。名单已经有些破了，我用手指在名单上划来划去，终于停在那两个熟悉的字上的时候，我的心里有一种翻江倒海的忧伤。

302。他住302。

那是一幢很旧的楼房，木楼梯，踩上去咯吱咯吱响，让你有随时会踩空的错觉。我一步一步地往上走，我在心里说：“许弋，我来了。”

我敲门，开门的是一个平头的看上去愣头愣脑的男生。

"找谁?"他很防备地看着我问。

"许弋。"我说,"请问他在吗?"

"不在。"他要关门。

我用手拦住:"请告诉我在哪里可以找到他?"

"你打他手机吧。"

"请告诉我号码。"

"我没有。"他说。

"拜托你。"我说,"我真的有急事找他。"

他捧着一本厚厚的书,上上下下地打量了我一阵子,这才告诉我说:"你从校门出去,左拐,顺着走十分钟,有个酒吧,他周末应该都在那里打工。"

我跟他道谢出来。九月的上海,天高云淡。三百六十五天,从知道他到上海来读书的那一天起,这条路我走了三百六十五天。我想起他拎着一个大书包走出校园的那一瞬间,我想起那些在教室里苦苦读书的日夜晨昏,凭着心里的一个意念不敢轻言放弃的理想。现在,我终于要见到他了,我并没有以前想象中的那样慌乱,仿佛只是去见一个老友,仿佛他已经在这里等我多年。

酒吧的名字只一个字,叫:等。

它座落在整条街的最角落,小小的门面,要是不注意,会把它给忽略掉。我推门进去,中午时分,酒吧里几乎没什么人,里面的设施也很简单,几个红色的沙发,暗色的长条木头桌子,桌上长长的玻璃瓶里摆几枝盛放的黄色野菊。我刚坐下就看到了他,他穿制服,拿着单子走到我面前,问我:"请问喝点什么?"

我看着他，一时说不出话。

他认出了我。把单子放我桌上，转身走开了。

“许弋”。我喊他，我糟糕地发现，我的嗓子忽然哑了。

他背对着我站住。

“你今天有空吗？”我说，“我想跟你聊一聊。”

他转身对我说：“对不起，小姐，我要工作，晚上十一点才下班。”

我微笑着对他说：“好的，请来一杯冰水。”

“对不起，这里不卖冰水。”

“那么，西瓜汁。”我说。

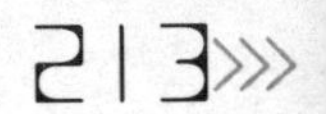

几分钟后，他给我端来一杯红色的西瓜汁。外加一杯冰水，水上飘着一片金黄色的柠檬。他把它们放到我的桌上，低声说：“我请客，你喝完后走吧。”

他的语气是如此的冷漠。我控制着眼泪，不让它轻易地掉下来。

他走开了。

我从背包里拿出一本薄薄的书来看，老掉牙的杜拉斯的《情人》，我看过这部影片，梁家辉和他的法国小情人，在异乡旅馆里，她不顾一切索取爱的眼神令我激动。准确地说，我只是看了一半，因为看到一半的时候，妈妈买菜回来，在她有些不安的眼神里，我关掉了电视。

结局和我想象中一样。分离。

我把书合起来的时候，黄昏来了，酒吧里终于开始热闹起来，一群穿着很时尚的女生嘻笑着推门进来。她们好像是艺术学院的，对这里很熟，我看到一个穿着大花裙子红凉鞋的女生伸出手来，在许弋的脸上捏了一把。

许弋笑着。我天使一样脸蛋的许弋。他还是那样帅得没救。

“许弋，明天我会去野营。算上你一个啦。”另一个女生尖声说。

“好啊！”许弋伸出手，在女生头上快速拍了一下。女生们笑得暧昧而又灿烂。

他们果然已经非常熟。

我在桌上放上五十元，背上我的背包，起身离开。

走出酒吧，看着上海的黄昏高楼错立的陌生的天空，我已经失去哭的欲望，我必须为自己的任性付出代价，我清楚。

忽然，有人在后面伸手拉住了我。

我回头，看到许弋。

“你的钱。”他把钱递给我说，“说好了我请客的。”

我推开他。

“拿着吧。”他说，“我还在上班，不能跟你多说。以后不要再来了。”

我把钱接了下来。

他转身进了酒吧。

我走到地铁站的时候，决定回头。我对自己说，绝不轻言放弃，绝不！于是我又回到了酒吧的门口，我在路边的台阶上坐下，开始看书。黄昏的灯光让我的眼睛发胀发疼，我还是坚持着看书，书上的字渐渐进不了我的眼睛，我还是坚持着看。我说过了，很多时候，我都对自己的任性无能为力。

夜里十一点零五分。我看到许弋从酒吧里走出来。他换上了自己的衣服，没有背包，手插在裤兜里吹着口哨过马路。我揉揉蹲得发麻的双足站起来，我想跟踪他，我知道追他的女生有很多，我宁愿相信他已经习惯这样的方式，并且我除此之外，也别无他法。此时此刻，我真希望我有一件白色的T恤，绿色的油彩，上面写着“我爱许弋”四个字。然后我可以站到他面前，不需要任何的言语。

可我还没来得及走到他身边，就看到一辆绿色的越野车在他面前停了下来，车上跳下来三个男的，他们和许弋说了几句话，其中一个人伸出拳头就对着许弋的脸打了过去。

许弋捂住脸，蹲到了地上。他很快站起身来，想跑，但被他们死死地拉住，并把他往越野车上塞。

我疾步跑过去，大声地喊：“你们要干什么？”

我的突然出现让他们都吓了很大的一跳，包括许弋。

“你怎么还在这里？”他问我。

“等你下班。”我说。

“她是谁？”一个嘴里嚼着口香糖，顶着一头金黄色头发的男生指着我问许弋。

“不认识。”许弋干脆地说。

他的脸上没有表情，鼻子上还留着新鲜的血迹。我的心尖锐地疼起来。

“是吗？”黄头发说，“是真的不认识？”

“你们想干什么？”我继续问。

“呵呵呵。”黄头发笑起来，“我们是朋友，请他去喝酒，小妹妹你要是没事，就回家洗洗睡吧。”

“等下！”我说，“如果你们一定要带他走，我就打电话报警！”

“你别胡闹！”许弋大声吼我。

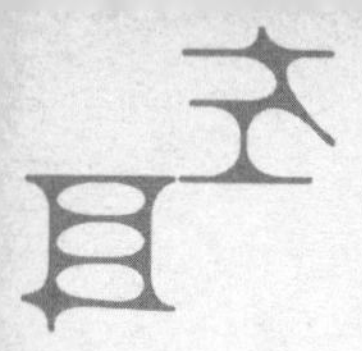

“哦？有趣！”黄头发看着我的表情让我害怕，但我强撑着与他对视，不愿意认输。

“你到底是谁？”他问我。

“我是许弋的朋友。”我说。

“女朋友？”

我看着许弋，许弋面无表情，然后我艰难地点了点头。

“那你男朋友欠了我们五千多块钱，你是不是替他还了？”

我想了想，点点头说：“好的。”

许弋吃惊地看着我。

“好的。”我说，“不过我的钱都在卡上，现在太晚了，不知道能不能取出来。最晚明天，银行一开门，肯定把钱还给你们。”

“听到了，明天一定还。”许弋说，“你们明天来取吧。”

“再信你一次！”黄头发用手指了许弋一下，“明天是最后期限，早上十点，就在这里还钱。我警告你不要耍任何花招，不然，你就得亲自去跟我们老大解释了。”

“知道了。”许弋说。

黄头发他们跳上了车，车子就要开走的时候，车窗摇开了，黄头发嚼着口香糖，大声对我喊道：“小妹妹，交友要慎重啊！”说完，他摇上车窗，车子很快开走了。

许弋看了我一眼，推开我往前走。

“喂！”我喊住他，“喂！”

“你走吧。”他说，“没听人家说吗，交友要慎重啊。”

“你还记得我吗？”我有些绝望地问。

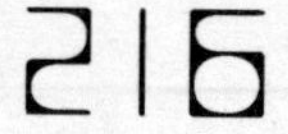

“不记得。”他给了我想象中的答案。

“你撒谎。”我说。

他想了一想，问我：“你是不是真的可以借钱给我？”

我想了一想，点了点头。

“你饿吗？”他问我。

“饿。”我说。

“那我们先去吃饭。”他说。

许弋说完，走在前面，我跟在他的后面，我们一直没说话，他也没有回头看过我。走到离他们学校不远处的一个小餐馆，他径自推门进去，我也跟着进去了。夜里的餐馆没有人，地上是水刚刚拖过的痕迹。桌子上有红色暗格的餐布，上面铺了一层带有油渍的薄薄的塑料布。许弋皱皱眉，很干脆地把那张塑料布一把掀了下来。这下是干净的桌面了，细格子布上画了一个小熊，没心没肺地盯着我看。

一个胖胖的小姑娘面无表情地把菜单递过来，许弋点了两三个菜，说：“来瓶啤酒。”

我抱着我的包在他的对面坐下来。许弋终于看了我一眼，然后他问我说：“你呢，也来一瓶酒？”

“我不喝酒。”我说。

他从口袋里掏出一包云烟，晃出一根来，递到我面前。我摇摇头，他把烟抽出来，自己点着了，默默地抽。

我问他：“你为什么要欠别人的钱？”

他说：“不关你的事。”

我说：“要我替你还就关我的事。”

他抬起眼睛来看了我一眼说："赌输的。"

我说："那你以后不要再跟别人赌了。"

他说："好的。"

菜端上来，他要了一大碗米饭，狼吞虎咽，但吃相尚好。我坐在他对面看着他吃，一点胃口也没有。其实我真的也很饿了，可是我吃不下，我想起很久以前有个男生坐在我对面吃面条的时候他也是这么说的，他说："我常常这样，很饿，但却一点儿也吃不下。"

我现在就是这种状况。

许弋忽然问我说："你住哪里？"我说出地址。他说："那么远？你还要先去银行，早上十点能赶得及过来吗？"

"行的。"我说，"我可以起早。"

"要不你别走了。"他说，"我安排你住我们学校的女生宿舍。"

我有些迟疑，他看出我的疑虑，说："你不要怕，女生宿舍里都是女生。"

我白他一眼，他却忽然笑了。

"你的名字？"他问我。

"李珥。"我说。

"对，我想起来了，是这个名字。"他说。

他笑起来，是那么那么的耐看，时光在那一刻忽然跌回我的高二时代，我寂寞空洞的十七岁，看到他的第一眼，在黄昏的街道旁，斜斜靠着栏杆的一个男生，背了洗得发白的大书包。他的脸，是如此的英俊。那时的我，还是个青青涩涩的女孩子，爱情在心里初初萌芽，翻天覆地，慌里慌张，从此认不清自己。

时光只会老去，但时光从不会欺骗我们。对爱情的忠实让我的心如热血沸腾。于是，我也对着他笑了。

他在我的笑里愣了一下，然后扒完最后的一口饭，对我说："结账，走吧。"

5

那天晚上，许弋把我送到女生宿舍的楼下，打了一个电话。

没过一会儿，一个短头发的女生下来接我。她跟许弋打了一个招呼，就微笑着揽过我的肩膀说："OK。跟我走吧。"

我有些不习惯和陌生人这么亲热，于是我推开了她。

许弋意味深长地笑了一下，对女生说："这是我妹妹，你照顾好她。"

女生笑着问他："你到底有几个好妹妹啊？"

"就你们两个。"许弋一脸正经地答。

女生嘻笑着，跟他说再见，然后拉着我上了楼。

为了避免和那个女生说太多的话，我那晚很快就上床睡觉了，并装作睡得很熟的样子。不过我听到她向别的女生轻声地介绍我，她说："这是许帅的新女朋友。"

她们叫他许帅。我想起早上他们宿舍里那个呆头呆脑的男生，猜想许弋在女生中应该有更好的人缘，接下来的事情更加证明了我的猜想，那女生替我拉了拉被子，还吩咐别的女生动作轻一些。我被心里涌上来的感动弄得更加疲倦，于是真正地睡着了。

第二天一大早，许弋已经在楼下等我，他换了一身新的运动服，有女孩走过他身边，轻声尖叫。

他说："我带你去我们食堂吃点早饭吧。"

"不用了。"我说，"我不饿。"

"可我饿了。"他说，"走吧。"

我坚持着不肯去。他只好无奈地说："好吧，我们去外面吃。"

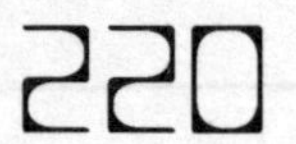

我跟在他的后面，默默地走出他的校园。在去银行的路上，他去一家酒店的外卖部买了几个香煎包，我们分着吃了。他从口袋里掏出纸巾来递给我，不带香味的纸巾，但纸质很好，书上说，身上带纸巾的男人，是有品质的男人。

我们一面走他一面问我："李珥，你的名字怎么写？"

"王字旁加个耳朵的耳。"

"你和吧啦是好朋友吗？"他说。

"是的，可是吧啦死了。"我说。

"对。"他看我一眼，"可我们还活着，这真没办法。"

"你不能再让她伤心。"我说。

他哈哈笑起来："你真傻得可爱，她都死了，还伤什么心。再说了，她是她，我是我，我们早就没有任何关系了。"

我被他堵得一句话都说不出来。就这样到了银行的门口，我问他"要取多少，五千还是六千？"

他想了一下说："六千吧。"

又说："放心，我会很快还你的。"

"噢。"我说。

"谢谢你。"他说。

我抬起眼睛来看他，天知道这对我而言需要多少的勇气，他也看着我，可是我在这样的对视里却感到一种让我害怕的失望，我觉得我看着的是一个陌生人，或许他对我，从来也没有熟悉过。我费尽周折所坚持的，也许只是我内心的一种可怕的幻觉。

天呐，我哪里懂什么是真正的爱情呢？

我替许弋还清债务后的第九天，接到他的电话。他开门见山地说："李珥，我还需要两千元。"

我说："我没有。"

"好吧。"他说，"再见。"

我盯着电话看了很久，然后我把电话回拨过去。他很快接了电话，我轻喘着气对他说："周末我过去送给你。"

"来不及了。"他说，"我去你学校拿吧。"

中午，我在校门口的银行里取出我最后的两千元钱，装进我的背包，靠在地铁口等待许弋的出现。一对一对的恋人走过我的身边，有个男生俯下身子，轻轻吻女朋友的脸，我把眼睛低下去看着地面，地面上有一块砖很脏，上面粘了一块绿色的口香糖，我觉得胃里一阵翻江倒海的难受，人好像要晕过去。许弋就在这时候出现在我眼前，他说："李珥，你的头发长了，应该剪了。"

我晕乎乎地问他："你为什么又去跟人家赌？"

"这次不是赌。"他说，"我在替一家公司做点事情，我的电脑需要升级。"

我低下头，拉开包，把钱掏出来给他。他接过钱，低声跟我说谢谢。我说："不用。"他说："那我走了，我还要急着去办事。"

我说："噢。"

他转身往地铁里走，走了两步，又回过身来对我说："李珥，你这个周末有空吗？"

我点点头。

他说："那就到我酒吧来玩，星期天我不用上班，不过晚上我会在那里玩。”

我微笑。

他朝我挥挥手，走了。

许弋走后我决定逃课，我独自去了一家理发店。店员很热情地招呼我，建议我把头发这样那样那样这样，我打断她说：“我没钱，就剪一下吧，剪得短短的就好。”

也许是见在我身上赚不到钱，于是他们给我派了一个看上去傻傻的理发师，肯定是一个实习生，我在镜子里看到他有些发抖的双手，安慰他说：“没关系，剪短就好，发型无所谓的。”

他听我这么一说，很轻松地带有感激地对我笑了，然后他说：“放心吧，我一定会让你满意的。”

我在剪发的同时给尤他发短消息：“请你借我一千元，我会尽快还给你。”我妈妈走的时候给我留在卡上的钱我全部给了许弋，如果我再不想办法，就要面临着饿肚子的危险。

尤他没有给我回短消息，而是干脆打来了电话，他问我：“李珥你要钱做什么，难道姨妈没有留够钱给你用吗？”

我在电吹风呜呜的声音里大声地撒谎：“不是的，我想买台电脑，还差点钱。”

“姨妈知道吗？她同意吗？”

“你不借就算啦。”

他还在问：“刚开学，你买电脑做什么？”

我说：“我想写点东西。”

“哎，那挺好。对了，你在上海好不好呢？”

“还行。”我说。

“好吧，”尤他说：“把你的卡号发给我。”

“你不要告诉我妈妈。”我说。

“好吧。”尤他有些无奈地说，“不过，我很高兴你能想到我。要知道，不管什么事，我都愿意帮你的。”

“嗯。”我揪着一颗心答他，“谢谢你。我会尽快还你钱的。”

“不要太辛苦，上海大，往往做家教什么的要跑好远的地方，你一个女孩子，小心点，不要瞎来，知道吗？有什么事跟我讲就好啦。”

我忽然很想哭。同时，我也很想知道，如果尤他知道我为什么要向他借钱，不知道他会不会杀了我。

我把手机收起来，放进口袋。理发师把我的头扶正一点点，对着镜子，我在镜子里看到一个短头发大眼睛的我，额前整齐的刘海，我对自己的新发型很满意，于是我冲着镜子做了一个鬼脸。

我从理发店走出来的时候手机里收到了一个莫名其妙的短消息：“你是谁？”

我还没来得及回，短消息又来了：“你和许弋是什么关系？”

我捏着手机，站在人潮汹涌的街头，思考着我应该如何来回答这个问题，朋友？同学？老乡？我不知道，我真的不知道。于是我反问对方：“你是谁？”

那边很快回复：“我是许弋的女朋友。”

我还来不及回应那边信息又来了：“我警告你，你别试图抢走他，他是我的。”

我觉得很无聊，于是我没有再回过去。

那个星期我找到了一份工作，在图书馆替人整理书籍。介绍我做这份工的是我的一个学姐琳，琳已经大三了，也是学中文的，经常在图书馆里帮忙，由于我隔三岔五地去借书，她开始主动和我讲话，她为人很好，说话温柔，做事利落，不让人紧张，于是我也慢慢喜欢上她。有时候，偌大的图书馆里只有稀稀落落的几个人，琳会坐到我对面，把手放到我的额头上来，轻轻地摸一下，然后说："李珥，像你这样爱读书的小姑娘真的不多了呢。"

"你不也是吗？"我说。

"可我是老姑娘，不是小姑娘。"琳笑起来。

琳是山东人，可她一点儿也不像山东人。她的普通话很标准，说话温柔，长得也算漂亮。唯一的遗憾是她脖子那里有一大块黑色的斑，很大的一块，乍一看你会吓到。

"这是胎记。"琳并不介意我盯着她看的不礼貌行为，而是摸着那个斑，主动对我说，"与生俱来的。"

"为什么不做手术？"

"这里不好做。"琳说，"现在也习惯了，没什么。"

我看着她微笑。

她说："李珥，你知道吗，你的笑真让人招架不住呢。"

"是吗？"我说。

"你真是个招人疼爱的小姑娘。"琳说，"我要是男生，就追你做我的女朋友。"

我做害怕状，配合她。

她哈哈笑。终于有点山东姑娘的样子。

那阵子图书馆来了很多的新书，旧书也要作重新的整理，那个周末我跟琳一直在图书馆里帮忙，我对一些花里胡哨包装精美的新书不太感兴趣，相反，对一些薄薄的旧版，或者早已经绝版的书甚为欢喜。我执着地相信每一本旧书里都藏着许多人过去的时光和旧事，世人的眼光曾在这上面流连，驻足，情感与文字反复纠缠，永远不得释放。

夜里九点多钟，我和琳洗干净手从图书馆里走出来的时候，已经饿得头晕眼花。琳建议我们去下馆子，好好慰劳一下我们的肚子。我说不用了，我回宿舍还有事。琳有些爱怜地看着我远走，我回头跟她挥手的时候，她还站在远处爱怜地看着我。琳没有男朋友，周末的琳是寂寞的，我其实很愿意陪她吃一顿饭，但我不想让她请客，而我自己又请不起客，所以，只能这样了。

我回到宿舍吃了一些饼干，喝了一点儿水，觉得好过多了。同宿舍的女生没有一个人呆在宿舍，她们已经很快找到各自的精彩。我靠在床上，跟自己做很激烈的挣扎，这一天，我把自己搞得如此之累，就是为了避免这样的挣扎，他早就有了新的生活，他早就已经忘了吧啦，我早就应该洗洗睡了，闭上眼睛，甚至连梦都不要再做，可是我做不到，差不多只是三分钟的时间，我已经从这种无谓的挣扎里败下阵来。我换了一条干净的牛仔裤，套上我粉红色的KITTY猫的运动衫，背上我的包，打开宿舍的门，出发。

十月的夜的校园弥漫着一种说不出的味道，让人沉醉，想哭。我怀着一种沮丧的心情走在路上，人变成一张轻飘飘的纸，无法自控。走到校门口的时候我看到了琳，琳和一个胖胖的高个子的男生，我不由得放慢了脚步。我看到那个男生试图去牵琳的手，但被琳轻轻地推开了。我看到琳有些抗拒的倔强的背影，我想我清楚，琳是不会喜欢那个男生的，琳只是寂寞，她只是想有个人陪她吃顿饭，可我呢，我自己又是为什么呢，我被自己不可理喻的行为伤得伤痕累累，并无从救赎。

城市最后一班地下铁在我的身后呼啸而去。我顺着长长的台阶走上地面，看十月上海陌生的天空，不知道为什么，我忽然想起了房顶上放烟花的那个夜晚，我愿意相信点亮夜空的每一抹小小的烟花都未曾熄灭，它们最终升上天空，化做今夜的星辰。只是那些放烟花的人，早已散落于茫茫人海，不知去向何方。

我推开酒吧的门的时候是夜里十一点。和我上一次去那里相比，酒吧里显得热闹和杂乱了许多，有乐队在演出，一个女生在台上热热闹闹地唱："oh……oh……我看来看去看那张照片最好，你和我拍来拍去拍到容颜都苍老，如果不自寻烦恼没有什么值得哀悼，我和你爱来爱去是否为了凑凑热闹，看日出日落没有什么大不了……"

摇晃的灯光摇晃的人影，我看来看去，没有看到许弋。一个服务生经过我的身边，我拉住他大声地问："请问，你看到许弋么？"

"许弋啊？"他看着我，暧昧地笑着，手指往角落里："喏！"

我调过头去，终于看到他，我没看到他的脸，但我知道那是许弋，我心心念念渴望与他相亲相爱的许弋，他正紧紧地拥着一个女孩，那女孩穿绿色的长裤，红色的上衣，她闭着眼睛，幸福在她的笑容里无限制地滴落。他在吻她。

不，应该说他们在拥吻，深深地，沉醉地，旁若无人地。

我聋了。听不见任何的音乐了，我僵在那里，有什么东西开始慢慢地碎裂，无从收拾的惊慌和悲凉。我对自己说，李珥，这是你自找的，这是你必须承受的一切。

你活该。

6

“不到最后关头，绝不轻言放弃！”

我在图书馆里看琼瑶的书，这个把爱情写得天花乱坠的女人，她的故事不太容易感动我，但我却被她故事中的这句话击中了。

我有些摇晃地站起身来，在琳关切的眼神下，走出了图书馆。

十一月的天气，已略有寒意。

我缩着脖子，走在校园最幽静的那条小路，我把手机拿出来，打出来一个万分“琼瑶”的短信息：亲爱的，请告诉我，我到底该如何做？

我把信息发给了吧啦。

吧啦吧啦。

我闭上了眼睛。

吧啦吧啦，我亲爱的，如果此时此刻，你在天上看着我，那么请给我指引吧。让我明白，我必须坚持。让我还可以充满勇气地相信，坚持到底，一定可以得到我们想要的幸福。

那夜梦里，我神奇地回到我的十七岁，我梦到那个飘雪的冬天，单薄高瘦的男孩子，穿着灰色大衣，恶狠狠地凑近我，伸出一只手指对我说：“我是不会喜欢你的。”

我看着他傲慢的脸，犹豫地把手伸出去，想要摸一摸它。

这张比女孩子更干净而白皙的脸，大而明亮的眼睛，在梦里模糊又强烈地冲击着我。可是当我伸出手，他却转身跑掉。

他冲出半掩的蓝色卷帘门，冲进皑皑的大雪里，再也没有回头。我想喊出他的名字，可我突然忘记，他是谁。

我该如何把你召唤回来呢?

我梦见我蹲在地上，努力想回忆起你的名字，头疼欲裂。

哎吧啦，我亲爱的。我知道你再也不会回答我。你已离去，留我在这里时时犹豫，左手右手，不知道到底该伸手还是放手。你知不知道，我一直在猜测你跟我说的最后一句话是什么，很多很多天过去了，我执意相信你是在告诉我通往幸福的秘诀，可是直到今天我才不得不承认，我们的幸福是如此遥远，如此来之不易。

我被这样绝望的梦境折磨了一个夜晚，等我醒来的时候已经天光大亮。宿舍的女孩子们都已不在，我才想起今天是周末。手机上有琳的未接来电。我匆匆洗漱，往图书馆赶去。琳已经在那里等我，她买了煎饼，热热的，递到我手里。

"你没接我电话，我有些担心你。"琳看着我，责备地说，"李珥，你是一个让人担心的小孩子。"

我咬下一大口煎饼，嘻嘻笑。

琳说:"有时候我想把你的脑袋接到电脑上，看看都存了些什么。"

我继续嘻嘻笑，笑完后我说:"我想挣钱，越多越好。"

琳吃惊地看了我一眼:"怎么才开学就经济危机啦。"

我有些艰难地说:"可不可以不问?"

她对我很宽容又很意味深长地笑了一下，从口袋里掏出一个美津浓双用记事本，拉开拉链，里面整整齐齐码着超过三十张名片。

"从周一到周六，除去上课时间，应该都可以帮你联系到兼职，如果你晚上愿意出门的话，到12点熄灯之前我都可以帮你联系到事情做的。"

我把我拿着煎饼的油乎乎的双手出奇不意地伸出去，轻轻地抱了抱琳，她尖叫着跳起身子。

接下来的时间，一切真的被琳安排得满满当当。我每天都穿着跑鞋，是为了可以从最近的那座小区跑回学校，而不用打的。我把头发挽起来，像吧啦从前那样挽成一个发髻，把整张瘦脸暴露出来，全无美感，但我无须在乎。

有天晚上睡在上铺的苏州女生在宿舍里挑起一个话题，问大家全世界最土的发型是什么，在她问完之后其他两个女生都咕咕地笑起来，我也躺在我的床上很礼貌地对她们笑笑，然后我拍拍我的头发说了一句话："美女们，看这里！"

说完，在她们心满意足的笑声里，我安然而疲倦地把眼皮合上，结实地进入了睡眠。

要知道，一次好的睡眠对我而言是多么的难能可贵，第二天早上，我神清气爽，我认认真真地听了一天的课，放学的时候，我买了新鲜的蛋糕，到图书馆去送给琳吃。琳把手里的一堆书递给一个男生，然后站在借书台里冲我微笑，图书馆里温和的气氛提醒我冬天已经快要来临，我的头发长得飞快，它们已经长了许多，乱乱地软软地贴着我的脖子，让我觉得温暖。我无心再去理发店修理它们，只是在刘海长了的时候，在宿舍里自己用一把剪刀，对着一面圆镜子剪短它。有时候剪刀没用好，刘海会显得别扭，不过我无所谓，反正我的发型也出了名的差，和宿舍里那些花枝招展的女生们相比，我终日显得黯淡，无光。

有时候我会莫名其妙地想起他，想起他出奇不意地出现在我面前，

用好听的声音对我说:“李珥,你的头发该剪了。”

他不会再出现了,我一次一次如此忧伤地想。

琳是我唯一的朋友。休息的时候,我们长时间地坐在图书馆里打发时间,琳在这样的季节里可以穿上高领的毛衣,挡住她脖子上的那块印记。那个喜欢她的胖男生会在她看书的时候给她送来汉堡和热牛奶,也不说什么,放在桌上就离开。琳往往都不去动它,直到它慢慢冷却。有时候她会逼着我把热牛奶喝掉,她说:“李珥,你太瘦了,我真担心风会把你吹跑,你应该多吃点,脸色才会红润一点。”

我听她说完这话,用两只手在脸上用力地搓,直到搓出两片红晕来,这才对着她傻笑。

和琳相处是非常舒服的,她并不过问我的一切,当然我也不过问她的事情。和我比起来,琳的社交能力要强出许多,有时候她会拉着我去嘉年华做服务,或者替移动公司推销手机卡,要么就到商场门口替某家公司发传单,她总是能变换出许多的招数来挣钱,我跟在她的后面,轻松,自在,无需动太多的脑子,也不至于在生活上太过窘迫。

琳吃着我替她买的松软的蛋糕,舔着手指高兴地对我说:“今晚去看电影吧,我知道有好片子,汤姆·克鲁斯的。我请客。”

我说:“我喜欢刘德华。”

“恶俗。”她骂我。

我哈哈笑,我故意这么说的,其实我喜欢梁家辉,除了《情人》外,我还看过他的另一部电影,他在里面演一个对爱情无限忠贞的男人,落魄的样子让我几度落泪,心痛得无以复加,我还记得那部影片的名字叫《长恨歌》。是王安忆的小说改编的,多么天才的一个名字啊,长恨，短痛。或许，这就是爱情真正的模样。

“想什么呢？”琳把五根手指放到我面前晃动。

“我得去学生家里了，”我说，“今天第一次去，要认真。”

就在这时候，我的手机忽然响了起来。在安静的图书馆，我看到手机上许弋两个字不停地在闪烁，我慌乱地按掉了它。

手机又响，我又按掉。

然后，我逃出了图书馆。

手机依然不屈不挠地响着。琳跟在我的身后出来，把我的外套往我身上一套说：“你忘了你的衣服。”

“谢谢。”我说。

她看着我的手机。它还在响。

“我走了。”我仓促地说完，转身跑出了琳的视线。

那天晚上，下很大的雨。我从学生家里出来，坐地铁回到学校，滂沱大雨，我没有带伞。回去晚了宿舍会关门，我站在地铁口思索了一下，把外套顶在头上，咬咬牙，直冲进雨里。快到校门口的时候一个身影急急地冲上来，把伞罩到我的头上，是琳。

琳在雨里大声地冲我喊：“为什么要关手机？”

我说：“手机没电。”

她一面拉着我走一面骂我，“为什么不打车，这么大的雨！”

“我没钱！”我冲着她喊。

“你够了！”琳把伞丢在我的脚下，“李珥，我恨你这样折磨你自己，我告诉你，一个女人，如果她自己不爱自己，是没有一个人愿意爱她的！”

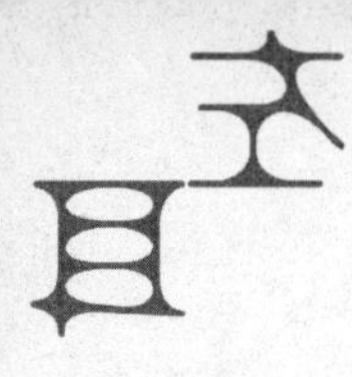

琳说完这话就跑掉了。

我呆在雨里，过了很久，才捡起那把伞，拖着沉重的步子，往宿舍走去。

那晚，我的脑子里一直回响着琳的话："我告诉你，一个女人，如果她自己都不爱自己，是没有一个人愿意爱她的！"我试图挣扎，从那咒语一样的话里挣扎出来，可是我做不到，我全身像被什么捆住了似的难受，又像沉入深深的海底，无法呼吸的疼痛。

醒来的时候，我发现我躺在医院里。

琳守在我的身边，她温和地问我："亲爱的，我买了新鲜的栗子蛋糕，还有稀粥，你要不要来一点？"

"我这是在哪里？"

"医院。"琳说，"你高烧四十度，说胡话。把你们宿舍的人都吓坏了，知道我是你唯一的姐姐，所以打电话给我。"

"谢谢你。"我说。

"别这么讲。"琳抚摸我的额头，"李珥，对不起，我以后永远都不会再丢下你。"

我别过头去，眼泪掉了下来。

"谁是吧啦？"她替我擦干泪水，问我。

我吃惊地看着她。

她说："你昨晚一直在喊吧啦。"

我不知道该如何回答她。我活在吧啦的世界里也许已经很久，那个女孩与我的青春期紧密相缠，虽然她再也不会回来，但我从来就没想过要走出属于她的疆域，我看着琳，有看着吧啦的错觉，我相信吧啦和琳一样，她们站在和爱情无关的角度，一样地疼爱着我，让我的疼痛可以得到释放。

从这一点来说，我是何其幸运。

“谁是许弋？”琳忽然又问。

我吓了一跳，难道我还喊了许弋的名字，那我会不会……天呐，我的那个天呐。

见我紧张的样子，琳微笑了，她说：“那个叫许弋的，一直在打你的手机。于是我就接了，我告诉他你生病了，他说他马上来。”

我的第一反应是想从病床上跳下去，但是我没有力气，一点儿力气也没有。琳多此一举地按住我说：“李珥，你冷静。”

“琳。”我说，“我不想见到他。”

“你确定？”

我点点头。

“那么好，你睡吧，你需要休息。我来对付他。”琳拍拍我。

我看着输液管里晶亮的液体一滴一滴地滴入我的体内，觉得困倦之极，然后，我就真的睡着了。等我再次醒来的时候是半夜，琳趴在我床边休息。然后，我闻到百合花轻幽的香气，琳被我惊醒，她抬起头问我：“需要什么，吃饭，还是上洗手间？”

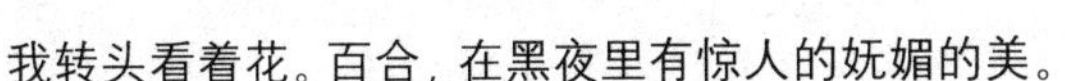

我转头看着花。百合，在黑夜里有惊人的妩媚的美。

“他来过了。”琳说，“花是他送的，还有，他让我把这个交给你。”

琳递过来一个信封，厚厚的。

我打开来，里面装的全都是钱。

“我点过了，三千块，他说他还你的，我就替你收下了。”琳说。

"他人呢？"

"他有急事，走了。让你打电话给他。"

"噢。"我说。

琳嘻笑着："不过说真的，那破小孩真帅，难怪你整日这么魂不守舍的。"

我把信封里那张白色的纸抽出来，上面写着两个字：谢谢。

我为这个两个陌生的客气的字，又不可收拾没有出息地心痛了。我真怕，就算是拼尽了全身的力气，他依然会是我今生无法靠近的温暖。

7

两天以后，我出了院。我没有给许弋打电话，他的电话也没有来。这周晚上的工作是在一个咖啡店里卖蛋糕。每天晚上9点到11点是蛋糕特卖的时间。我站在广告伞下面，向来往的客人兜售。

等蛋糕快卖完时，雷声响起。我看看天空，急匆匆地开始收摊。

一个声音说："把剩下的都卖给我。"

我低下头，转身打算离开，可是他从身后一把钳住我的手臂，把我扳过来。

我的天，这可是在大街上。尽管眼皮都没有抬一下，我也知道他就是许弋。我始终不忍注视的这个人，他就是许弋。他来了，我在劫难逃。

他轻轻地拥住了我，叹息说："李珥，怪了，我想念你。"

他的拥抱是那样那样的轻，若有若无，我手里最后一块蛋糕应声而落。也许是残留在指尖上的奶油让空气中忽然有了爱情的味道，于是我认命地闭上了眼睛。

良久，他放开我说："跟我走吧。"

我傻不啦叽地跟着他，我们并肩走在将近午夜的上海大街上。这一带不算繁华，再加上快下雨，路上已经没有太多行人。雷声和风声，十一月的梧桐树叶子还算密，在扬起的风里发出急切的絮语。

十七岁的自己，曾经多么渴望与他这样并肩前行。我微微侧目，看着他挺拔的鼻子，一刹那感到恍若隔世。

又走了一会，他还没有停且没有方向的样子，我停下来问："我们去哪呢，再晚我就回不了学校了。"

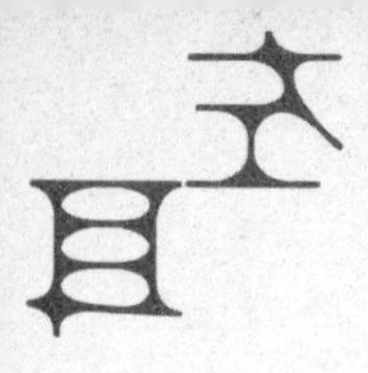

许弋停下来，漫不经心地看了我一眼，又看了看天空。接着他迅速把我拖到树下，用和梦里判若两人的柔软的目光盯着我，一个字咬着一个字地说：“李珥，做我的女朋友！”

雨水，就在这时候，滂沱地降临。

我用力把他推开。

我的手一下子被他紧紧攥起来，放在胸口，动弹不得。雨水打在我的髻上，我拼命闭上眼，把自己的头摇得仿佛中咒。

他紧紧地，也如中咒一般把我弄得不能动弹，一个劲儿地说：“答应我吧答应我吧答应我。”我受不了。不顾一切地俯向他，在他肩膀上狠狠地咬起来。

他始终都没有动一下，连颤抖都没有。我的发髻终于散落下来，一定是很丑陋地耷拉在我的脑袋上吧，就像一只刚刚降生的章鱼那样的丑陋。

我哭了。

我终于还是哭了。我哭着用我的旧跑鞋狠狠踩他，它还是两年前那双，在大雪里踉踉跄跄蠕动的那双。他的手稍微松开一点，我便把手抽出来。

“做我的女朋友吧。”他还在说，不过他的声音已经变得温柔，紧抓住我的手也终于放开了。我捂着脑袋蹲下身来，我怀疑我自己是在做梦。

朦胧中他把我背起来，往学校的方向奔去。朦胧中，我又听见他说：“我是不会喜欢你的。”朦胧中，吧啦抱着我瘦瘦的身子站在一边，许弋被无数只脚踢倒在地上，他的脑袋正冒着汩汩的鲜血……我的脑袋又重又疼，一切的一切，都像被扔进一锅开水里一样，肆无忌惮地在我的脑子里滚动起来。

天翻地覆，不得安生。

“来，雨太大了，我们到那边去！”他一面喊着把我拖起来，拖到了一家商场的屋檐下面，替我拍打着身上的雨水。其实这样的拍打是徒劳无功的，因为我们两个人的身上都已经完全湿透了。

我冷得发抖，突然想抽烟了，于是我请求他：“给我一根烟吧。”

在心里寥落的时候，我总会想起吧啦抽烟的样子。她站在舞台上低吟浅唱，然后她走下台来，寂寞地低下头点燃一根烟，火光照亮她脸的一刹，仿佛点燃所有的温暖渴望。

许弋问我：“你说什么？”

“我想抽烟。”我说。

他从口袋里把烟掏出来，云烟，自己点了一根，又替我点着了。我颤抖着，烟很快就熄灭了，许弋再过来替我点，我推开了他。他的手突然扣住了我的五指。我下意识地把手移开，他又伸过来一把把我捞住。我转过头去，他嘴里含着烟，固执地把我的脑袋扳正。

我觉得自己矫情。于是情不自禁地在心里派出一个小人，狠狠地扇了自己一巴掌。

“你愿意不愿意听我说？”

“我不愿意。”

“我爸爸，因为贪污，坐了牢。”

“我知道。”

“妈妈得了癌症，去世了。”

“我也知道。”

他朝着我咆哮：“你这个小妖精，你到底还知道我一些什么，你说你说！”

我绝望地说：“许弋，请不要这样。”我感到言语的无力，在他的面前，我瑟缩着什么话也说不出。

许弋平静了一会，抬头对我说：“你是一直爱我的，对不对？你不会骗我，对不对？”

我还是没有说话，把头别向了一边。

他继续握住我的手，说：“我那天去了医院，我看你躺在那里，你睡着了，我看了你很久，你的样子很熟悉，有好长时间，我都没有看过一张这样熟悉的脸了。”

我还是把头别向一边，虽然这个姿势很难看并且很难保持。可我被他的话感动了，我终于保持不住情不自禁地转头的一瞬间，许弋的脸突兀地逼近，然后，咬住了、我的、嘴唇。

我的心狂跳起来，我想推开他，他却顺势把手覆在我手上面，紧紧地按在他胸口不松开。

在那一个瞬间里，嘴唇难以言喻地疼痛不堪，冰凉的手指贴在他脖子下面温暖的皮肤上。我想挣脱开，他反而更是按住。

那个留在记忆里优雅而沉静的少年许弋呵，此刻蜕变成这样一个执拗自私的男子。这是我的第一个吻，在陌生城市夜晚无人的滴雨的屋檐下，终于献给我亲爱的许弋。我流着眼泪完成它，心里那么疼那么疼。

很久以后我看到一本杂志，上面说接吻时会把女人的手放在胸前的男人，才是真正爱她。

那时我已经同许弋在一起，我们一起坐在公园的椅子上，我看到这句话的时候独自笑起来，他从椅子的另一头坐过来，环住我说："你看到什么好玩的了？"

"没有。"

"有。"

"说了没有就是没有。"

"就是有！"他用手捏着我的两颊左右晃动，接着严肃地说："你越来越胖了。耳朵猪。"

"你才是猪。"

"耳朵猪，猪耳朵。"他为他的顺口溜洋洋得意，笑得肩膀一直抖个不停。

说时迟那时快，我以迅雷不及掩耳之势在他的肩膀上狠狠扒拉了一口。

"啊——"许弋同志仰天长啸起来。

"此猪待宰。"我抽风般地回敬。继而笑嘻嘻地翻了个白眼，继续看我的书去了。

就这样，我终于成了许弋的女朋友。

这好像是一件预谋已久的事情，等到成功的那一天，我却有种莫名其妙的不安。而且随着时日的增长，这种不安开始越来越强大，有时候稍不小心，就会将整个自己完全淹没。有一天，许弋在电话里对我说："李珥，在这个世界上，也许你不算最美的女孩子，但你一定是最美好的女孩子。"

我把手机从右耳换到左耳。低声请求他:“请你再说一遍好吗?”

他也许说了,可是我没有听见。

我的左耳还是这样,在最最关键的时候失聪。不过我没有告诉许弋这一点,就像我其实也不很了解他一样,我知道我们都是受过伤的孩子,敏感,脆弱而且多疑。我唯一的希望是,我和他的爱情能够朝着我想象的方向发展,它完全不必大起大落,跌宕起伏,平安就好。

许弋在我的建议下,辞去了酒吧的工作,断了和那些乱七八糟的人的交往,在课余时间专心替一家电脑公司做事,这让我多多少少有些成就感。

不是很忙的时候,我们约会。我们的约会和其他大学生是完全不同的,有时候是在电脑公司配给他的一间小小的机房,他埋头弄他的电脑,我埋头看我的书。有时候是在麦当劳,我们面对面各自吃完自己的汉堡和薯条,有时候是在大街上,在上海一些古旧的弄堂里,他牵着我的手散步。我喜欢被他牵着,因为他每每握我的手,都是紧紧的,不肯放松的样子。这让我心安。我跟琳说起这个,她笑我:“亲爱的孩子,这说明你缺乏安全感。”

也许真的是吧。我的安全感其实来自于我自己,我内心深处有根危险的弦,我深知它不能碰,碰了后果不堪设想。

于是我僵持着自己,学会现世安稳。

不过许弋也不是没有给我带来过麻烦,他的生活来源全靠自己,所以他总是缺钱花,也许是从小养成了大手大脚的习惯,他有了钱的时候从不去考虑没钱的时候该怎么办,比如冬天来临的时候他给我买了一件一千多块的红色大衣,漂亮是很漂亮,可是我心疼了很久,他满不在乎地说："放心吧，我正在开发一个新的软件，很快就很有钱了。"结果，他的开发没有成功，钱并没有挣来，相反，因为添置电脑设备，他又陷入了经济的恐慌。我不断地借钱给他，于是我的钱也不够用，只好不断地求琳给我找新的活干。琳有时候生气了，说以后再也不管我，但她说归这么说，却总还是想方设法地帮我。

还有一次，我在上课的时候接到一个陌生的电话，是一个女孩，她说许弋给我带了东西，让我去校门口拿一下，好在那天是上大课，我正好也坐在教室的门边，于是我偷偷地溜了出去。我在走到校门口之前一直在揣测许弋会给我带来什么样的惊喜，从某种程度上来讲，我对这类惊喜的恐惧远远超过了盼望。

事实也的确如此，我那天盼来的"惊喜"是这样的，一个打扮时尚的女生冒到我面前来问我是不是李珥，我说我是，她扑上来，笑嘻嘻地用力地扇了我一耳光，然后跳上出租车扬长而去。

我捂住脸，在地上慢慢地蹲下来。大约两分钟后，我站起身来回到了宿舍。

吃午饭的时候我在食堂里遇到琳，她吃惊地问我："你的脸怎么了，怎么肿了？

"没事。"我尽量平静地答。

"不对。"琳坚持说，"你肯定有事，你的眼睛也是肿的。"

"真的没事。"我说。

我不想把被人扇耳光的事告诉任何人，包括琳，包括许弋。但琳终究还是知道了，这件事被目击者传得面目全非，对我非常的不利。琳瞒着我给许弋打了电话，狠狠地骂了他一顿。这一切我都不知道。

周末的时候许弋让我去他们学校找他。他在校门口接我，一见我就揽我入怀。我的脸微红了，他爱怜地摸摸我的脸说："怎么样，这些天好不好？"

我说："挺好啊。"

他笑，带着我一起走过他们校园那条宽阔的大路。经过的女生们都用不同的眼光在看着我们，这也是我不喜欢来他们学校的最主要的原因，在这个不大的大学校园里，英俊的许弋和在天中时一模一样，无论何时，都是一个让人关注的焦点和不会疲倦的话题。

就像琳说的："你那个破小孩身上，有种要命的贵族气息。"

她总唤他破小孩，并且不太看好我们的爱情。

不过这没有什么。我理解琳。琳自己的爱情也毫无进展，我知道她一定深深地喜欢着一个男生，可是那个男生并不喜欢她。那个胖男生还在坚持不懈地追求着琳，不过琳也一直毫不所动，真是世事两难全呵。

许弋带我来到他们学校最大的操场，操场上有些男生正在打篮球，一些女生在旁边呐喊，他拉着我一直往前走，走到那堆叫喊着的女生的面前，指着其中的一个问我："那天，是不是她打了你？"

我看着那个女生，她已经换了一套衣服，但她的样子我不会忘记。

我摇了摇头，拉着许弋说："我们走吧。"

许弋平静地说："我再问你一次，是不是她打了你？"

我还是没作声，那个女生却跳了起来："就是我，就是我打了你的心肝宝贝，那又怎么样，你打回我啊，打啊！"

许弋一巴掌就挥到了那个女生的脸上。打完了他还不够，还要扑上去打。

“不要，不要打！”我尖叫着，拼命地拉住了他。

许弋动手打女生的事让他在校园里的人气指数急速下降，不过他并不在乎，他把我搂在怀里说：“李珥，这一辈子，我不会欺负你，谁要敢欺负你，我也绝对不让！”

我问他：“为什么对我这么好？”

“因为你对我好。”他轻轻咬着我的指尖说，“我知道，你是这个世界上唯一真心对我好而且不求回报的女孩子。”

我把头抬起来看他，我以为他会吻我，但他没有，他看了我好长时间，最终艰难地转过了头去。我知道我们之间都有一些莫名的障碍，不过这没有什么，只要他有耐心，我更有的是耐心。

春节到来的时候，我计划着和许弋一起回家，我想了很久，用了尽量不刺激他的言辞提出我的要求，但是如我所料，他很坚决地拒绝了我，并且希望我能留在上海陪他过年。可是这对我而言是一件不太可能的事情，爸爸妈妈早就做好了迎接我的准备，还有尤他，如果我不回家，就算找到再合理的理由，我相信他们也会一起冲到上海来。我跟许弋说对不起。他若无其事地摇摇头说：“没关系，你应该回去的，你有你的家。”

“许弋。”我抱歉地说，“我很快回来。”

“没事。”他说，“你回家玩开心点。”

我走的那一天上海非常非常的冷，许弋送我到车站，他用他的大衣裹住我，这在我和他之间算是非常亲昵的举动，那天，他一直送我到月台，我从他的大衣里钻出来，跳上车，转过身看他的时候，我忽然有一种想哭的冲动，春节就要来了，万家团圆的日子，他是那样孤零零，那样落寞。于是我又拖着我沉重的行李跳下车来。

“你干什么？”他问我。

“我不想走了。”我说。

“傻丫头！”他一把把我揽进怀里，拉起他的大衣盖住我们的头，忘情地吻了我。火车的汽笛声响起，他反应过来，忽然放开我，然后替我拎起行李，粗暴地把我往车上推。

“回去！”他说。

“我不！”我说，“我要留下来陪你。”

“回去！回去！”他不顾我的请求，硬是把我推上了车，然后，他转身大踏步地跑离了月台。

火车开动了，我当着列车员的面，眼泪流了下来。见惯了离别的列车员毫无同情心地推我一把说：“快到里面去，不要挡着这里！”

就这样，因着对许弋的惦念，我过了平生中最心不在焉的一个春节。就连尤他让我去广场放烟花，我也毫无兴致。仿佛我自己的欢乐是对许弋的嘲讽对爱情的背叛。尤他终于问我：“你到底怎么了？”

“我恋爱了。”我对他说。

“是吗？”

“和许弋。”我说。

我以为他会暴跳如雷，但我以为错了，尤他只是轻轻地噢了一声。

我无从去关心他的喜怒，更重要的是，许弋在发来一个新年祝福后就彻底地关掉了手机，我知道他的意思，他是要我毫无挂念。天知道，面对这一切，我是多么的无能为力。

初二的那天早上，我去了吧啦的墓地。

她的墓前青草依依，一束新鲜的黄玫瑰放在那里，上面还有美丽的露珠。我俯下身抚摸那花瓣，一种熟悉的气息扑面而来，吓得我落荒而逃，一个人影挡住了我的去路。

"小耳朵。"他说，"你要去哪里呢？"

"哎！"我好不容易让自己镇定下来："新年好啊，张漾。"

他笑笑地看着我："你好像长高了。"

"怎么会。"我说，"十六岁后我就再也没有长过个儿啦。"

他伸出手，在我的头顶上轻轻拍了一下说："新年快乐！"

"你回家过年啊？"我真是废话连篇。

"是啊。"他说，"回家过年。"他也废话连篇。

"我们很快就要开学了。"我继续废话连篇。

"我们也是。"他摸摸后脑勺，配合着我。

"你还在这里干嘛呢？"我问他。

他指指前面："我等我爸爸，他去前面了。"

"噢。"我说，"再见。"

"再见。"

我往前走了几步，想再回头，可是我知道自己无论如何也不能回头。却听到他在后面喊："小耳朵。"

我停下我的步子。

他说"你要是哪天换了信箱或是电话号码，记得一定要通知我。"

我回身，努力挤出一个微笑对他说："好的呀，我一定会的。"

他举起手再次跟我说再见。我也朝着他微笑挥手。不知道为什么，

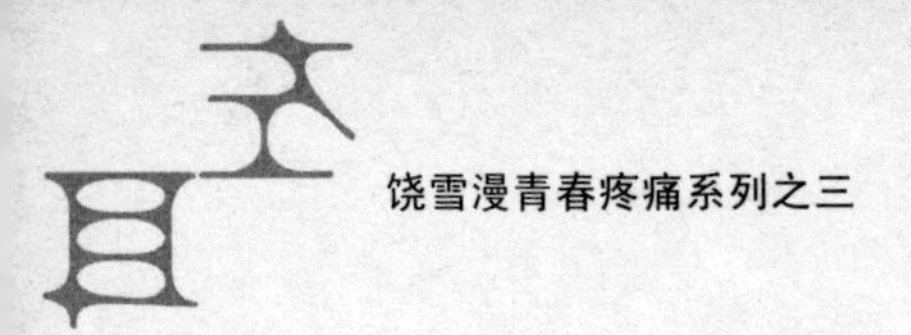

那一刻我忽然没有道理地想起了梁家辉，我一面快步下山一面做着一个极富哲理的思索，一个人在戏里戏外肯定是不一样的，这一点不可怕，最可怕的是，你分不清楚自己到底是在戏里，还是戏外。

8

我在开学的前五天回到了上海。

我没有告诉许弋，一是他的手机一直关机，二是我也想给他一个惊喜。

是爸爸到车站送的我，他有些不高兴地说："妈妈希望你多呆两天，你却非要回去，家教真有那么重要吗，再说了，家里又不指望你赚那点儿钱。"

我低下头撒谎："可是我要对别人负责的嘛。"

爸爸无奈地拍拍我的背："算了，等我和你妈有空，去上海看你，你别到时候没空接见我们两个老年人就行。"

"哪能呢？"我微笑着说。说完，我转身轻快地跳上车，我的心早已经比我早回到了上海，我只希望火车能快些，再快一些，好让我和我的心早日团聚。

爸爸妈妈，请你们原谅。

我回到上海是下午三点多钟，没顾得上去学校放行李就拎着我的大包去了许弋他们学校，因为还没有开学，他们学校也显得冷清。许弋并不在宿舍。我的心里开始有一种说不出的惊慌，仿佛茫茫人海，我就这样失去了他。于是我又去了他打工的那家电脑公司。这时已经到了下班时间，公司的门紧闭着，不过门并没有上锁，我轻轻一推，门开了。因为长时间的奔波，我已经很累，快要拎不动我手里的大包，于是我把大包放到地上，独自穿过窄窄的走道往前走，我知道许弋经常呆的那个小机房，就在这条走道的最顶端。

我走近那里的时候，好像听到了一种声音。

我犹豫着停了一下脚步，然后身不由己地往前走。

我在门边站了一下，把手抬起来扣门。里面传出了许弋的声音："哪位？"

我没有作声。

他很快拉开了门。看到我的那一刹那，他很是慌乱。连忙问我："你怎么会回来了你怎么会回来了？"并试图用身子挡住我的视线。我的眼光望向里面，看到有个身影坐在暗处，红色的长裤，长长的海藻似的长发，我看不清楚她的脸。

我止也止不住的恶心。

"李珥！"许弋抓住我的手说，"你不要乱想。"

我愤然地推开他。

在我转身离开的时候，身后传来那个女生得意的哈哈大笑的声音。那声音刺穿我的耳膜，又像一把刀一样直接插入我的心脏。

GAME OVER。

门在我的身后"砰"地一声关上了，许弋并没有追上来。

那学期，我把自己搞得比上一个学期还要忙碌，琳有时候被我逼急了，就摇着我问："是不是破小孩又出什么事了，要你给他填空，你说！"

她并不知道我和许弋已经分手。也不知道我其实钱够花，事实上是，离开许弋后，我的钱包开始越来越鼓，我并不是一个擅长花钱的人。存折上不断增加的数字对我而言很漠然，于是我用它们去旅行。

五一长假，我独自去了云南的丽江，我站在四方街听着驼铃声看着丽江高而远的天空的时候，感觉自己浑身轻松，像褪掉了一层皮，成长如昨，此李珥和彼李珥已经完全不同。

我愿意相信成长是一件好事。

爱情沉入深深的海底，我曾经以为自己会坚守一生的爱情最终成为一个我自己都不愿意面对的可笑的伤口，许弋消失，不再进入我的生活。虽然我们还在一个城市，但再没有丁点儿的音讯。

或许他早已经忘了我，我也正在努力地忘掉他，这样也好。

我换了我的手机号码，除了家人和尤他，没有人知道我的新手机号。尤他并不知道我失恋的事，因为他偶有短消息来，还会问候到许弋。我也几乎不再上网，报上的新闻说，博客开始流行，好多的明星都有了自己的博客，我的博客却荒芜了。

我坐在丽江古城水边的一个小店吃着一个玉米棒的时候忽然看到了一个熟悉的身影，他戴着鸭舌帽，背着一个大包，也是独自一个人。我把头迅速地埋在桌子上，心跳个不停。

他并没有看见我。

而且，我也不能确定就一定是他。

一切都只是梦而已。而我早已习惯接受梦境的虚无和残忍。

我回到那间小小的客栈，躺在床上休息的时候，有人敲门，我打开门来，惊讶地发现是他。真的是他，原来我真的没有看错。

"小耳朵。"他说，"果然是你。"

我颤声问："你怎么找到我？"

"我看到你，所以一路跟踪你。"他说。

我微笑，让他进来。小小的房间，他高高的个子，好像还要微驼着背才行。我请他坐下，给他喝我买的可乐。他摇摇手，问我说："一个人？”

我点点头。

“不让男朋友陪你吗？”他说。

我摇摇头。

他笑：“这里挺好，明天我们一起去爬雪山好不好？”

“好啊好啊。”这回我终于点头。

他看着我挂在胸前的手机，责备我说：“你说话不算数。”

我有些不明白：“怎么了？”

他说：“你答应过了，要是换手机号告诉我的。”

“哎。”我说，“你不是从来都不打电话给我。”

“我打过。”他说，“这学期开学起我就打，谁知道你已经换掉了。”

我不敢和他对视。

“我住的客栈离这里不远，不过今晚我住这家来。”张漾说，“就住你隔壁，我问过了，还有房间。”

“好。”我点头。

夜的丽江下起了微雨，人影灯影流动，美得不可言语。张漾就坐在我的身边，替我打着伞，我们的样子，就像一对情侣。也许是被那晚的雨水，灯光，湖畔传来的高一声低一声的歌声扰乱了心，我和张漾都多喝了一点点，雨终于停了，月亮游了出来，张漾忽然把手放到我的肩上，他温柔地说：“小耳朵，你转过头来看着我。”

我转过头，让他看我微红的脸。

“我问你一个问题。”张漾说，“你是不是有一点儿喜欢我呢？”

我咧开嘴笑了。

“不许笑。”张漾说，“你老实回答我。”

我指指我的左耳，张张嘴，示意他我听不见。

他忽然凑近了我的右耳，对着我大声说：“小耳朵，你是不是有点喜欢我呢？”

我的头脑里一片空白。

我到底还是没有回答他的问题，不过他也没有逼我回答。我们一起走回客栈的时候他替我买了一个漂亮的披肩，我把它披在肩上，跟在他身后默默地走。就在这时候他的电话响了，他停下来接，我继续往前走，我听见他对着电话在吼：“我叫你不要打来，你再打来也没有用的！”

……

我越走越远，后面的话我再也听不见。

等我回到客栈收拾我的东西，铺好床准备睡觉的时候，张漾来敲门了，他背上了他的背包，语气沉重地对我说：“对不起，小耳朵，你恐怕得自己玩了，我接到电话，爸爸病了，我要赶回去。”

我担心地问：“这么晚，怎么走呢？”

“我有办法。”他摸摸我的头发说，“乖，照顾好自己，不要不开心。”

说完，他走了。

我把门关上，又不争气地哭了。

那天晚上，因为担心张漾，我一夜没睡着。第二天一早，我打电话想问问他在哪里，有没有想办法回到家，爸爸的身体到底如何了，可是一直都没有人接电话，后来就干脆关机了。晚上的时候，我不放心，再打，是一个女生接的，她问我我是谁，我说我是张漾的朋友。

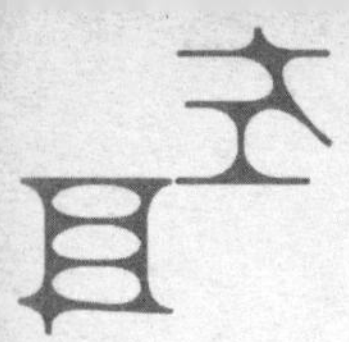

她说："你是李珥吧？"

我说："是。"

"我是蒋皎，张漾的女朋友。"她说，"我知道你是尤他的小表妹，我们见过的。"

"噢。"我说。

"前些天他跟我吵架，所以跑去了丽江，不过现在没事了。"蒋皎说，"他很累，在睡觉，我就不方便喊醒他了，你有空来北京玩啊。"

"好的呀。"我声音轻快地说。

9

回到上海，我到火车站附近的一家小店，又换了我的电话卡。

其实我也不用怕什么，但其实，我也怕着什么。所以，换了也好。

这世界哪有什么真正的爱情呢，还是那一句话，现世安稳，才是最好。

我推开宿舍门的时候发现宿舍里的人都用奇怪的眼神看着我，我摸摸我自己的脸说："我怎么了？"

"你……不是在丽江出事了吗？"

"我……出事？"

她们你看看我，我看看你，让我去问琳。

我飞奔到图书馆，琳站在借书台里面正在借书给别人，看到我的出现，她从借书台里冲出来，抱住我上上下下地看："你没事吧，没事吧，李珥？你把我吓死了。"

"怎么了？"我说。

"许弋说你在丽江出了车祸，病危。难道不是真的？"

我的脑子轰轰作响。好半天我才问出来："你借了他多少钱？"

"七千块。"琳说，"我全部的积蓄。"

我抱住琳，全身发抖。

我决定去找许弋。我要跟他说个清楚。我又坐了很长时间的地铁，走了很长时间的路去了他们学校。我一路上都在想，等我见到他，我应该如何跟他说，面对自己深深爱过的人，责备的话要如何才能说出口，但我实在是一点儿头绪也没有。我在他们校门口看到许弋，他站在那里等我，初夏的风轻轻地吹着，吹动他额前的头发，他的样子让

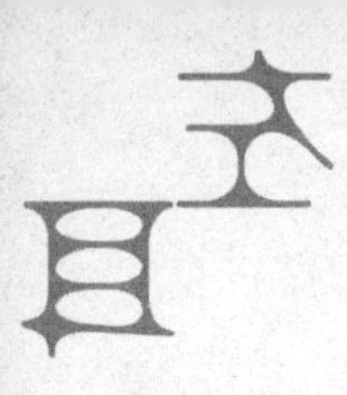

我心碎。

他看到我，并没有主动走近。我如做梦一般地走近他，他伸出手来抱我。我把他推开，他继续来抱，我高声让他滚，他抱住我，眼泪流下来，他说："李珥你别这样，我知道我对不起你，我真的很痛苦。"

"你到底怎么了？"我问他，"到底为什么要这样？"

"我爸爸出狱了。他说他是被别人冤枉的。他整天缠着我，我真的很烦啊，你知道不知道，李珥，我想你，你不要离开我。我天天都在想你。"

我的心在瞬间又软了，像长时间出炉的棉花糖，在空气里萎缩，然后消失。

"他出来后没工作，我很累，真的很累。"许弋抱住我不放，"李珥，我知道就你对我最好，我现在终于明白。"

我轻轻推开他："别这样，这是在学校门口，我们找个地方慢慢说好吗？"

"好的。"他的眼睛里放出光来。

我和他去了学校附近的那个公园，我们曾在那里一起看过书嬉笑过的石头长椅，只是过去我坚守的感觉早已不复存在，并且我知道，它们永远不会再重来。

"为什么要骗琳？"我单刀直入地问他。

"还不是因为我爸爸。"他说，"他到上海来找我，他想留在上海工作，他的那些老朋友都不理他，他一无所获，后来，被车撞了，小腿骨折，住在医院里，需要一大笔钱，我筹不到，我没办法……"

"够了！"我根本就不相信他所说的，我打断他，"你编的故事可

以演电视剧了。许弋，你知道我最不能忍受的是什么吗，就是谎言！谎言！”

他的脸色苍白着：“难道我在你的心里，就是这样的一个人吗？”

我咬咬牙说：“是的。”

他忽然笑了一下说：“那样也好，你也不会痛苦了。”

我继续咬咬牙说：“是的，我不会。”

说完，我头也不回地离开了公园。

接下来的日子，我注定依然忙碌。除了应付学业之外，就是赚钱，赚钱。我甚至到一家报社去替人家做兼职的记者，拿五十块一千字的稿费，只要有钱，我都不拒绝。

我要早点把琳的钱还掉。

至于许弋，我弄不明白到底是我欠他还是他欠我，我们之间，也许永远都还不清，换个角度来说，也永远都两不相欠了。

日子就这样一天一天地过去。

那个暑假我也没有回家。琳陪着我，我们整天都不知道在忙些什么，但是也真的非常的忙，有一天，我回到宿舍里，发现宿舍的门上贴了一张纸条，上面写着“小耳朵，是我，我到上海了，回来电我。”

下面是他的电话号码。

我把那个号码捏在手里，睡了一个晚上。

我终究还是没有电他。

我在心里揣测着他的失望，偷偷地哭了。

琳开始在一家报社实习，每天回来跟我说很多稀奇古怪的事情。有一天我正在替我的学生讲解一首古诗的时候她在人潮拥挤的街头给我打电话，她的周围很吵，我听不清她说什么，我说："琳，你可不可以大声一点呢？"

"我已经很大声了。"琳说，"你猜我看见了谁？"

"汤姆·克鲁斯？"

琳咯咯地笑起来："是你们家许帅。"

我半天不吱声，他早就不是我家的许帅了。

"不过我没叫他，上次的事情总是有些尴尬啦。"琳说，"我只是想告诉你，你可能误会他了，他应该没撒谎，我看到他扶着一个人进了医院里面，那个人的腿还没有完全康复，应该是他的爸爸。因为他们长得好像啊……"

我的耳朵又失灵了，我又听不清琳在说些什么了。

琳看到许弋的当天晚上，我又去了许弋的学校。

他不在学校。

我去女生宿舍找到那个短头发的女生。请求她告诉我许弋在哪里，她问我："你确定要找许帅吗？"

我说："是的。"

她说："那么好吧，我带你去。"

我和她一起走出校门。走到附近的居民小区，很深很深的弄堂，很旧很旧的房子，一直走到最里面，我的脚都走疼的时候，短发女生指着前面的一扇门对我说："去吧，他应该在里面的。"然后她转身走了。

暗红色的门，门框和锁都显得很旧，我敲门，是许弋来开的。他看着我，眼神诧异。然后他没有理我，径自转身进了厨房，去灌开水。

一个中年男人坐在方桌旁，前面放着一个茶杯。很礼貌地冲我微笑。他的脚放在桌下，我看不见。但我已经毫不怀疑。

我跟到厨房，许弋背对着我，正在往水瓶里加水。

“许弋。”我喊他，嗓子却发不出任何的声音。

“你走吧。”许弋把水瓶拎起来放到灶台上说，“这里不是你来的地方。”

我走到他身后，轻轻地环住了他。把脸贴到他的背上，我感觉他明显地颤抖了一下，但他很快转过身子来，推开了我。

八月的天，因为他的冷漠，我感觉冷得不可开交。

“你走吧。”他说，“你不要再来，你的钱，我会尽快还给你。”

“许弋，”我终于能发声，“你听我说。不是这样的……”

“不用说了。”他说，“李珥，我想过了，我们不适合，你看我现在的样子，我根本就不能谈什么恋爱。我很累，你让我轻松一些好吗”

“你真的很累吗？”我说，“和我在一起？”

“是的。”他毅然决然地说，“你让我不能忘掉过去。”

“许弋，”我说，“你公平一点。”

许弋冷笑着说：“那谁对我公平呢？算了吧，不要跟我说这些，你走了，是最好。”说完，他转过身去，都不愿意再看我一眼。

我绝望地转身就走。身后传来他爸爸的声音：“许弋，不留同学在这里吃点夜宵吗？”

“不用了。”许弋说。

我快步走出了他家的门，没有回头，甚至很没礼貌地没有跟他爸爸说再见。我在大街上走了很久很久，最后一班地铁已经没有了，我像是一个迷路的孩子，找不到回家的路，我跑到那个曾经和许弋一起

去过的小公园，那个石头的长椅还在那里，在黑夜里发着暗暗的沉默的微光，像是一百年，一千年都不会改变。

可是我们的青春，已经变了味道。

失去，不再重来。

对不起，吧啦。对不起，许弋。对不起，张漾。

只是那么那么多的对不起，我该说给谁去听呢？

10

日子就这样一天一天地过去。

平安夜，琳拉着我去参加一个PARTY，在一个看上去很高档的酒吧，来的都是一些看上去有身份的人，琳就是这样，总是有本事交到各式各样的朋友。和许弋分手后，我已经很长时间不去酒吧了，琳忙于交际的时候，我坐在那里默默地喝酒，是红酒，不知不觉就喝多了，酒吧里忽然乱起来，我不知道发生了什么事。琳跑过来，一把夺下我手里的酒杯，兴奋地说："喂，你有没有看见蒋雅希？她刚才走过去了，进了VIP室！"

"哪个蒋雅希？"我茫然。

"你不会吧，连蒋雅希都不知道！"琳责备我说，"你喝多了，哎呀，你怎么可以喝这么多酒呢？"

"有烟吗？"我问琳。

她看着我，不相信地说："你抽烟？"

我点点头。

琳不知道从哪里要来了烟，并替我点上。我试图在她的面前表演吐烟圈，但每一次都不成功。于是我只好看着她傻乐。

琳说："李珥，你知道我为什么喜欢和你在一起吗？"

我看着她。

她说："你真是一个谜一样儿的女孩。"

我的心酸楚地痛起来，为着这句似曾相识的话。好像是很多年前，有人曾经对我说过这样的话，但无论我如何努力，我都再也想不起来那个人的样子，我们隔了茫茫两地的距离，我丢了他的手机号码，所

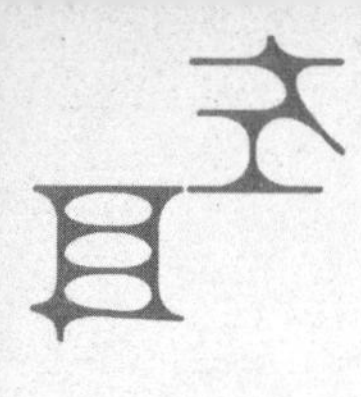

有的一切只留一个模糊的轮廓，一个跨了千山万水的少年时代，从此再难相遇。我夹着烟站起来，脚步踉跄地走到酒吧的外面，看样子，天要下雪了，天上一颗星星也没有，寒冷的风刺骨地穿过，让我感觉清醒了一些。琳从来后面上来扶住我，我丢掉烟头。转身抱住她，哭了。

第二天，我没有去上学，我在宿舍里躺了一天。晚上是圣诞节，体育中心有演出，琳不知道从哪里低价批来一大堆荧光棒之类的东西，硬要拉着我一起去卖。迟疑了一天的雪终于下了下来，而且一下，就是漫天漫地。我捏着一大堆彩色的棒子站在体育场的门口，看到巨大的海报上有一张非常熟悉的面孔，穿一身红色的衣服，笑得很灿烂，旁边写着她的名字：蒋雅希。

蒋雅希？

琳在我身边大声地叫卖："荧光棒，支持你的偶像。望远镜，看清你的偶像！荧光棒，支持你的偶像。望远镜，看清你的偶像！荧光棒，支持你的偶像。望远镜，看清你的偶像！"见我看着海报发呆，她拉我一下说："怎么了，李珥？"

我指指海报说："我想我认得她。"

"你说蒋雅希？"琳说，"不会吧，昨晚她去了酒吧，你不是还说不知道她的吗？"

我说："我想她是我的校友。"

"不会吧。"琳说，"她最近很红的，刚出的专辑卖得很好，听说她是在香港长大的，怎么会是你的校友？"

我转过头再去看海报，研究海报上那张化了妆的精致的脸。只是雪越下越大，挡住了我的视线。琳把两只手里的东西兴奋地拎起来，那些彩色的玩艺儿在雪地里闪着诱人的光芒，琳的心情不错，晃着它们说：“瞧我，业绩不错哦。你要赶快加油！这个圣诞节真是有气氛，李珥，等下我们溜进去看演出哦。”

“我们没票啊。”我说。

琳眨眨眼：“相信我，我有办法的。”

琳果然有通天的本领，她打了一个电话，跟人乱扯了一通，在演唱会开始一刻钟以后，一个矮个子男人从里面走出来，把我们顺利地接进了体育场，还是内场。

我一进去就看到了她，她正在台上热歌劲舞，台下的歌迷挥动着手里的荧光棒，尖叫声此起彼伏。

凭心而论，她唱得真的不错。

一曲歌罢，现场安静下来。她微笑着说：“下面，为大家唱一首你们喜欢的歌，也是我的成名曲，和刚才那首不同，这是一首很安静很伤感的歌……”

她没说完，台下的人已经在齐声大喊：“《十八岁的那颗流星》！”

“对。”她说，“《十八岁的那颗流星》，送给大家，希望大家喜欢，在这个飘雪的圣诞节，雅希祝愿每个人都能拥有甜蜜的爱情。”

她叫自己雅希。

台下，她的歌迷团举着印有她照片的牌子，又开始在大声呼喊：“雅希雅希，我们爱你，雅希雅希，永远第一！”

她灿烂地笑了。灯光照着她年轻的脸，她真美得让人眩目。琳握了一下我的手，把我往舞台前方拉：“我们上去看清楚了，看看到底是不是你的校友！要真是的话，弄个签名来哦！”我身不由己地跟着她往前走，台上的灯忽然暗了，无数的流星在舞台的背景板上闪烁，她坐到台阶上，开始轻唱：

十八岁的那一年

我见过一颗流星

它悄悄对我说

在感情的世界没有永远

我心爱的男孩

他就陪在我身边

轻轻吻着我的脸

说爱我永远不会变

……

我该如何告诉你啊

我的爱人

我没有忘记

我一直记得

十八岁的那颗流星

它吻过我的脸

在琳的带领下，我已经不知不觉走到了离舞台最近的地方。我想我看得真切，我想我绝不会看错，那个在舞台上唱歌的女生，她的确是我的校友，张漾的女朋友，她叫蒋皎。她因为家里巨有钱而在学校著名，我想，每一个天中的学生都会知道她。

体育场里温度很高。琳早就脱掉了她的大衣，我却把大衣裹得更紧了，我埋下头，对琳说我不舒服，我要先回去了。琳摸了一下我的额头，她说："天啦，李珥，你不会又是在发烧吧？"

我强撑着微笑："怎么会？我只是昨晚睡得太晚，撑不住了。你在这里慢慢看，用不着管我。"

琳不放心地说："没事吧，可是呢，我也不能陪你回去，我待会儿还得去把那些没卖完的货给退掉。"

"没事。"我说，"我可以自己走。"

离开体育场的时候，我再次回头看了一下舞台上的蒋皎，哦，不，应该是蒋雅希。她穿紫色的长裙，微卷的长发，像个高贵的公主。可我不敢去看台下为她呐喊的人群，我怕会看到谁谁谁，有些往事，已经完全不必再提起。就在这时，我看到一个人冲到台上去献花，他抱住了蒋皎，在歌迷的尖叫声里，轻轻地吻了她的脸。

琳转身回头找我，我赶紧逃跑。

献花的那个人，是许弋。

琳从后面追上来，手里拎着一大堆乱七八糟的东西，她喘着气说："李珥，我命令你，你不许介意，你不许伤心，你知道不知道。"

我冲着她笑了。那首歌的歌词写得真好：眼睛望不到，流水滴不穿，过去过不去，明天不会远。

可是我的过去，是一定要过去的。

我要统统忘掉。

必须，忘掉。

11

那个春节，我回到了家里。

尤他来车站接的我，他穿着一件黄色的大衣，看上去像只可爱的狗熊，替我把笨重的行李接过去，然后他说："你怎么又瘦了？"

"不想胖呗。"我没好气地说。

"许弋呢？"他往我身后看，"怎么没跟你一起回来？听说他爸爸出狱了，恢复官职了呢。"

"我们分手了。"我说。

"是吗？"他不相信的样子。

"一年前就分手了。"我说。

他的表情怪怪的。我跟着他走出车站的广场，他拦了一辆出租车，我坐上车，他像报新闻一样地对我说："对了，我们学校那个蒋皎，就是跟张漾很好的那个女生，现在当歌星了，而且还好红的，你知道不知道？"

"知道。"我说。

尤他抓抓头："世事真是难料啊，我在电视上看到她，又唱又跳的，一口港台腔，吓好大一跳呢。"

我把头扭过去看窗外。

尤他闭了嘴。

我们回到家里，发现姨妈他们都在。门一开，妈妈爸爸都冲上来抱我，弄得我不知道该抱哪一个好。我把外面的大衣脱掉，妈妈的眼眶立刻就红了，她当着众人的面哽咽着说："你怎么这么瘦，在学校是不是吃得不好？"

“我就是吃什么也不胖嘛。”我连忙解释。

“暑假也不回家，整天打工打工！”爸爸也责备我说，“你看你，一个女孩子家家，还没有尤他恋家！”

“就是。”姨妈也跟着起哄，“最起码以后电话多往家里打打，你爸你妈又不是付不起电话费！”

尤他在一旁兴灾乐祸地笑。眼看长枪短炮都冲着我来，我赶紧转移话题：“我饿了，有吃的吗？在火车上啥也没吃。”

那晚我吃得非常多，一向很能吃的尤他却吃得相当少，我恨他用那种忧心忡忡的眼光来看我，简直恨到了极点，所以吃完饭，跟姨妈她们寒暄了一小会儿，我就借口累，回到了自己的房间。没过多一会儿，妈妈过来敲门，对我说：“我们和你爸爸出去散散步，顺便送送你姨妈姨父。”

“好的。”我说，“早点回来啊。”

“你要是累，就洗了澡，早点休息吧。”

“好的。”我说。

我在门缝里看到尤他，他已经穿上了他那件难看的黄色大衣，背对着我在换鞋。我大声喊过去：“尤他，买好烟花啊，过年的时候咱们去广场放。”

他好像只是在鼻子里含糊地嗯了一声算做应答，然后就和他们一起走掉了。

他们都走了，屋子里安静下来。我坐到客厅的沙发上看着四周，这套三居室的房子代表着我的整个少年时代，我记得我们搬进来的时候是我十四岁生日的那一天，全家都高兴坏了，我穿着我的白色小裙子趴在我小屋的窗台上，感觉自己开始拥有一个全新的世界，得意洋洋心满意足。

那样的日子，已经一去不复返了。那时单纯的自己，也只是记忆里一个青青的印痕。就在我努力想把自己从这种可耻的沉思中拔出来的时候，门铃响了。我起身去开门，门外站着的人是尤他。

这是我料想到的。

“刚才换鞋的时候，我的手机忘在鞋柜上了。”他说。

我沉默地让他进来。

他把手机拿到手里，盯着我说：“李珥，你和以前完全不一样了，你知道吗？”

“是吗？”我说，“也许吧。”

“我不喜欢看到你这样。”他强调。

“没有谁逼着你看的。”我也盯着他，心平气和地说，“你这么愤怒完全没有必要。”

他把手里的手机“啪”地一下重新拍回到鞋柜上，冲着我大喊：“你看看你现在的样子，不就是失恋吗，就算许弋欠了你的，还有谁欠了你的呢？你爸爸吗，你妈妈吗，还是我们这些让你总是讨厌总是觉得多余的人？！李珥，我告诉你，如果你觉得痛苦只是你一个人的事，如果你觉得折磨你自己只与你自己有关，那你就错了，你就大错特错了！”

尤他朝我喊完，把门拉开，毅然离去。

他的手机在鞋柜上闪烁。他又忘了把它带走。我走过去，把手机拿过来，打开来，我在他手机的屏保上看到一张如花的笑脸。那是从一张照片上翻拍下来的。那是十四岁的我。那是尤他记忆里的我。那是不懂世事不解风情没有秘密可爱透明的我。

但是现在，一切都不一样了。

尤他，傻孩子，我们都回不去了。

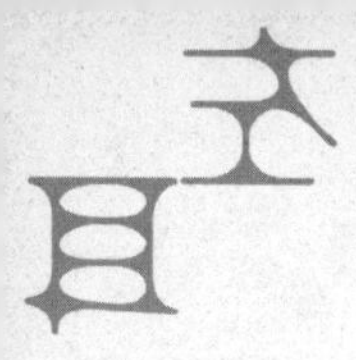

12

就这样，转眼，除夕又到了。

我在电视上看到蒋皎，她又出新歌了，在排行榜的第一名，我很为她高兴。但我的IPOD里只有她的一首歌，那首《十八岁的流星》。我是一个认死理的人，一直是的，虽然我屡屡因此而吃亏，但我只能这样了。

琳从山东给我发来短信，是彩信，她戴了漂亮的新发卡，和那个胖男生脸贴脸照的。琳的脸因为爱情而光彩动人，她说："祝新年找到新的爱情。"

我回她短信，我说："好。"

像琳这样的女生，只要她想通了，就应该拥有她的幸福。我相信那个胖男生会给琳幸福，琳是个多好的女孩，谁也不会舍得让她不幸福，不是吗？

只是我自己不知道要等多久才会有勇气重新开始，但我知道，我一定会重新开始，一切只是时间的问题，我有足够的信心等，等日落，等花开，等那个愿意陪我走一辈子的人陪我走一辈子。

除夕夜，我在广场上找到尤他，他带着一帮不认识的小孩，正在认真地放烟花。我走到他的身边，像一个久违的老朋友一样，微笑着跟他打招呼："嗨。"

"嗨。"他像个孩子一样的笑起来，然后把一个烟花棒递到我手里。

"听姨妈说，你毕业后就要出国了？"

"是有这个打算。"他说。

"谢谢你。"我说。

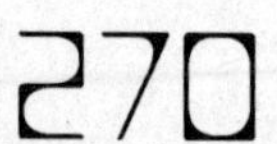

“谢我做什么？”他不明白。

“谢谢你关心我。”我说。

“快别这么讲，你是我妹妹。我能不关心你吗？”

“尤他。”我说，“答应我，不管如何，你都要好好的。”

他看着我说：“我会的。你呢？”

我努力笑着说：“我也会的。”

“状元哥哥，状元哥哥，”一个小男孩过来拉他，“快过来，最大的烟花，等你来点，快哦快哦，我们都快等不及啦。”

我微笑，示意他快去。

尤他问：“李珥你来吗？”

我摇摇头：“我还是站远远地看好啦。”

尤他被小孩子们拉走了。我看着地上，是他买的一大堆的烟花棒，我意念一动，抱起其中的一小捆，朝着郊外走去。

那条路还是一如既往的黑，潮湿。我走得飞快，目的明确，像是去赴一场非赴不可的约会。我感谢我脚下轻便的跑鞋，它让我有像飞一样的错觉。我怀抱着我的烟花，做旧的一年最后一天最后一小时里最最任性的孩子。

我很快到了那里。那个废弃的房子，那个记忆中梦中无数次出现的屋顶，像童话里的堡垒充满诱惑，甚至闪着金光。我把烟花塞进大衣里，熟门熟路地爬上去。

等我在屋顶上站定，我惊讶地发现，前方有一颗红色的忽明忽暗的，像星星一样的东西在闪烁。我打了一个冷战，不过我很快就明白过来，那是烟头！有人在上面抽烟！我吓得往后退了一步，一个熟悉

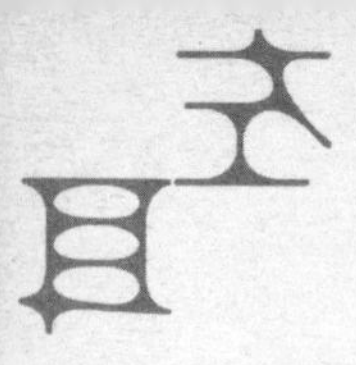

的声音在我的耳边响起："小耳朵，你终于来了。"

然后，那个人站起身来，他迅疾地走到我面前，一把抱住了如被施了魔法一般动也不能动的我。

是张漾！是他！

有一瞬间，我想推开他，但他有力的手臂让我不得动弹，我感觉到他怀里的温度，他的身子紧紧地贴着我的，唇滑到我的左边脸颊，然后辗转到我的左耳。我听见他问："能听见我说话吗？"

我说不出话来，只能点头。

他说："那就好，你知道吗，医学专家证明，甜言蜜语，一定要讲给左耳听。如果你听不见，我就带你去治病，哪怕用一辈子的时间，我也非要治好你不可。"

"张漾……"我喊他。

"不许动。"他说，"乖乖地听我说话。"

我浑身发抖，我预感到他要说什么，我感觉我就要昏过去了，这突如其来的幸福让我无法抗拒也不想抗拒。

然后，我的左耳清楚地听见他说："我爱你，小耳朵。"

"我爱你，小耳朵！"他再次大声地喊，喊完后，他把我高高地举了起来，我怀里的烟花散落一地，在我的尖叫声里，世界变成了一个巨大的游乐场。我看到不远处，烟花已经照亮了整座城市，每颗星星都发出太阳一样神奇的光芒，而我期待已久的幸福，我知道它终于轰然来临。

吧啦，亲爱的，你看见了吗？

(THE END)

吧啦，亲爱的，你看见了吗？

You see, dear Bara?

后续故事敬请关注饶雪漫 2006 年度青春大戏《左耳》终结版。

左耳（李珥的歌）

词/饶雪漫

他们都说

我们的爱情

不会有好的结局

而我一直

没放弃努力

当今年春天

飘起最后一场冰冷的雨

有一些故事

不得不写下最后的痕迹

那些关于我们之间的秘密

就让它藏进心底

再也不用跟别人提起

你要相信

我不会离去我一直在这里

用左耳听见 左耳听见

这消失的爱情

左耳听见 左耳听见

这不朽的传奇

左耳听见 左耳听见

你没有离去

你还在这里 守着 我们的过去

他们都说

左耳听见的，都是甜言蜜语

左耳的爱情遗失在风里

谁会怜惜

当翅膀张开的时候

十一月十八号。

1118，这是个吉利的日子。

我写完了我的《左耳》。这是我写得最长的一本书，好多时候，我停也停不下来，其实写到这里，它也只是一个暂时的停息。虽然我费了好大的劲终于收住了尾，但是我自己知道，我还有很多的故事要说，谁也无法阻止我。

那天晚上我梦到一个巨大的翅膀，纯白色的，在灰暗的天空下斜斜的，以绝对的气势掠过我身旁，那个梦里居然还有音乐，像是我平日里最不懂得欣赏的交响乐，醒来后，它们依然敲击着我的耳膜，一下又一下，让我精神。

这是一个应该在青春期来临的梦，它迟到了整整十八年。

现在，如果你要我回忆，我回忆不起自己究竟是何时开始决定写《左耳》的，这个书名从心里跳出来，也绝对只有短短的一秒钟的时间，我有些疑心自己这个名字会不会好听，或者说不知道它会不会让编辑和读者觉得索然无味，于是我上Google打出了这个词，一秒钟以后，出来了十五万个结果，排在第三条的是一个新闻，新闻的标题是：医学专家证明，甜言蜜语，说给左耳听。

我对自己的书名立刻充满了信心，我想好了，如果有一天，不管谁问我为什么要起这样一个名字，我都可以用这句话来回答他而无需像以往那样费劲心机，这简直太省事了。

很多时候，“爱情”这个词，它真的可以替代一切。

但当然，我不是要写一个爱情故事，这绝对不是我写作的初衷，我要写的是“女生”，这个被我爱到骨子里的特殊群体，我要写“她们”的成长，“她们”的痛苦和欢乐，上帝做证，

附录一

后记

这么多年，我是如此孜孜不倦。

很多的记者都问过我，饶雪漫，这是为什么，为什么你要一直这样写，有时候我也想不通，也许，这都是那个迟到的梦惹来的祸。所以我才会一遍一遍地在文字里，重复着我的十七岁。重复着告诉每一个人，因为爱着，就算痛到极致，我们不会老去。

小耳朵，就是这样的一个女生。

我知道会有很多的人会爱上吧啦，喜欢上吧啦浓烈的色彩和张扬的笑容。但对我而言，小耳朵是更加地贴近我心灵的。她是那样鲜活地活在我的心里，有时候，我会想象她说话的样子，慢慢地，轻声细语地，但带着坚决意味，心一点一点地疼。我对小耳朵，更有一种说不出的敬仰，她自有她的磁场，她在雨中让给吧啦的那把伞，她伸出手替张漾和面的动作，她在酒吧外面蹲着等许弋出现，她抱着尤他送她的手机在火车站广场流泪的样子……都让我愿意相信她是一个天使，她小小的白裙子，就是她小小的翅膀。我们都没有见过天使，而天使应该就是这样吧，纵然伤痕累累，依然奋不顾身且永远笑容甜美。

我的小耳朵，她一定是这样的。我无数次地揣测关于她的结局，无数次地问别人同一个问题：你想小耳朵嫁给谁呢，张漾还是许弋？我得到的答案是一半对一半，于是我一面写一面挣扎，一面写一面犹豫，但其实到最后我才发现，答案是明摆着的。我知道我无法改变我自己，就像吧啦无法改变吧啦，小耳朵无法改变小耳朵一样。我知道我们每一个人，就算是有了足够的理由，也无法说服自己改变在初初来时的路上，就早已经决定了的一个选择。那是命运的安排，最好的方式，就是微笑着接受。

我喜欢在清晨最好的阳光里敲字，手指在键盘上来回，像弹钢琴，我被文字控制，内心响起

后记

音乐。感觉无与伦比的幸福，我深知不是每一个人都能拥有这样的幸福，于是我越来越懂得感恩，懂得用最舒服的语调和别人交谈，懂得付出，其实是一种最美好的获得。当然这也是危险的，因为有时候我会在自己的文字里迷失，找不到来时的路，我极力寻找一双翅膀，希望它可以带我飞越，于是我可以看得更高望得更远。

我忘了，当我展翅飞，也许就停不下来。好像《校服的裙摆》里罗宁子和小三儿的一段对话：

鸟为什么会一直飞？因为它不飞，就有可能死掉。

可是没有人愿意死掉。生命生生不息。我们都要面向太阳，骄傲地活着。像力力麦在MSN上的名字：如鹰一样展翅飞翔。

我喜欢这句话，喜欢骄傲地活着。喜欢所有积极向上的人们。

2005注定是忙碌的，签售，讲座，总是让我摸不着边且极度抓狂的电视剧。常常我都不知道自己究竟要做什么。可是2005对我而言注定是不同寻常的一年，因为在这一年，在几乎不可能的情况下，我终于写完了我的《左耳》，完成了我和我的少年朋友和青年朋友们共同的成长仪式。

烟花，屋顶，年轻的无所畏惧的面孔。我们都经过或者正在经过的岁月。有的东西留了下来，有的注定永远消散。所幸的是，在擦肩的时刻，我们记住了彼此。如果我的微笑点亮了你，在你去的路上多出一盏灯，那么我也会感觉温暖。

当然还有很多的路人，我们可能永远陌生，当我经过你身旁，哪怕你看不到，猜想到我的美，也是好的。

读一本书，很累。

亲爱的，谢谢你们。

饶雪漫

2005年11月20日

写于江苏镇江

试读者手记

未完成

这个冬天又开始了，像座山一样倒下来。我相信冬天是一个告别的季节，青春、爱情、苦难、希望、绝望、温暖……所有美好苍凉的字眼呼啦啦从这一季汹涌掠过，慌张得来不及说再见，便在时光中凝结成渐渐看不透的哀伤的表情。

每一个冬天似乎都会有很多人死掉。死在心底深处，在那片苍茫原野上裸露着创口，雪花静静落下来，冰冷，疼痛，麻木，却从不被遗忘。

雪漫将十多万字的《左耳》从QQ上传过来时是在一个阴霾的早晨。我用了一个小时将这些字打印下来，握在手里厚厚一叠踏实地存在。这个冬天降临时我深深沉入属于左耳的梦境，前一度自己的左耳真的听不太清声音，缠绵着死亡摇滚的颓靡气息，昏昏欲睡。我看见小耳朵远远踩着雪跑过来，眼神沉默而倔强。我张开口唤她名字，她听不见，伸出手触不到。我的声音在寒冷空气中慢慢弥散。

我只能蹲下来抓住自己的左耳，然后感到心脏位置传来阵阵的疼。

吧啦吧啦。我试着发这个音节，它们在唇齿间碰出愉悦奇特的触感，像烟花初绽，似蝴蝶展翅，突兀地爆裂开来，那么多的美好、记忆和影象一下子就不见了。如同吧啦，那个像株向日葵般灿烂的姑娘，她美丽的眼睛和裙裾，她光着脚在夜晚寻觅一见倾心的男孩，勇敢地追求幸福。

而青春总是喜欢捉弄无知的我们，在一切尚完整无缺时便预示了结局的不完满，只是我们从未发觉。

附录二

试读者手记

我一直想，小耳朵和吧啦，究竟谁更勇敢。而我如此希望给那个涂绿色眼影的女孩更多温暖，安抚她的孤单，在她伤痕累累的坚持背后默默递上一帖止痛膏，看她笑着的心里面落泪。吧啦为什么不哭泣？还是这样的孩子，本就不能不坚强。她就这么笑着走过去，走向命定的劫数，走向那个冬季里而成为永恒绝美的伤花怒放。

小耳朵永远也不知道吧啦最后对她说了什么。她决绝转身，选择背负着吧啦的记忆和信念活下去，替她继续未完的故事，爱恨纠结，辜负背弃。她和她的身影重叠在一起，在庞大都市帷幕中显得单薄。她始终不曾成功地变坏。

整个故事里，我看见四季交织的罅隙，许多人匆忙奔跑，脚印错乱地罗列在苍白雪地，一切最终停滞在冬天巨大荒芜的背景。像一排传递心意的队列，每个人都在被爱，在爱人，在伤害着的同时接受伤害。对与错，是与非，在这样的镜头里我们的眼睛失去辨别能力，唯有沉默凝望那些孩子无望惨痛寥落的爱情，当他们长大回顾之时为那场经年的梦境为那双忧伤的眼瞳轻易原谅所有过错。如同自己记忆尽头埋葬的爱恋，如同年少青涩莫名伤悲，如同所有年轻的罪债一样需要被饶恕。

我始终搞不清楚，孤单和寂寞哪个是名词哪个是动词，它们的感受哪一个更深刻辽阔。在我眼中孤单是一种象征，一个随时可能在生活中某人身上见到，或自己也未能察觉的时刻自然流露的姿势。而寂寞源自心底，是说不清道不明的氤氲缠绕，深刻入骨如影随形。雪漫讲述的故事又一次让我见到这些落拓的孩子，他们眼神干净，声音纯美，他们

试读者手记

的寂寞如天空亘古沉默渺茫，孤单的姿态遗世独立。

我好奇雪漫究竟有着怎样剔透辽远的内心世界，她的少女时代曾有过怎样轰烈动人的故事。让她能够洞悉一切却安然旁观，只让故事上演，走向那似乎是小说自主选择而非作者驾驭的应有结局。她述说绝世美好，喜怒悲欢，在一旁微微笑仿佛早知。

于是李珥的命运线与那两个男子细密纠结在一起，她不像吧啦般极端爱憎，她做不成羡慕的吧啦那样的女子，却是吧啦最最渴望成为的样子。

她应该幸福，和吧啦一起拥有幸福。

阅读《左耳》过程中始终听一首歌，黄舒骏《马不停蹄的忧伤》。仿佛看到青春流年细碎剪影卷带着忧伤滑过，马不停蹄不及挥别。凛冽风中轻轻念诵起早已深刻心中的名字：李珥，吧啦，许弋，张漾，尤他，黑人……好似戴着耳机匆匆穿梭于灰蒙都市之际，随时可能与那个熟悉身影不期而遇。可能是那张涂着绿色眼影笑容明亮的脸，可能是那双掩藏在压低的鸭舌帽下忽然抬起闪烁如星辰的眼眸，可能是那个需要别人大声呼唤才能惊觉的穿白裙的少女，可能是那个背着泛白大背包骑单车像王子一样优雅的男孩。

他们就这样匆忙离散在时光洪流里，而故事依旧继续。

如我们的青春，当回顾时，才发觉一切皆未完成。

超级漫迷：陈景尧

试读者手记

左耳说爱我

作为一个忠实的雪漫书迷，雪漫的书我看了不少，但是《左耳》是第一篇让我流泪的。

这一次眼泪流得让我猝不及防，我是说，我也老大不小了，生离死别的爱情故事，自己也写过不少，但是《左耳》在这个冬天狠狠地把我揪进一群孩子的爱恨里。当然他们在这一本书里也都迅速长大，可是，请允许我叫他们孩子——我坚持这一点。

我的眼泪是从吧啦用圆珠笔写下那一行字："我一定要让他幸福"的那一刻开始的。

然后就再也没停过。

我们怎么让一个人幸福？一个女孩怎么让自己的所爱幸福？吧啦是一个著名的坏女孩，孤单的女孩。没有父母，没有钱，没有爱。她涂绿色的眼影，穿一件白T恤，上面用绿色的油彩明亮地写着：我爱许弋！

你不知道我多么盼望，这个叫吧啦的女孩能够康复，摆脱过去的一切，就算和母亲去国外过富足而无灵魂的生活，现世安好，未尝不是幸福。

但这不会是吧啦的选择，她从来也没爱过的傻小子黑人，却洞悉地说出："她是一个高贵的人。"这个高贵的女孩子疯狂且执着，为了爱，仅仅只是为了爱，在一个诡恶的世界上左奔右突，殒身不泯。

她什么也没有，就毅然献出了自己。

是的，我衷心觉得，这个在全书的中间就永远离去了的女孩，是这本书真正的主角。她离去以后，所有的人都没有走出她的影子，这些人包括：黑人，张漾，许弋，蒋皎，还

附录二

试读者手记

有总是那么乖的小耳朵，小姑娘李珥。

李珥的左耳是听不见的。

我喜欢李珥，她是另一个吧啦。在她身上有着同样的倔强，对爱的执着，九死而不悔。吧啦是金色的向日葵，李珥是紫色的风信子。吧啦像一道盛大的闪电，哗地一下照亮了这么多人的生命。而李珥，她一点一点地坚持着，终于开满了整个原野。

成长总是一件好的事情，尽管很多时候，我们更愿意保持单纯，是生命本身逼得我们不得不丰盛起来。小耳朵，我也希望你始终是那个乖巧的没有秘密的小女孩。可是，你的生命里也必须要遭逢死亡、背叛和遗忘，才能拥有真正的幸福。

这个道理，是吧啦的死告诉我们的。

我喜欢张漾，虽然他一开始并不那么让人喜欢……我看着他一天一天回到善良，看着温暖的感情在他心里一点一点重新生长起来，他不再仇恨了，他真是一个很好的男孩子。他吃了苦，也就赎了罪。

甚至，我喜欢黑人，这个四肢发达的傻小子。在他说，有时候吃不饱，想妈妈的那一刻，我流了泪。每一个故事里都有那么一些暗灰色的人，他们是背景，总是安静地转身，被人迅速地遗忘。可是他们的身上也有着一样深刻的疼痛，这个男孩子，为了一个没有爱过自己的女孩，终身放逐了自己。

最后，我想说，我也不恨许弋。他常常让我想起一句歌词：我们都是成长中的孩子，受了伤，就很难复原。他本来是一个纯真的男孩，心里只懂得世事无忧。接连而来的灾难也都不是他的错……我想，他只是累了，背负不起。甚至我能原谅他最终的

试读者手记

背叛。谁都有权利去追求更好的生活，亲爱的，我只是转身，并不是怨你。

《左耳》是一本疼痛到极致的书，尽管，它中间也有温情和友爱的浮动。雪漫向来善于用女孩子之间的友谊给故事增加暖色，比如李珥和吧啦的友谊，比如琳发给李珥幸福的合影。再比如最后，吧啦终于实现了自己的诺言，在幸福的一瞬，当张漾把小耳朵拥入怀中，所有的兜兜转转，寻寻觅觅，所有的疼痛都可以落幕——美丽的吧啦，她从未远离。

可是我的心里仍然有一个巨大的空洞，因为失去的永远不会回来，我们的幸福上，始终带着尖锐的缺口。

但我们终于都要学会背负着疼痛生存，虽然随着我们越变越老，那一点青春的疼，只能成为陈旧的印痕。可是只要我们不忘记这疼痛，就仍然保留着回到最初的可能——这些疼，它让我们始终相信善和美，并相信爱的存在。

我想我也终于明白，为什么雪漫要用一只听不见的左耳，来做这本书的书名。这只左耳里贮存着吧啦最后的话，贮存着爱情的誓言，可是它们将永远地在空寂里回响——那些最美好的，亲爱的，都将成为不能言说的秘密。我将终身以温柔的心情守口如瓶。

在天空被烟花点亮的那一刻，这只左耳，听见你说爱我。

超级漫迷：方悄悄

试读者手记

请你给我画一颗不灭的星星

我是喜欢冬天的，我几乎在盛夏来的时候就开始盼望冬天的到来。这个冬天的第一场雪降临。飘飘扬扬地撒在外面，一出门整个人都冷得直哆嗦，雪花落在脸颊和眼睛上。北方的天气就是如此，冷得彻骨。雪漫说。看完以后可别哭了哦。因为知道试读的几个人都哭了。我搓着冻得冰冷的双手说，就哭，哭得不死不活才痛快呢。

像一部旧电影。很淡，画面模糊却又强烈直入人心。那是很暖的，很暖的那种，像冬天的烟花，很大很美丽。但是那一个瞬间，曾经的一些人，一些事一起逃亡。时间是故事最后的结局，无法不说它们都和时间有着赌注。而谁可以赌得过时间？那是我们始料未及的，它没有定义，只有在我们遗忘或者重温的时候，会记得时间，就像记得一些被尘封很久的那个自己。

故事结束。小耳朵说。吧啦，亲爱的，你看见了吗？轻轻舒一口气，仿佛电影散场。我站起来，给自己倒了一杯冰冻可乐。在白纸上反复地写，吧啦。吧啦。吧啦。吧啦……写满一张纸，轻轻抚摸。

吧啦。多好听的发音。仿佛一声清脆落地，天使上场。始终觉得我是见过这个女孩的，见过她长长流苏的裙子，见过她玫瑰红的小包，见过她明亮的眼睛。上辈子也好上上辈子也好，她像个灾难公主，流落哪里哪里一片狼藉。但她对自己说。为了我的小白杨，我别无选择。

我也想说。吧啦，你不坏，你只是一个任性的孩子。

我爱吧啦。很爱很爱。

小耳朵和所有人一样，始终

试读者手记

不知道吧啦最后对她说了什么。她说，我真的很想变坏。她一直想拥有吧啦拥有的美，却不知吧啦有多么羡慕她。

还好。她们都一样美好都一样有着明亮的眼睛。房间里很热，冰冻可乐已经化了，没有刺激的冰冷了。

有时候说不出来这样的绝望，无助得想哭。

故事里的每一个人。吧啦，小耳朵，张漾，许弋，黑人，尤他……都在青春的旋涡里打转，没有谁一路跳跃然后幸福生活。她涂着松绿色眼影在冬天里荒芜告别，去很远的温暖世界；她的耳朵总是在关键时刻失聪却还听到了他对她说出摩天轮一样巨大幸福的爱；他像小白杨一样种在她心里的影子永远不会消失；他好看优雅得像天使一样却欠着她一个真正的拥抱；他一路狂奔爱得热烈从不回头……

他们终会一样在冬日的街头看着暮色降临，裹紧衣服匆匆走过下一个路口。我是突然想，想他们都会快乐着吧。在某个花儿开放的日子，想起原来是这样一起唱着歌走过。

小耳朵第一次学着吧啦的样子抽烟时，对自己说。其实，我和吧啦毫无分别。然后我的眼睛湿了。雪漫总是让我这样微笑着难过，她站在远处看故事上演，不操纵不安排，她看他们一路往前走。我总是无法把她和那个有着酒窝笑容穿着玫瑰红长裙的姐姐联系起来。究竟是文字还是人更加坚强呢，人好像都是从脆弱变坚强的。我知道，我想我懂你，文字需要伸手敏感的去触摸，而生活必须坚强微笑。

两个女孩牵绊着故事的继续。听过一个关于刺猬的故事。如果两个人因为寒冷在冬天的时候，最冷的时候遇见。那么他们就会

试读者手记

互相取暖，但是现在夏天来了，温暖不需要了，也就随即离开了。我觉得错了，因为是刺猬，只能温暖，不能靠近。故事里他们爱得伤痕累累，只因为忘记了自己是刺猬，拔掉身上的刺义无返顾。像吧啦说。如果他是火，那我就是那只不计后果的愚蠢的飞蛾。

吧啦真勇敢。雪后外面太阳高高的，很灿烂。这个世界有着太多的病，我们却必须挣扎地活着。一起可以笑着看着彼此。无论怎样的沙子，怎样的风浪。我们得永远向前努力。不可以悲哀，我们是幸福的孩子。可以真心地微笑。

故事的结局张漾对小耳朵说我爱你，在她的左耳轻轻说出口。我对雪漫说，这个结局让我难过。其实我是因为吧啦难过，不得不承认这个故事里我最爱的就是她了。为什么要让她一个人在另一个世界孤单呢？写完这些话，我又一次返回去看这个结局。原来是我大错特错。小耳朵就是另一个吧啦，不是么？吧啦她以另一种方式存在，只要用心就可以看得到。为什么每一次在重要时刻小耳朵的左耳听不到话，而最后时刻，它听到了张漾的爱。原来左耳是留来听最爱的人的话的。

幸福的小耳朵，幸福的吧啦。你们都没有遗憾，你们真的是幸福的。我最爱的吧啦，她会知道，小耳朵是世上的另一个她，坚强的她，倔强的她，美丽的她，善良的她。一个同她一样绝世名伶的天使。

是不是最疼的痛苦，说不出口。才有这样一个完美的结局。我喜欢每一个人，他们都让我看到青春最幸福的疼痛。我们都在艰难感动寻找幸福。每一个孩子都是天使，即使是许弋，在时光流转后，他所做的一切都足够让人原谅。因为，若爱就没有抱怨，他只是一个孩子，在青春的爱情岁月里，我们都是孩子。请允许我这样叫他，当成长后的少年看到曾经的爱恨消失时，让我们只记得他曾孩子般的模样。

这样的青春没有对和错。若恨，是因为还爱着。刘若英唱，后来，我终于学会了如何去爱。吧啦从来不会哭，她永远都那么坚强。小耳朵，最幸福的小耳朵，你也不会再哭了。即使孤单也会原谅那些过错，即使哭泣也会擦掉泪痕，即使老去也还记得你。

亲爱的人，让我们就这样守着过去好不好？请你给我画一颗不灭的星星，不再黑暗……

忠实漫迷:妖精七七